고전
시가
수업

고전
시가
수업

초판 1쇄 펴낸날 | 2022년 3월 15일

지은이 | 서철원
펴낸이 | 고성환
펴낸곳 | (사)한국방송통신대학교출판문화원
　　　　(03088) 서울시 종로구 이화장길 54
　　　　전화 (02) 3668-4764
　　　　팩스 (02) 741-4570
　　　　홈페이지 http://press.knou.ac.kr
　　　　출판등록 1982년 6월 7일 제1-491호

출판위원장 | 이기재
기획 | 이두희
편집·교정 | 이두희
편집 디자인 | (주)성지이디피
표지 디자인 | 김민정

ⓒ 서철원, 2022
ISBN　978-89-20-04251-5　03810

값 17,000원

서울대학교 서철원 교수의 한국 문학 강의

고전
시가
수업

서철원 지음

지식의날개

고전시가 작품을 읽는 수업을 기록하고 정리하여 세상에 내놓습니다. 처음에는 한 학기 수업만 모아 책 분량이 나올까 싶었는데, 생각보다 군말이 많아 오히려 꽤 덜어 내야 했습니다. 대표적인 작품들만 골라 읽기에도 한 학기는 부족하다 느껴 왔지만, 사실은 시간을 제대로 활용하지 못했던 탓이더군요.

이 책은 교과서 속 명작이라고 비중 있게 다루지 않았습니다. 관성적인 커리큘럼을 따르기보다는 오늘날 우리에게 생각할 거리를 던져 주는 작품을 우선하고 싶었지요. 그러므로 중요하다던 조선 전기 가사는 덜 읽더라도, 〈덴동어미화전가〉는 상당 부분을 읽었습니다. 정치적 기로나 아름다운 자연관보다 경제적 곤궁으로 인한 고생과 비혼의 문제가 젊은 세대에 더 절실하리라 생각해서였습니다. 그렇다고 기존의 화두를 아예 무시하진 않았고, 짤막한 시조나 다른 작품들을 통해서 충분히 접근하게 했습니다.

나름대로 기존 격식으로부터 벗어나 외적 정보를 둘째 치고 작품 내적 읽기를 우선했습니다. 그러다 보니 과거 연구의 오랜 쟁점을 간략히 넘어간 것도 많아요. 다음에 시가 이론이나 배경에 관한 책도 낼 기회가 생긴다면 마저 말씀드리겠습니다. 이런 접근 방식이 이제 막 고전시가에 관심이 생겼거나, 각종 시험 준비하는 분들에게 얼마나 유용할지 모르겠네요. 그러나 나중에 잊어버릴 얘기는 애초에 꺼내지 않으려고 했어요. 거듭 간추려 여러분 기억에 남고 싶었습니다.

이 책은 수업을 재현하듯, 구어체 존댓말로 구성했어요. 주석은 따로 달지 않았고, 특수한 주장은 간략히 출전을 표시하여 책 끝 참고문헌으로 더 찾아보게 했지요. 사진이나 도판을 넣지는 못했지만, 실제 현장에서는 유튜브 검색 결과를 많이 활용하고 있답니다. 그러니 독자 여러분도 검색을 생활화하시길 당부합니다. 수업 내용을 공개한다는 건 부끄러운 일이지만, 책을 읽은 여러분께서 많이 가르쳐 주셔서 차츰 나은 내용으로 고쳐 나갈 수 있길 바랍니다.

여러 수업에서 고전시가를 가르쳐 주신 박노준, 김흥규 선생님의 학은(學恩)에, 곳곳에서 함께 시간을 보낸 사랑하는 우리 학생들에게, 그리고 이 책의 출간을 위해 고생하신 이두희 선생님께 감사드립니다.

고향과 이름이 같은 쑥고개에서
희망이 피어나는 새봄에
서철원

차
례

고전시가 수업

제1장

고전시가를 읽기 전에
— 장르, 율격, 전개에 대하여

작품을 본격적으로 읽기에 앞서 한국 고전시가 일반론을 꼭 필요한 내용만 먼저 정리해 볼게요. 이것만으로도 책 한 권 분량이라 따로 정리해야 할 정도입니다. 다음 책을 기다려 주세요.

1. 장르

고전시가는 어디까지가 시가이고 어디서부터 시가가 아니다 하는 개념이 따로 있지 않고, 시가마다 역사적 장르의 이름이 각각 있었습니다. 대략 다음 표와 같은데, 특히 고려 후기부터 여말 선초 사이에 경기체가와 악장, 시조와 가사 등의 장르가 탄생하고 속요 역시 지속되었다는 점에 유의하십시오. 장르마다 굵은 색 부분은 새로 작품이 나오지는 않고 예전 작품만을 부르거나 읽었던 시절입니다. 그러니까 새로운 작품이 나오지 않았다고 해서 그 장르가 해당 시기에 완전히 소멸했다고 볼 수는 없겠지요.

시대	민요	향가	속요	경기체가	악장	시조	사설시조	가사	가창가사/잡가
신라	민요	향가							
고려			속요						
조선 전기				경기체가	악장				
조선 중기									
조선 후기						시조	사설시조	가사	가창가사/잡가
계몽기				1편					
현대									

이렇게 시기마다 해당 장르를 담당했던 사람들이 각각 다른 이름을 붙였습니다. 그래서 엄밀하게 따지지 않는 이상 명칭에 관한 고민은 별로 할 필요가 없어요. 그건 좋은데 이것 때문에 모호해진 것도 있습니다.

이를테면 우리는 대체로 신라 시대 시를 향가라고 부르지요. 향가가 무엇인지 따져 보면, '신라 시대 때 향찰이란 표기로 된 노래면 향가구나.' 하는데, '향찰로 됐으면 다 향가일까?' 그렇게 묻는다면 왠지 또 그건 아닌 것 같지요. 이렇게 좀 석연치 않은 부분이 있습니다.

속요는 고려와 조선의 궁중에서 민간 음악을 바탕으로 재창작해서 궁중음악으로 활용했던 작품이지요. 그러면 뭔가 설명을 한 것 같은데, '속요와 궁중의 악장은 어떻게 다르냐?'고 물으면 대답하기 참 어려워요. 폭넓게 말하면 궁중에서 부른 노래를 다 악장이라고 할 수도 있는데, 그렇게 보면 속요가 악장의 하위 양식이 되거든요. 그런데 우리는 속요가 악장의 하위 개념이란 생각이 잘 들지 않는단 말이에요. 당시의 기준과 오늘날의 기준이 달라져서 그렇습니다. 그리고 고려속요라 부르면 고려 시대에 창작되고 불린 것 같은데, 실제로는 조선 시대까지 이어 불렀으므로 이 책에서 속요를 가리킬 때는 '고려'라는 왕조 이름은 빼려고 해요. 다른 장르에도 왕조 이름은 들어가지 않으니 달리 취급할 필요가 별로 없지요.

　시조나 가사에도 깊이 들어가면 이런 문제들이 있답니다. 같은 시조를 국악에서는 5장짜리 가곡창이니 3장짜리 시조창이니 나누어 부르고, 시조 가집 연구하는 분들도 어느새 그렇게 호칭합니다. 시조보다 좀 길면 사설시조라고 부르는 것 같은데, 가사(歌辭)와 가창 가사(歌詞), 잡가는 또 서로 어떻게 다른 건지 등등… 하나하나 자세히 말하자면 쟁점이랄까 어려운 점들이 있어요. 그런데 이 책에서는 작품을 주로 다루니까, 역사적 장르는 다음과 같이 대략적인 정리만 하겠습니다.

고전시가 양식의 범주

- 민요 : 민간의 노래 ──지식인 채집──▶ 소악부(小樂府) ──궁중 개작──▶ 속요.
  현존 민요는 주로 근래에 채록된 것으로 그 작품이 곧 고전시가의 기원은 아님.
- 향가(신라) : 향찰로 이루어진 신라 중엽~고려 초의 노래
  (노랫말의 본래 성격은 고려하지 않음).

- 속요(고려) : 조선 시대까지 향유된 고려의 궁중악.

　　　　　　민요의 개작, 개인 창작, 가극(歌劇), 무가, 찬불가 등 다

　　　　　　양한 기원 포함.

- 경기체가 : 유일하게 음수율을 온전히 갖춘 엄밀한 형식의 노래.

- 악장 : 송축(頌祝)을 목적으로 이루어진 노래 ≒ 속요와 범위가 겹침.

- 시조 : 3장 6구 45자 내외. 가곡창과 시조창의 노랫말.

　　　　종장 첫 구 외에는 느슨함.

- 사설시조 : 그나마 느슨했던 평시조 형식마저 해체.

- 가사 : 대체로 4음보이지만 파격(破格)된 구절이 반드시 있음.

　　　　문학적으로는 느슨한 형식.

- 가창 가사 : 정악(正樂) 유행가.

- 잡가 : 잡(雜)=variety. 다양성을 추구하는 유행가.

　　　　민속악과의 교섭 활발함.

정리

① 향가와 속요는 시대, 표기문자(향찰-향가), 향유 공간(궁중-속요) 등
에 따른 구분임.

② 시조와 가사는 분량 또는 음악과의 관계에 따라 구분하는 것으로 간
주함.

③ 여말 선초는 향가와 가창 가사·잡가를 제외한 모든 시가 장르가 형
성, 공존한 시기임.

④ 새로운 작품이 나오지 않으면서도 오랫동안 향유된 장르(속요, 경기
체가, 악장)가 있었음.

2. 율격

율격은 중·고등학교에서 배웠던 3음보 4음보 이렇게 한 행을 몇 개 음보로 끊어서 부르는 게 일종의 율격입니다. 하지만 엄밀히 말하면 율격이란 대개 한 행의 글자 수나 라임(rhyme)을 딱 정하는 규칙일 텐데, 한국 시가는 그렇게 규칙이 엄밀하지 않아요.

아시다시피 어떨 때는 다섯 글자를 두 글자 세 글자 쪼개서 2개의 음보라 하는가 하면, 어떨 때는 여섯 글자인데도 안 자르고 다 붙여서 그냥 1개 음보라고 치고, 고정된 규정이 없이 그때그때 다릅니다. 율격이 객관적으로 정확해지려면 그 바탕에 언어나 음악적인 규칙을 전제해야 하는데, 한국 시가의 율격은 그렇게는 정할 수가 없었습니다. 외국에서 비싼 기계 들여와서 여러 사람 낭독을 시켜 알아내려고도 했지만, 별 소용은 없었어요.

그래서 앞의 장르론이나 이 율격론은 요즘 국어국문학과 대학원에서조차 수업 개설도 잘 안 되고, 쟁점이 나오지 않은지도 한참 되었습니다. 그렇게 멀리하게 되었는데도 의외로 국어교육과 수업이나 고교 교과서에는 여전히 옛날 장르론 얘기가 나오고 장르교육론도 있어서 어색합니다. 그런 문제들이 덜 중요한 건 아니겠지만, 연구와 교육 현장의 거리가 마음에 걸립니다.

그렇지만 평시조 종장 첫 구가 3음절이고 둘째 구는 대개 5자 이상으로 길다는 것 하나만은 분명합니다. 그 외에는 한국 시가에서 글자 수, 강약, 고저, 장단과 관련하여 엄밀히 지켜야 할 율격 규칙은 경기체가 몇 편 외에는 눈에 띄지 않았어요. 평시조 종장의 저 규칙은 작품의 주제와도 밀접한 관계가 있어요. 예컨대 "어즈버 태평연월이 꿈이런가 하여라."나 "재 너머 사래 긴 밭을 언제 갈려 하나니.", "정든 임 오신 날 밤이거든 굽이굽이 펴리라." 이렇게 유명한 시조의 종장 둘째 구를 떠올려 보면, '태평연월', '사래 긴 밭', '(임) 오신 날 밤' 등 작자가 중요하게 생각하는 소재나 시간, 마음 상태 등이 들어 있지요.

이 부분이 유독 기니까, 다른 부분과 비슷한 시간 안에 읽으려면 호흡이 빨라지게 됩니다. 그러면서 긴장하고, 머리와 가슴으로 강한 인상을 느끼게 되겠지요. 한 어구를 같은 시간 안에 읽으려는 속성을, 시간 길이를 똑같게 한다고 해서 '등장성(等長性)'이라 부르는데, 글자 수를 기계적으로 똑같이 맞추는 것보다 더 역동적인 리듬감을 줄 수도 있습니다. 그러나 순전히 형식적인 요소만이 아니라, 주제와 감정까지 포함한 특이한 율격이라고도 하겠습니다.

시조와는 정반대로, 내용을 고려하지 않고 순전히 언어와 음악의 반복만으로 율격을 갖춘 사례도 있습니다. 수업 시간에는 잘 가르치지 않는 무가 계통의 속요인 〈군마대왕〉을 잠깐 보시죠.

> 리러루 러리러루 런러리루, 러루 러리러루, 리러루리 러리로, 로리 로라리, 러리러 리러루 런러리루, 러루 러리러루, 리러루리 러리로
>
> — 《시용향악보》

'ㄹ'과 음성모음 위주로 간략한 음성 요소의 반복으로만 이루어졌죠. 다른 나라 시가는 복잡한 율격 규칙이 많지만, 그런 규칙이 독자들에게 전해 주고 싶었던 느낌은 〈군마대왕〉이 주는 반복적 리듬

감과도 크게 다르지 않을 것 같습니다. 우리가 노래를 부를 때 노랫말을 까먹으면 대충 흥얼거리거나 랄라랄라 하는데, 좋은 친구들이라면 면박 주지 않고 대충 그러려니 하며 함께 즐겨 줍니다. 한국 시가 율격의 느슨함도 비슷하게 생각해 보면 어떨까 합니다. 옛날에는 찾기 어려운 것들은, '너무 심오한 거라서, 우리가 못 찾나 보다' 하는 생각도 많이 했지요. 원로 선생님들께는 죄송하지만, 저는 그게 꼭 잊어버린 노랫말 기억하려고 애쓰는 것처럼 보였어요. 구태여 기억하려고 애쓰다 보면 시간만 흘러가고 흥은 사라질지 모릅니다.

지금은 러시아가 된 옛 소련에 〈I Am So Happy Finally Be Back Home〉이라는 노래가 있었습니다. 〈군마대왕〉과 비슷한 일종의 후크송인데, 제목 그대로 귀가하는 즐거움을 노래했어요. 그런데 다음과 같은 모양이라서, 작사가와 작곡가가 싸워서 작사가 안 되었다는 설도 있다네요.

Ahhhhhhhhh / Ya ya yaaaah / Ya ya yaaah / Yaaah ya yah
Ohohohohoooo / Oh ya yaaah / Ya ya yaaah / Yaaah ya yah
Ye-ye-ye-ye-yeh / Ye-ye-yeh / Ye-ye-yeh / Ohohohohoh
Ye-ye-ye-ye-yeh / Ye-ye-yeh / Ye-ye-yeh / Ohohohohoooo-
      oooooo
Aaaaoooooh aaaooo / Hooo haha
Nah nah nah nah / Nuh nuh nuh / Nuh nuh nuh / Nuh nuh
      nuh / Nuh nuh nah! (이하 생략)

집에 가는 즐거움에 무슨 군말이 필요하겠습니까? 애초에 작사할 필요가 없었네요. 동영상을 검색해 보시면 더 재미있어요. 이렇게 말과 의미가 필요 없는 상황을 불교에서는 이심전심(以心傳心), 노장철학에서는 '물고기를 잡았으니 그물을 잊었다〔得魚忘筌〕.'라고 했습니다. 율격의 규칙은 작자와 독자가 공유한다는 점에서 이심전심이며, 문학 외적인 음악과 언어의 요소가 큰 영향을 끼친다는 점에서 애초의 '그물'에 해당하는 문학적 요소의 비중은 줄어들게 됩니다.

이렇게 율격은 문학의 범위를 넘어서는 규칙으로, 문학과 언어의 만남, 문학과 음악의 만남에 해당합니다. '국어국문학과'라는 명칭에서 국어학과 국문학이 만날 자리 역시 바로 율격에 마련되어 있지요. 그렇지만 한국 시가는 관습적 허용의 느슨함을 통해, 율격이라는 규칙마저 초월하는 경지를 시도합니다. 너무 낭만적이지만 그렇게 정리할게요.

3. 전개

시가의 역사란 장르와 율격의 흐름과 변화를 중심으로 서술해야 마땅합니다. 그런데 앞서 몇 가지 변명을 드렸듯, 한국 시가는 장르와 율격의 특징이 불투명하므로 다른 대안을 찾아야 하네요. 지금으로선 '담당층'과 '매체 환경'을 그 대안이 될 만한 기준으로 생각함직합니다. 배경 사상이나 사회 구조를 떠올릴 수도 있지만, 사상사와 사회사를 공부해야 하고 그러다 보면 문학 안의 요소에 집중하기 어려워집니다.

그렇다면 담당층에 대해 생각해 볼까요? 향가를 담당했던 화랑이나 고승, 속요를 담당했던 궁중의 가창자와 악사, 조선 전기에 시조와 가사를 불렀던 양반과 기녀, 그리고 조선 후기의 중인과 서민까지 담당층의 변화나 확산을 떠올려 봅시다. 그러면 '아! 그래서 어떤 속요 작품은 지금도 노래와 무용으로 공연할 수 있었구나.', '양반과 중인의 차이 때문에 조선 전기와 후기의 시조가 그렇게나 달랐구나.' 하는 생각이 들 수도 있습니다. 그런 생각들을 모아 정리하면 나름 한국 시가의 역사가 됩니다. 정리가 말처럼 쉽진 않지만요.

예를 들어 쉽게 말하면 조선 시대 양반의 목표는 자연을 닮은 사람이 되는 것입니다. 요즘은 기상 이변이 심하지만, 자연을 닮은 사람이란 자연처럼 예상 가능한 사람을 뜻합니다. 1년 단위로 때맞춰 농사를 짓자면 이때쯤 날씨가 어떻겠다 내다볼 수 있어야 합니다. 그렇게 예상 가능한 자연에 대한 믿음이 있어야 농사를 지을 수 있고, 농경 사회가 유지됩니다. 세상에 자연을 닮은 사람이 있다면, 그런 사람을 '선비'라 할 수 있을테고 세상도 예상 가능한 방향으로만 흘러가겠지요. 역동성은 없어 재미는 조금 떨어지겠지만 그런 게 당대의 유토피아 아니었을까요?

누구나 벼슬하고 취업할 수 있는 시대라면 현실이 유토피아처럼 느껴지고 개천에서 용도 제법 나겠지만, 그렇지 못한 처지라면 현실을 공격하고 자연을 이상향으로 삼겠지요. 이상향조차 생길 여유가 없을 정도라면? 지금 우리 시대처럼 자연을 마주할 기회 자체가 드물다면 또 어떨까요? 조선 시대 강호 시가를 수업 시간에 읽을 때마다 양심에 찔리는 게, 저부터도 자연을 접할 기회가 별로 없는 어린 시절을 보냈거든요. 제게 자연은 경험이 아니라 관념과 상징일 따름인데, 그건 저보다 늦게 태어난 분일수록 더 심하겠지요.

정리하자면 벼슬에 맘껏 올랐던 양반과 그렇지 못한 양반, 심지어 자아실현의 계기조차 누릴 수 없던 이들 각자에게 자연은 같은 의미일 수 없습니다. 많이들 아시는 '물아일체(物我一體)'나 '안빈낙도(安貧樂道)'라는 말 역시 실은 온도 차이가 있습니다. 즐거운 현실을 누리는 '나'가 자연'물'과 자신을 동일시하는 마음은, 가난을 자랑삼아 자연 속에 묻혀 만족하는 이의 태도와 완전히 같을 수는 없겠지요. 그리고 언젠가부터 가난은 더는 자랑거리도 아니게 되었습니다. 자연을 벗 삼을 전원주택 마련하기도 쉽지 않고요.

그리고 속요와 기녀 시조, 사설시조와 여창 가곡 등으로 이어지는 여성화자의 흐름, 자신들은 양반과 차이가 없다는 '천기론(天機論)'을 내세우며 또 한편으로 양반의 문화를 공유했던 중인의 오묘한 태도 역시 한국 시가의 전개에서 아주 중요한 요소입니다. 중인에 대해서는 8장에서 작품을 보며 더 말씀드리죠.

다음으로 매체 환경은, 매체 환경이라고 쓰면 굉장히 거창해 보이는데요, 우선 노래로 불러서 입에서 입으로 전해지거나 기록물을 통해서 전승되거나 하는 차이가 있지요. 그런데 기록물도 여러 가지 종류가 있어요. 인쇄해서 출판하는 것도 있고, 개인적으로 메모처럼 적는 필사본도 있으며, 20세기 이후에는 신문과 잡지도 시가 유통의 주요 수단이었답니다. 이런 매체 환경에 따라서 작품을 보는 시각뿐만 아니라, 문화의 유통 상황 전체가 크게 달라집니다. 특히 20세기 작품들은 국문 시가에 드물었던 현실 비판과 사회의식을 본격적으로 보여준다는 가치가 있어요. 신문과 잡지라는 매체 덕분일 텐데, 이후의 시조 부흥 운동이나 가사 백일장에 그런 면이 쭉 이어지지 못하여 좀 아쉽군요. 문학이 콘텐츠가 되고 상품이 된 탓일까요? 그러면 꾸준히 팔리는 좋은 상품이라도 된다면 좋을 텐데요.

이렇게 해서 고전시가를 읽기 전에 기초 삼아 알아 둘 장르, 율격, 전개에 관하여 간략하게 정리했습니다. 장르 이름은 신라의 향가, 고려 이래의 속요, 조선 시대의 짧은 시조와 긴 가사, 그리고 여말 선초에 시조·가사와 함께 형성된 경기체가와 악장, 조선 후기 노래 문화와 맞물린 가창 가사와 잡가 등을 소개했어요. 장르마다 율격이 어떻게 다른지 명료하게 밝혀져 있다면 좋았을 텐데, 시조 종장이나 경기체가의 글자 수 이외에는 그다지 명료한 규칙성을 찾기 어려웠어요. 그러나 율격의 한 효과인 반복을 통한 리듬감의 형성은, 오히려 이런 규칙성을 넘어서 발현될 수도 있답니다. 이렇게 장르와 율격이 다소 느슨하고 모호했으므로, 고전시가의 전개는 담당층과 매체 환경의 변화를 중심으로 서술하게 됩니다. 담당층은 양반 등 귀족에 대응하는 기층과 소수자의 성장, 매체 환경은 말에서 개인의 기록으로, 기록물이 다시 인쇄를 통해 더 널리, 더 오래 유지, 지속되는 양상으로 정리할 수 있습니다. 이제 작품을 읽으면서, 필요할 때마다 이런 요소들에 대하여 말씀드리려고 합니다.

고전시가 수업

제 2 장

신화와 서정의 실마리, 고대가요

고대가요로는 흔히 〈구지가〉, 〈황조가〉와 함께 고조선 작품이라는 〈공무도하가〉를 함께 다루지만, 여기서는 〈구지가〉와 〈황조가〉만 살펴보겠습니다.

〈공무도하가〉는 고조선 멸망 이후 수백 년이 지나 중국 측 기록에 처음 등장했어요. 이 노래를 얹어 불렀다는 공후라는 악기도 중국 쪽에서 많이 활용하였고, 한국에서는 조선 중·후기 넘어서야 이런 작품이 있는 줄 알게 되었기 때문이에요. 그래도 고조선의 시가가 하나도 없으면 서운하기도 하고, 나름 한국적인 한을 보여주는 작품이라고 저도 종종 수업에서 다루곤 했지만요.

중국에서 한복을 비롯한 한국 문화에 대한 무리한 공정을 자꾸 하는 것을 보면, 우리도 이제부턴 좀 엄밀하게 생각해야 할 것도 같습니다. 지금까지의 관행 탓에 〈공무도하가〉가 아예 한국의 작품이 아니라고 하기도 난처하지만, 꼭 필요한 자리가 아니라면 이 작품을 한국 최초의 시가라고 단정하기도 어렵지 않을까, 그래서 저는 판단을 유보합니다.

1. 신화적 배경과 〈구지가〉의 주술

고구려 유리왕(재위 B.C.19~A.D.18) 혹은 그 이전에 이루어진 〈황조가〉가 창작은 더 먼저이겠지만, 〈구지가〉는 건국 신화와 연결되어 있고 제의(祭儀)의 흔적도 한층 뚜렷해요. 따라서 문학사의 단계를 고려하면 〈구지가〉가 더 예전부터 있었던 모습에 한결 가깝습니다. 창작 시기는 좀 늦어도, 더 앞선 단계의 것이므로 먼저 읽어봅니다.

龜何龜何	거북아 거북아,	〔호칭〕
首其現也	머리를 내어라.	〔명령〕
若不現也	내놓지 않으면,	〔조건〕
燔灼而喫也.	구워서 먹으리.	〔위협〕

"거북아"라고 번역했지만 사실은 신을 부르는 거예요. 그런데 마지막에 구워서 먹는다고 하는 걸 보면, 거북이가 신이 아니라 거북이를 희생물로 삼아 공양을 드리는 것으로도 보입니다. "하(何)"는 '어찌'라는 뜻이 아니라 '하'라는 음으로 풀 수밖에 없어요. 그리고 행마다 마지막 글자는 '하-야-야-야' 이렇게 되어, 이른 시기의 작품인데도 라임이 딱딱 맞는 것 같네요.

먼저 이름을 부릅니다. 그리고 명령해요. 명령에 따르지 않는다면, 조건을 제시하고 이제 어떻게 하겠다고 위협하는 거죠. 이건 지금도 똑같아요. 불량배들이 사람을 약탈할 때 지나가는 사람을 부르죠. '야! 너 이리 와 봐.' 이제 오면 '돈 내놔.' 명령을 내립니다. 그리고 내놓지 않으면, '뒤져서 100원에 한 대.' 이런 식으로 조건을 제시하고 위협을 가하죠. 뭔가 대단한 원리가 있다기보다 일반적으로 위협할 때 쓰는 어투를 그대로 따르고 있는 거죠.

아주 특이한 표현들은 아닌데, 도리어 그러니까 특이한 겁니다. 분명히 기도할 때, 신과 대화를 할 때 쓰는 표현인데 왜 이렇게 명령하는 식으로 돼 있을까? 신에게 명령을 내릴 수가 있나? 듣는 신은 굉장히 기분 나쁠 텐데, 왜 이런 식으로 신을 협박하는지? 참 낯설어 보입니다.

그런데 고대 사회에서 신과 인간의 관계는, 이른바 고등 종교의 신과 인간의 관계보다 훨씬 평등했어요. 고등 종교에서는 신이 나에게 고난을 내리셔도, '이 고난을 이겨 내고 내가 더 큰 사명을 가질 수 있도록 나를 시험하시는 것이다. 이 시험을 이겨 내려면 내가 이제부터 뭘 더 해야겠다.' 이런 식으로 약간 포장을 해서 개인이 불행에 빠졌을 때조차 신의 탓으로 돌리지 않고, 심지어 잘 되면 신 덕분이고 안 되면 내 탓이라 생각하기 일쑤였지요.

고대 사회에서는 고등 종교의 일방적인 복종의 관계가 아니라, 신한테 뭔가 약속을 받습니다. 여기서는 나타나겠다는 약속이겠지요. 이렇게 신과 한 약속을 신이 지켜 주면, 내가 계속 신을 믿을 수 있겠지요. 그런데 약속이 이행되지 않는다면? 나도 다른 신을 섬길 수 있어야겠죠.《성경》에서 모세가 이집트에서 탈출한 이스라엘 백성을 거느리고 40년 동안 광야를 헤매지요. 말이 40년이지, 당시 인간의 평균 수명보다도 긴 시간입니다. 이스라엘 백성들이 자꾸 여호와를 배반하는데, 약속의 실현이 너무 더디다는 불만 탓이었겠지요.

이 불만을 이겨 내고 힘겨운 신앙과 수행을 대가 없이 하는 쪽이 고등 종교라면, 〈구지가〉나 고대인들의 신앙은 한결 유연해 보입니다. 이런 자세를, 약속을 통해 신을 구속한다는 의미에서 구속 주술이라 부르는데, 〈원왕생가〉나 〈도천수관음가〉 같은 후대의 향가에도 그 흔적이 남아 있다고 합니다.(양희철: 2020) 그런 향가에는 자신과 같은 사람 버리지 말라는 뜻의 표현이 있는데, 부처님이나 관음보살이 아무도 버리지 않겠다 약속했으니 그 약속을 지키라는 거에요.

《삼국유사》〈가락국기〉에서 봉우리의 흙을 파면서 노래하고 춤을 추라는 하늘의 명을 받듭니다. 그랬더니 하늘에서 내려온 황금 상자에 둥근 황금알 여섯 개가 가지런히 놓여 있었다가, 그 알들이 여섯 동자가 되고 각각 여섯 가야국의 시조가 되었다죠. 그중에 우두머리가 나타났다, 그래서 '머리 수(首)'에 '나타날 로(露)', 수로왕이라는 거에요. 실존 인물 수로왕의 위세는 대단해서, 전하는 말로는 신라와 다른 나라 사이에 외교 분쟁이 났을 때 원로로서 중재하기도 합니다.

그런데 여섯 가야라지만 부산과 경남 지역의 고고학적 발굴 성과를 보면 가야는 6개보다 훨씬 많아야 할 것 같고, 수로왕을 대가야 시조 이진아시왕의 동생이라 칭하는 대가야만의 건국 신화도 따로 전하는 걸 보면 김수로왕과 〈구지가〉가 이 지역 전체의 유일한 신화는 아니었던 것 같네요. 하지만 2019년 3월 경북 고령 지산동 고분군의 대가야 석관에서 흙으로 된 지름 5cm짜리 방울이 여럿 나왔는데 남성 성기와 거북 등짝 껍데기, 관을 쓴 남자와 춤추는 여자, 하늘에서 줄에 매달려 내려오는 자루 등이 새겨져 있었습니다. 네. 바로 〈구지가〉를 부르는 장면이 거의 그대로 나온 것 같지요? 대가야도 나중에 자신들만의 건국 신화를 만들기 전에는 〈구지가〉가 실린 신화를 공유했던 것 같습니다. 이쯤에서 하나 기억해 두셨으면 하는 게, 건국 신화가 '건국'할 때 나오는 일은 거의 없습니다.

한편 700년 넘는 시간이 흘러 8세기 초 신라 성덕왕 때 우리말로는 수로왕과 이름이 같은 수로부인이 경주에서 강릉 가는 도중에 납치당합니다. 수로부인은 '물 수(水)', '길 로(路)'인데, 머리와 물, 나타남과 길은 발음이 비슷하거나 뜻이 서로 유추될 수 있어 미묘합니다. 이름이 그 정도 비슷한 게 무슨 대수냐 하겠지만, 수로부인이 납치당했을 때 사람들이 땅을 파며 〈구지가〉와 아주 비슷한 노래를 불러요. 〈해가〉라는 작품입니다.

龜乎龜乎出水路	거북아, 거북아. 수로를 내놓아라.
掠人婦女罪何極	남의 아내 빼앗은 죄 얼마나 크냐?
汝若悖逆不出獻	너 만약 거스르고 돌려주지 않는다면,
入網捕掠燔之喫.	그물로 잡아서 구워 먹으리라.

이런 공통점이 단순한 우연일 수는 없겠지요. 수로부인은 어떤 노인으로부터 철쭉꽃과 함께 〈헌화가〉라는 향가를 받기도 하는, 나름 신라의 아름다움을 상징하는 인물입니다. 그런데 수로왕이나 〈구지가〉와는 어떤 관계일까? 속단은 금물이지만, 7세기 후반에서 8세기는 가야 출신 인물들이 신라에서 크게 활약했던 시기였습니다. 대표적인 인물로는 명장 김유신이 있지요. 이보다 약간 이른 시기에는 우륵이 가야금을 신라에 전하고 나서, 우리가 아는 가장 오랜 향가인

〈혜성가〉나 〈서동요〉가 이루어지기도 했습니다. 물론 저 두 작품이 최초의 향가라는 뜻은 아닙니다. 그러나 7세기는 신라가 가야로부터 문화를 수용하고 인재들을 받아들여, 문학과 음악을 비롯한 문화 전체의 큰 전환을 이루었습니다. 그러면서 가야 노래 〈구지가〉와 김유신의 뿌리인 금관가야 건국 신화도 주목받게 된 결과, 저 수로부인과 〈해가〉라는 인물과 작품이 다시금 나타난 건 아닐까요?

2. 소박한 서정과 〈황조가〉의 역사

〈구지가〉는 배경이 되는 이야기를 알아야 온전히 이해할 수 있는 반면에, 〈황조가〉는 그 배경 설화를 몰라도 우리가 충분히 이해할 수 있는 작품입니다.

翩翩黃鳥	꾀꼬리는 훨훨,
雌雄相依	암수가 정겨운데.
念我之獨	이내 신세 외로워라!
誰其與歸	뉘와 더불어 돌아가랴?

동물이 짝짓는 모습을 보면서, '나는 혼자구나.' 하며 자연과 인간을 대비하는 모습은 언제 어디서나 똑같습니다. 그런데 마지막 행의 "뉘와 더불어"에 대한 욕망과 기대를 약간이나마 열어 둔 태도는 이 작품을 민요풍의 애정시로 느끼게도 하죠. 1년 농사를 본격적으로 시작하기 직전, 열 달 뒤의 풍년과 새로운 노동력의 탄생을 함께 기대하

며 벌이는 자유연애의 기간에 부른다면 제격입니다. "뉘와 더불어" 할 때, '뉘'가 호응해 줄지 말지 걱정하다가, 환호 또는 좌절에 빠져드는 장면이 떠오르죠. 〈김현감호〉 같은 슬픈 사랑 이야기 속 탑돌이도 그런 풍속의 유산입니다. 그런데 다음 배경은 이 작품을 순전히 민요풍의 집단 서정으로만 바라보면 안 된다고 말하는 것 같습니다.

> 10월에 왕비 송씨가 죽자, 유리왕은 두 여자와 재혼했다. 골천 사람 화희(禾姬)와 한나라 사람 치희(雉姬)였다. 두 여인은 서로 사이가 좋지 않아, 왕이 각각 다른 방향에 두 거처를 마련하여 따로 살게 했다. 훗날 유리왕은 7일 동안 기산(箕山)이란 곳에서 사냥하느라 귀가하지 못했다. 이때 두 여인이 싸우다가, 화희가 치희를 비난했다.
>
> "천한 한나라 것이, 위아래를 모르느냐?"
>
> 치희는 치욕감과 울분에 고구려를 떠났다. 이 소식을 들은 유리왕은 말 달려 쫓아갔지만, 치희의 마음을 돌리지 못했다.
>
> 유리왕은 어느 날 나무 밑에서 쉬다가, 황조 그러니까 꾀꼬리가 모여드는 걸 보고 그 느낌을 이렇게 노래하였다. (이하 〈황조가〉 인용)
>
> — 《삼국사기》 권13 〈고구려본기〉 유리왕

유리왕은 아버지를 모르고 자랐으니 아들로서 불행했고, 외교 분쟁으로 아들을 처형했으니 아버지로서 참혹한 인물입니다. 주인공이 원하는 대로 다 이룰 수 있었던 신화 시대의 종말을 뜻한다고도 하네요. 여기서는 첫 아내를 사별하고 둘째 아내들과 불화했으니 남편으로서도 기구하군요. 연개소문의 아들들 사이 불화로 결국 고구려가

망했던 것을 보면, 가정불화는 《삼국사기》에서 고구려 역사의 키워드인 것도 같습니다.(신형식: 2011)

그런데 유리왕의 두 번째 아내들의 이름을 보면, 이 가정불화는 가정에만 국한된 문제가 아니었던 것 같습니다. 화희는 '벼 화' 자를 썼어요. 그러니까 농경 부족에서 온 여인인 것 같죠. 반면에 치희는 '꿩 치' 자를 썼습니다. 수렵 부족 출신일까요? 그러니 유리왕은 농경 부족과 수렵 부족 사이에서 결혼을 통해 부족 간의 통합을 시도했던 게 아닐까 합니다. 더군다나 치희는 외국인이었으니까, 유리왕은 다민족, 다문화 정책을 시도했군요. 훗날 일이지만 고구려는 결국 이 정책을 통해 강대국이 됩니다.

그렇지만 시기상조였는지 유리왕이 7일 동안 사냥을 나간 사이에 두 여자가 다투고 외국인이었던 치희가 마침내 고구려를 떠나게 됐어요. 아니, 무슨 남편이 일주일 동안 사냥하느라 아내들도 못 챙겼냐? 할 수도 있는데, 이런 사냥은 대개 군사 훈련을 뜻하거든요. 그럼 왜 훈련을 사냥이라고 쓰느냐 하면, 이웃 나라들이 훈련하는 줄 알게 되면 '저 나라가 군사 훈련을 하는구나, 혹 다른 생각이 있나?' 이러면서 뭔가 경계하고, 경계가 지나치면 도리어 선제공격까지 받겠지요. 그래서 짐짓 숨긴다고 보시면 됩니다. 바깥을 지키겠다고 사냥하는 척 훈련을 했는데, 치희가 떠나니까 안으로부터 나라가 흔들리게 되었지요.

이런 일을 겪은 유리왕은 어느 날 나무 밑에서 쉬다가 꾀꼬리가 모여드는 걸 보고 느낀 바 있어서 이 〈황조가〉를 '불렀다'는 거죠. 잘 보면 지었다고 안 돼 있고, 노래를 불렀다고 돼 있습니다. 기존에 있었던 〈황조가〉를 유리왕이 부른 것처럼 되어 있어요. 여기서 우리가 주목할 점은 대략 세 가지 정도인데요.

첫째, 유리왕은 아버지 동명왕처럼 원하는 것을 다 이룰 수 있는 신화적 인물이 아니라 현실 정치를 위해 정략결혼을 해야 했지만, 그런 결혼의 결과도 굉장히 불행할 수밖에 없었던 인간적인 역사 시대의 임금이었다는 점.

둘째, 유리왕은 〈황조가〉와 같은 민요를 통해 자신의 마음을 표현했잖아요? 그러니까 이 당시 고구려는 임금과 민간 백성 사이에 같은 노래를 부르고 들을 수 있을 정도로 상하층의 거리가 그렇게 멀지 않았다는 점.

셋째, 연결되는 내용인데 만약 유리왕이 이 상황에서 임금으로서 격식 있는 고급스러운 노래를 지었다면, 그리고 그게 교과서에 실렸다면 여러분들이 과연 지금 〈황조가〉 내용을 기억하듯, 이 작품을 쉽게 기억할 수 있었을까요? 사실은 상하층의 거리만이 아니라, 2천 년 넘는 시간과 언어의 차이까지 뛰어넘은 노래라는 점.

조금 더 말씀드리면 여러분도 〈황조가〉를 외우지는 못하더라도, 꾀꼬리 나오고 뉘와 함께 돌아가니 이런 내용은 대략 기억하잖아요? 〈찬기파랑가〉, 〈관동별곡〉은 몰라도 〈황조가〉는 대개 알고, 고전시가를 리메이크한 가요라면 〈황조가〉처럼 '새'가 들어가는 경우가 꽤 됩니다. 바로 여기서 우리는 고전시가의 현대적 가치가 과연 무엇인지 떠올릴 만합니다. 뭔가 어렵거나 절묘해서 가치가 있는 게 아니라, 굉장히 소박하고 누구나 공감할 수 있기 때문이라는 점이죠. 어렵고 위대한 작품보다 솔직하고 평범한 내용이 더 질긴 생명력을 갖고 있다면, 우리가 어떤 식으로 글을 써야 할지도 자명해지는 것 같아요.

3. 잊힌 노래들의 실마리
―《고려사》악지 〈삼국속악〉

　고대가요 다음에는 바로 이어서 향가를 하기도 하는데, 그렇게 하면 6백 년 넘게 간격이 벌어집니다. 없는 자료를 어쩔 수야 없지만, 그래도《고려사》악지의 〈삼국속악〉 부분에서 삼국 시가의 내용만이나마 소개하고 있습니다. 고려가 옛 삼국 지역을 문화적으로 통합했다는 시각을 입증하는 게《고려사》의 주된 목적이라서요.

　〈삼국속악〉의 '삼국'은 실상 삼국 시대가 아닌 '옛 삼국 지역'이라는 뜻에 가깝습니다. 기록을 유심히 보면 삼국 시대 이후의 것들까지 포함되어 있다는 거죠. 그런데 그렇게 따지고 들면《삼국유사》도 고려 시대 책이고, 가감과 윤색이 많이 이루어졌잖아요? 이런 제약 탓에 힘겹고도 아쉽지만, 그래도 이렇게나마 삼국 시대의 흔적 부스러기라도 접할 수 있어 다행이죠.

1) 신라 노래의 문화적 가치

〈동경 계림부〉 신라는 오랫동안 태평하고, 정치가 잘 돼서 사람들이 순박하였다. 좋은 징조에다가 봉황도 나타나 울기에, 신라 사람들은 이 노래를 지어 송축하였다. 노랫말에는 '월정교(月精橋)', '백운도(白雲渡)' 등의 왕궁 근처 지명에다가, '봉생암(鳳生巖)'도 나왔다고 전한다.

〈동경〉 동경은 아랫사람이 윗사람을 찬양하고 축복한다. 신하와 아들이 임금과 아버지에게, 젊은이들이 어른에게, 아내가 남편에게 하는 상황에 모두 통한다. 노랫말에 '안강(安康)'이란 계림부의 현 가운데 하나로, 동경이 상위 지명이라 '안강' 대신 '동경'이라 부르겠다.

위의 〈동경 계림부〉는 지금 우리에게는 그다지 의미가 없는 지명 정보들이 나와 있고, 신라 사람들이 태평성대를 찬양하는 악장과 같은 성격의 노래로 보여요. 아래의 〈동경〉 역시 찬미하여 축복하는 노래인데, 신하와 아들이 임금과 부친에게, 젊은이들이 존장 어르신에게, 아내가 남편에게, 모두 똑같이 대한다고 하네요. 마치 조선 시대 〈오륜가〉가 신라 때부터 있었나 싶을 정도입니다. 그런데 신라 시대라는 배경은 위 작품에만 있고, 〈오륜가〉 비슷한 아래 작품에는 시기가 안 나와 있잖아요? 이래서 아래 내용은 신라보다 후대에, 오륜으로 대표되는 유가 윤리가 사회를 지배했던 시기에 나온 게 아닐까 싶습니다.

옛날 같으면 이런 내용으로 미루어 경주는 신라 시절부터 충절의 고장이었다고 할 텐데, 기록의 내용을 정확히 살피고 신라가 원래부터 유교 국가는 아니었다는 점에도 유의하여 생각할 필요가 있습니다.

〈목주〉 목주는 어느 효녀가 지었다. 그 효녀는 아버지와 새어머니에게 효성스럽다고 소문났다. 그러나 아버지가 새어머니의 모함만 믿고 딸을 쫓아내려 했다. 그렇지만 떠나지 않고 집에서 더욱 성심껏 모셨다가, 더 큰 화를 사 결국 내쫓겼다. 하직하고 떠난 효녀는 어떤 산 석굴 속에 사는 노파를 만났다. 사정을 들은 노파는 불쌍하게 생각하고, 효녀의 함께 살자는 부탁을 들어주었다. 효녀가 부모를 대하듯 노파를 섬기자, 마음에 든 노파가 며느리로 삼았다. 효녀 부부는 부지런하고 검소했으므로 부자가 된다. 그 사이 효녀의 친정은 가세가 기울었고, 소식을 들은 효녀가 자신의 집으로 모셨다. 그러나 아버지와 새어머니는 여전히 기뻐하지 않았으므로, 효녀는 이 노래를 지어 자신의 효심이 부족하다고 한탄했다.

〈목주〉라고 하는 노래의 배경은 문화사적 가치가 커요. 비슷한 내용이 여러 곳에 나오거든요. 어느 효녀가 아버지와 새어머니에게 참 잘했답니다. 그런데 이게 옛날 새어머니의 스테레오 타입이라고 할 수 있는데, 아버지랑 딸 사이를 새어머니가 이간질했어요. 그래서 아버지가 딸을 미워하게 되고, 거듭 나가라고 하는데도 안 나가다가 결국 쫓겨났습니다. 그런데 어떤 산속에 이르러서 석굴 속에 사는 노파를 만났어요. 석굴에 사는 노파는 산신령님이거든요. 원래 아주 옛날에는 산신령은 여성이 많았습니다. 산에는 대개 동굴이 있는데, 동굴은 음의 성격이 있으므로 여성이 동굴의 신, 나아가 산신령까지 맡는 것 같아요. 그래서 이 할머니를 만나서 여기 머물겠다고 하니까는, 이제 불쌍하게 생각하고 허락했는데 워낙 잘하니까 그 아들과 결혼을 했어요.

이런 이야기는 어떻게 보면 서사무가 〈바리데기〉와도 비슷하잖아요? 구박데기 딸이 내쫓겨 어디 신들이 사는 세상에 가서는, 그 신과 결혼해서 친정을 구하는 이야기입니다. 부자가 되어 가난해진 친정을 구한다는 결말이 오롯이 신화적이라 할 수는 없지만, 〈바리데기〉의 결말과 그리 멀지 않습니다. 그런데 딸이 용서하고 챙겨 주는데도 친정 부모는 전혀 기쁘게 생각하지 않았어요. 정말 잔인한 부모죠. 그래서 효녀가 이 노래를 지어서 "자신의 효성이 부족하다."라고 한탄했다는군요.

결말이 참 안타깝죠? 후반부의 내용은 발복설화 유형과 대비됩니다. 발복이란 말은 '내 복에 먹지'라는 얘기거든요. 어느 부잣집에 딸이 셋 있었는데, 아버지가 딸한테 '너네는 누구 덕에 먹고 사니?' 하니까 큰딸, 작은딸은 '아버지 덕이요.' 하고 예쁜(?) 소리를 했는데, 막내딸은 주체성이 강한 여성이라 '내 복에 먹지. 아버지가 왜 위세냐?' 이런 식으로 나오니 아버지가 너무 서운해서 내쫓았어요. 그랬더니 이 딸이 〈목주〉처럼 어디 가서 결혼하고 근검절약해서 부자가 됐는데 아버지네 집은 쫄딱 망한 거예요. 그래서 친정아버지를 모셔다가 봉양하면서, '그거 보세요. 아버지 복이 아니라 내 복이었잖아요.' 이렇게 큰소리를 치며 끝나요. 보기에 따라서는 주체적 여성상이라고 할 수도 있고요. 효도라는 가치관의 눈으로 보면, 아버지 비위 한번 맞춰 주면 좋았을텐데, 한마디도 절대 지지 않는 그런 모습이라고 볼 수도 있겠습니다. 어쨌건 〈목주〉의 자책하는 결말에 비하면 통쾌하다 할지, 생동감이 넘치는 모습의 주인공이 나옵니다.

잠깐 빗나가는 얘기일 수도 있는데, 속요는 향가와는 달리 배경 설화가 잘 없습니다. 그래서 노랫말이 사라진 삼국의 속악을 배경 설화가 없는 속요와 짝지으려는 시도가 있기도 했는데, 그 하나로 아버지보다 어머니의 사랑이 더 크다는 내용의 〈사모곡〉 배경 설화가 이 〈목주〉라는 가설도 있었습니다. 효녀가 아버지를 원망하고 새어머니가 아닌 친어머니를 그리워한다는 것이지요. 근거는 없지만 그럴싸하긴 한데, 옛날에는 이런 상상력도 학술적으로 허용되곤 했답니다.

〈여나산〉 여나산은 계림 끝자락에 있다. 어떤 서생(書生)이 여나산에서 공부하여 과거에 급제하고 세도가와 혼인하였다. 나중에 과거 시험관이 되자, 처가에서 잔치를 베풀고 이 노래를 부르며 기뻐했다고 한다. 이로부터 과거 시험관이 되어 잔치할 때면 이 노래를 먼저 부른다.

〈여나산〉은 신라 시대 노래가 될 수 없어요. 과거에 급제했다는데 과거는 아시다시피 고려 네 번째 임금인 광종 때부터 있었으니까요. 아까 우리가 봤던 오륜이 나오는 〈동경〉도 마찬가지입니다.

〈장한성〉 장한성은 신라와 고구려의 국경인 한산(漢山) 북쪽 한강 상류에 있다. 신라에서 겹겹이 진(鎭)을 쳤는데도 고구려에 점령당했지만, 무기를 잡고 반격하여 되찾고 이 노래를 지어 기념했다.

〈이견대〉 신라 임금과 그 아들이 오랫동안 헤어졌다가 만났을 때, 이견대를 새로 짓고 재회를 기뻐하며 이 노래를 지었다고 한다. 그 이름은

〈장한성〉과 〈이견대〉는 신라 시대를 배경으로 한 신라의 시가입니다. 신라의 운명이 걸린 고구려와의 한강 유역 전쟁이나, 신라 왕 부자의 상봉 등 배경이 한결 구체적입니다. 작품의 이름이기도 한 이견대의 '이견'은 《주역》에 나오는 말이라서, 신라 시대부터 《주역》에 관한 지식이 있었음을 강조하고 있군요.

이제 제목만 남은 신라 가요의 마지막으로, 최초의 향가라 할 수 있는 유리왕 〈도솔가〉를 살펴보죠. 이 작품은 흔치 않게도 《삼국사기》와 《삼국유사》에 모두 소개되어 있으므로, 실존했을 가능성이 큽니다. 제목만 같은 〈도솔가〉를 8세기 중반 월명사가 짓기도 해서, 유리왕 〈도솔가〉라고 구별하여 부를게요. 그리고 월명사의 〈도솔가〉는 미륵불의 '도솔'천에서 나온 불교식 이름이지만, 유리왕 〈도솔가〉의 '도솔'은 '다스림'이라는 고유어에서 유래했을 가능성이 있습니다. 한글 제목은 같지만, 그 제목의 뜻은 전혀 다른 셈입니다.

참고로 고구려 유리왕은 2대 임금이지만, 신라 유리왕은 3대 임금입니다. 남자 이름으로 '유리'가 어떨까 싶은데, 세상을 뜻하는 고유어 '누리'를 한자로 쓴 것으로 보입니다.

〈신라 유리왕 도솔가〉

신라 3대 유리왕 5년 11월의 일이다. 유리왕은 나라 안을 돌아보다가 어떤 노파가 굶주리고 얼어 죽어 가는 모습을 보았다.

"보잘것없던 내가 임금이 되어, 백성을 챙기지 못하고 노약자와 어린이들이 이 지경이 되게 했구나. 내가 죄인이다."

옷을 벗어 덮어 주고 음식도 먹였다. 그리고는 관리들에게 명을 내려, 온 나라에 홀아비, 과부, 고아, 독거노인, 생계 곤란 장애인 등을 찾아 위로하고는 음식을 주어 부양했다.

그러자 소문을 들은 이웃 나라 사람들이 많이 찾아들었다. 이때 민간의 풍속이 화평해져서, 비로소 왕이 〈兜率歌(도솔가)〉를 지었다. 이것이 가악(歌樂)의 시초였다.

— 《삼국사기》 권1 〈신라본기〉, 유리이사금

6부의 이름을 고치고 또 6개의 성씨를 내렸다. 〈도솔가〉를 비로소 지었는데 '嗟辭(차사: 감탄사)'와 '詞腦格(사뇌격: 10구체 향가의 형식)'이 있었다.

— 《삼국유사》 권1 〈기이〉, 제3대 노례왕

《삼국사기》가 조금 자세한데, 한 사람의 불행을 보고 이런 사람이 전국적으로 많겠다 미루어 짐작해서 복지 정책을 펼친 점이 훌륭합니다. 그런데 이런 식의 이야기는 중국에서 성군을 묘사할 때 흔히 쓰던 방식이라서, 그냥 전설적인 성격의 이야기로 받아들이면 되겠어요. 《삼국유사》에는 이런 미담은 없는 대신, 《삼국사기》가 '가악의 시초'라고 썼던 내용을 "감탄사와 사뇌가의 격조가 있었다."라는 형식적 요건으로 풀어 설명했습니다. '사뇌'라는 표현이 10구체 향가를 사뇌가라 하는 등 향가와 밀접한 관계가 있고, 10구체 향가에는 감탄사가 분명히 나오므로 유리왕의 〈도솔가〉는 최초의 10구체 향가라 하겠습니다.

2) 백제 노래의 여성화자와 속요의 기원

백제 시가에는 세 가지 특징이 있어요. 첫째, 여성화자가 등장합니다. 한국 시가에서 처음으로 여성화자가 본격적으로 등장하지요. 둘째, 그 여성화자들이 기혼 여성으로서 남편에 대한 그리움을 제재로 합니다.(조재훈: 2018) 그래서 속요나 기녀 시조의 화자들과 같으면서도 다른데, 그리움이라는 정서 자체는 비슷하지만 기혼 여성이 남편을 그리워하는 것과 기녀들이 임 생각하는 처지가 완전히 똑같을 수는 없겠지요. 셋째, 제목에 산이 많이 나와요. 이게 왜 중요하냐 하면 선운산, 방등산, 무등산 등 여러 지역의 산들이 나온다는 것은 각각의 지역성을 대변하고 있다는 뜻이기 때문입니다. 이런 백제 시가의 특징은 신라 향가가 경주 일대에서 주로 창작되었고, 남성 화자의 주술적, 종교적 생각을 제재로 삼은 것과는 매우 대조적입니다.

〈선운산(전북 고창)〉 장사(長沙) 사람이 군대에 징집되고는 기한이 지나도록 돌아오지 못했다. 그래서 그 아내가 선운산에 올라, 남편을 그리워하고 기다리며 부른 노래이다.

〈무등산(광주, 전남)〉 무등산은 광주(光州)의 명산이고, 광주는 전라도의 대도시이다. 그런 무등산에 성을 쌓자, 주민들이 이 성을 믿고 편안히 살 수 있겠다고 이 노래를 불렀다.

〈방등산(전남 나주)〉 방등산은 나주(羅州)와 장성(長城) 사이에 있다. 신라 말년에 도적 떼가 생겨나더니, 이 산을 근거지로 평민들을 많이 약탈하고 그 가족을 납치했다. 장일현(長日縣)의 어떤 여성도 잡혔지만, 남편이 즉시 구해 주지 않는다고 이 노래로 풍자했다.

〈정읍(전북 정읍)〉 정읍은 전주에 속했다. 정읍 사람이 행상을 떠나 오래도록 돌아오지 않자 아내가 산봉우리 바위 위에 올라서서 기다렸다. 남편이 밤길에 사고를 당할까 염려하여, "진흙물에 몸을 더럽힌다."라는 내용의 노래를 지었다. 그 고개를 올라가면 '망부석(望夫石)'이 있다고 전한다.

〈지리산(전남 구례, 전북 남원, 경남 등)〉 구례(求禮) 지리산 자락에 사는 사람의 아내가 아름다웠다. 그 아내는 가난한 집에서도 며느리의 도리를 다했다. 백제 임금이 미인이란 소문을 듣고 데려가려 했지만, 이 노래를 지어 죽기를 맹세하고 불복종할 뜻을 비쳤다.

여성화자, 부부간의 정, 그리고 여러 지역. 여기서 부부간의 정은 미운 정도 많이 들어 있어서, 고운 말씨로만 표현되지는 않죠. 〈선운산〉이나 〈정읍〉처럼 병역이나 생업으로 어쩔 수 없이 떠난 남편을 그리워하기도 하지만, 〈방등산〉처럼 원망도 하지요.

여기서 다루지는 않지만 〈숙세가(宿世歌)〉라고도 불리는 백제 목간 속 글에서는 "전생의 업 탓에 한데 태어났으니, 시비를 가리려면 상제께 절하고 아뢰자.(宿世結業 同生一處 是非相問 上拜白來)"는 내용도 있습니다. 오랜 부부 생활로 서로를 '웬수'로 아는 것 같죠? 그런데 이 글이 부여 고분군 옆 능사(陵寺)란 이름의 절터에서 나온 점을 보면 사별한 배우자에게 남기는 글인가도 싶죠. 그렇다면 전생의 업 탓에 함께 태어났지만 당신 먼저 떠났으니 나중에 상제께 우리 사별에 대한 시비를 가려 보자는 것 같기도 합니다. 당신 먼저 떠났다는 말과 슬픔은 차마 적지 못했네요. 한문 실력이 부족해서 풀이를 어설프게 했을 수도 있지만, 이 글은 정통 한문이 아닌 이두로 씌어 있다고 합니다.

목간의 내용은 당시 백제 사람들이 직접 남긴 기록이니까 《고려사》 악지보다 훨씬 중요합니다. 그런데 역시 부부간의 미운 정을 적었다는 점에서, 백제 시가의 중심축은 부부의 정과 가정이었구나 하는 생각이 절로 듭니다.

〈방등산〉의 시대적 배경은 신라 말기였다고 하며, 〈무등산〉에서 쌓은 탑 역시 신라 후대 축성 기술로 이루어졌다고 합니다. 〈지리산〉도 백제 왕을 저렇게 폭군으로 그린 게 9세기 김대문의 《한산기》에 실렸다는 〈도미 설화〉 내용과 아주 유사하죠. 어찌 보면 〈춘향전〉과도 비슷합니다. 이들 3편은 백제 멸망 이후 지어졌다고 봐요. 앞에 신라속악도 〈동경〉이나 〈여나산〉 같은 작품은 그랬죠.

백제가 망한 이후로도 이 지역 사람들은 자신들을 백제 사람이라 생각했답니다. 백제 양식 석탑은 전북 정읍을 중심으로 ―〈정읍사〉의 그 정읍입니다. ― 무려 14세기까지 조성되었어요. 송나라 때 기록에도 8세기 때 활동했던 백제 유민 출신인 진표(眞表) 스님이 백제 사람이라고 되어 있어요. 심지어 백제 해적이란 사람들이 고려 시대까지도 등장합니다. 이런 자료를 모아 보면 의외로 제법 됩니다.

그러니까 위의 〈정읍〉에서 "진흙물에 몸이 더러워진다."라는 인용 부분 덕분에 〈정읍〉이 속요 〈정읍사〉와 완전히 같은 줄 알게 되었지요. 그래서 〈정읍사〉가 백제 시대부터 있었는지 아닌지 논쟁을 벌이기도 했습니다. 5장에서 〈정읍사〉 읽을 때 마저 말씀드릴 텐데, 결국 중요한 건 시기보다 지역입니다. 고려 멸망 무렵까지도 자신들을 백제 사람이라 생각하고, 그 정체성을 백제 양식 석탑을 통해 지켜 온 정읍분들의 마음을 존중할 필요가 있어요. 그래서 백제 시대의 노래라기보다는 백제 문화권의 유산으로 생각하면 어떨까 합니다.

3) 고구려 노래와 고구려의 주변 환경

고구려는 땅은 넓지만 인구 부양력은 그리 좋지 않았습니다. 그런 상황에서 북방 민족이나 대제국과 경쟁해야 했던 처지가 다음 두 작품에 오롯이 드러나 있습니다.

〈내원성(압록강 검동도)〉 내원성(來遠城)은 정주(靜州)에 있다. 강 한가운데의 섬인데, 북쪽에서 이민족이 귀순하면 여기 살게 했다. 그래서 성 이름도 내원성이고, 이 노래로 기념했다.

〈연양〉 연양(延陽)에서 남의 믿음을 사 채용된 사람이 있었다. 그는 목숨을 걸고 은혜를 갚으리라 결심하고는, 나무에 빗대어 노래했다.

"나무가 불 만나 제 몸을 상해도, 세상을 위해 쓰여 다행이라 생각하겠지. 그렇듯 나 역시 불에 타 재가 되더라도, 마다하지 않으리오."

위 〈내원성〉에 따르면 이주 외국인을 위한 정착지를 따로 마련할 정도로 인구 증가에 힘썼던 모습이 나옵니다. 아래 〈연양〉은 상황이 아주 비장한데, 특이하게 작품의 거의 전체에 해당하는 듯한 내용이 인용되었죠. 위치 탓에 전쟁을 많이 해서 고구려는 한때 '한민족의 방파제'라는, 고구려 사람들에겐 썩 유쾌하지 않을 평도 들었지요. 유목민이 많으면 그럴 때 동원하기 힘들었을 테니 저런 식으로 "불에 타 재가 되더라도" 채용된 사람은 임무 중 죽음을 "다행"으로 생각해야 한다는 구호가 필요했겠지요. 을지문덕이 수나라 장수 우중문을 놀릴 때 "만족할 줄 알고 그치라."는 기개 넘치는 명문도 나왔지만, 고구려의 전쟁사 대부분은 아마 저런 쥐어짜기로 힘겹게 이어 갔을 겁니다. 지금도 국방의 의무는 여러 아름다운 말로 포장되곤 합니다. 그런데 누구나 해야 하는 희생을 당연하게 생각하는 분위기는 예나 지금이나 마찬가지인 것 같아 서글픕니다. 기업에서 사원들에게 요구하는 것도 크게 다르지는 않겠죠.

다음 〈명주〉는 배경 설화가 상당히 길고 재미있어요. 명주는 지금 강릉이라서 원래 말갈과 동예의 땅이었다가, 고구려, 신라를 거치니 좀 애매해졌어요. 그렇기도 하고, 앞의 신라 〈여나산〉처럼 과거 시험 치는 내용이 있어서 고구려 때 설화는 아닌 것 같아요. 강릉이 고구려의 정체성과 연결되는 것은, 오히려 이 지역을 궁예가 중심지로 삼았던 후고구려-태봉 시절 무렵입니다. 그러니까 이 설화는 아무리 봐도 고구려 멸망 이후의 것입니다.

〈명주(강원 강릉)〉

　세상에 떠도는 이야기이다. 어떤 서생이 명주에 유학 와서 아름답고 교양도 있는 여성을 만났다. 서생은 시를 지어 주고 친해지려고 했는데, 여성이 말했다.

　"여자는 남자를 따르기 마련이지만, 저와 맺어지려면 과거에 급제하고 부모님 승낙도 받으세요."

　서생은 즉시 서울(京師)로 돌아가 공부했다. 그렇지만 시간이 흘러 이 여성의 집에서 다른 남자를 사위로 삼으려고 했다. 여성은 연못 안 물고기들에게 먹이를 주는 습관이 있어서, 기침 소리만 내도 물고기들이 모여들어 얻어먹곤 했다. 이날도 물고기들을 먹이며 말했다.

　"오랫동안 먹여 줬으니, 너희는 내 마음 알겠지?"

　그러고는 비단에 적은 편지를 물에 던지자, 큰 물고기 하나가 뛰어올라 받아 물고 떠났다.

　한편 서생은 서울에서 시장을 보다가 그 물고기를 사서는, 배를 갈라 여성의 편지를 얻고 깜짝 놀랐다. 얼른 혼인 승낙하는 글을 아버지에게 받아서, 편지와 함께 지니고 지름길로 여성의 집에 갔다. 그러나 다른 사윗감이 이미 집 앞에 와 있었다. 서생은 글과 편지를 여성의 가족들에게 보이고, 이 노래를 불렀다는 것이다.

여성의 부모도 신기하게 생각하고는, "정성에 하늘이 감동해서 된 일이니, 사람의 힘으로 어찌할 수 없다." 하고는 다른 사윗감을 물리치고 서생을 사위로 맞았다.

이렇게 천 년에 걸쳐 이루어진 삼국속악을 대략 살폈습니다. 작품 읽자고 하더니 막상 작품도 안 남은 배경 기록을 뭐 이리 떠드냐 하겠지만, 삼국속악이 아니면 고구려와 백제를 거의 다룰 수 없습니다. 그리고 여성화자처럼 후대에 이어지는 굉장히 중요한 요소의 기원을 이야기하지 않을 수 없고, 백제 시가가 '성별-지역-정서' 면에서 향가와는 다르고, 여성화자와 '-산'으로 대변되는 다양한 지역성, 미련과 그리움의 정서 등을 속요에 물려주었다는 말씀도 드렸어요.

그리고 권력자들이 피지배층에 요구하는 '당연한' 희생이 얼마나 오래고 견고했던 것인지도 알 수 있었잖아요? 저런 논리에 본격적으로 대응하는 시가 작품은 매우 드물었지만, 그 제약 안에서도 울고 웃으며 살아간 인간의 모습은 조직의 폭력 앞에서도 언제나 당당했습니다. 본격적인 저항은 못 해도 하루하루를 당당하게 살고 싶은 모습, 어쩌면 그것이 오늘날 우리의 자화상이라고도 하겠습니다.

제 3 장

이야기 속 주인공의 역할과
향가

자, 향가가 나왔으니 우선 향찰에 대한 말씀을 드리는 게 도리겠죠? 향찰이란 향가를 한자로 기록한 수단인데요. 대체로 체언이나 용언의 어간 같은 부분은 뜻으로 새기고, 조사나 용언 어미 같은 부분은 음으로 읽습니다. 그런데 '대체로'라고 말씀드렸듯 늘 그렇지는 않았고, 옛날 사람들이 문법이나 형태소 구별을 규칙적으로 하지도 않았으니 자신이 적은 글도 세월이 흐르면 못 읽을 지경이었습니다.

그래서 모호하고 중의적인 표현이 많을 수밖에 없는데, 이를 단순 표기 수단을 넘어선 문학적 장점으로 내세우거나(양희철: 1997), 오탈자로 파악하고 교정하여 자연스러운 해독을 시도하거나(신재홍: 2000, 박재민: 2013), 사상사까지 엮어 특유의 기호학적 모형을 만드는 등(이도흠: 1999) 도전적인 시도들이 여럿 있었습니다. 어쩌면 저 성과가 나온 때가 향가 연구의 마지막 불꽃이었나 싶기도 하네요. 향가가 잘 나갈 땐 향가 연구사가 곧 국문학 연구 방법론의 역사였던 시절도 있었습니다. "Every dog has its day."라고 할까? 그런데 우리말로는 "쥐구멍에도 볕 들 날 있다."가 되어 뉘앙스가 묘하게 달라지죠? 향가 해독도 이런 번역처럼 사람에 따라 상당히 차이가 난다고도 하는데,

제가 보기에는 형식 형태소가 좀 차이가 있고, 체언이나 용언 어간부터 격차가 큰 사례는 생각만큼 많지 않습니다.

그리고 향가에는 배경 설화가 붙어 있어서, 해독이 쉽지 않은 향가 이해에 결정적인 도움을 주곤 합니다. 그런데 배경 설화는 '배경'이라고 향가에 종속시키기에는 비중이 너무 커요. 그래서 대안으로 '기술물(記述物)' 같은 표현(임기중: 1982)도 나오곤 했는데, 여기서는 향가를 전승시켜 준 이야기라는 뜻에서 '전승담'으로 부르겠습니다. 그런 문제를 말끔히 해결한 표현은 아니지만, 이 이야기들이 배경보다는 큰 역할을 맡았다는 점을 환기하려고 그럽니다.

전승담을 통해 이해하는 과정이 필수적인 〈서동요〉, 〈처용가〉를 3장에서 말씀드리고, 이어서 다음 4장에서 서정시로 유명한 〈모죽지랑가〉, 〈찬기파랑가〉, 〈제망매가〉 등을 알아볼게요.

1. 〈서동요〉와 선화공주의 역할

내용은 아래와 같이 아주 간단한데, 전승담에 나오는 서동의 모습이 실존 인물 백제 무왕과 차이가 커서, 서동의 정체는 다음에 살펴볼 처용의 정체와 함께 해묵은 떡밥입니다. 이런 건 학술적으로 밝혀 다른 사람들을 논리적으로 설득하겠다고 목표를 세우기보다는, 콘텐츠로 만들어서 재미와 관심을 촉발하겠다고 생각하는 편이 더 나아 보이네요.

善化公主(선화공주)니믄

눔 그슥 어러 두고

薯童(서동) 방올 바매 알홀 안고 가다

— 김완진 해독

선화공주님은

남몰래 정분나서

서동 서방을, 밤에 그 씨알을 안고[품고] 간대요.

행의 구분은 《삼국유사》 원전에 따라 3행으로 했습니다. 다른 향가도 〈헌화가〉나 〈도솔가〉 등 전체 한 문장으로 된 짧은 작품은 3행으로 되었습니다. 짧은 문장 여러 개로 이루어진 〈풍요〉만 4행으로 되어 있어요.

1~2행은 진평왕의 셋째 딸 선화공주님이 남 '그슥' 얼어 두었다고 했습니다. 여기서 '그슥'은 그윽하다거나, 으슥하다는 말과 어감이 비슷하죠? 보통 '몰래'라고 풀이하지만, 이 어감을 잘 살렸으면 하는 생각도 드네요.

'얼다'는 한자로 남녀 관계를 뜻하는 '가(嫁)'로 나오는데, 이렇게 한자로 쓰고 뜻으로 읽는 게 향찰로 실질 형태소를 읽는 일반적인 방법입니다. 참고로 보조사 '은'은 '은(隱)'을 쓰고 음으로 읽는데, 글자가 너무 복잡하죠? 그래서 'ß'과 같이 간략화하면 구결이 되고 일본어 히라가나가 될 수도 있습니다.

여기서 인용한 김완진 선생님 풀이는 3행에서 '알을 안고 간다.'

로 되어 있죠? 중등 교과서에 많이 나오는 양주동 선생님 풀이는 '몰래 간다.'로 되어 있습니다. 그런데 몰래 어쩐다는 말은 바로 앞 행에도 나왔고 반복적인 느낌이 듭니다. '알'은 신화에도 많이 나오지만, 어찌 생각하면 남성의 고환을 저렇게 노골적으로 부른 건가 싶은데, 사실은 이 노래 탓에 선화공주가 쫓겨났다는 전승담의 내용을 고려하면 이렇게 노골적인 표현이 더 설득력(?)이 있어 보이네요. '얼레리꼴레리' 하며 모함하는 작품이니까요. 전승담의 줄거리는 이렇습니다.

① 훗날 백제 무강왕(武康王)이 되는 서동은 연못의 용과 과부 사이에서 태어났다.(백제에는 무강왕이 없으므로 무왕이라 적는다는 고증이 있음.)

② 서동은 신라 진평왕의 셋째 딸 선화공주의 아름다움을 욕망하여, 머리를 깎고 신라에 가 돼지감자로 아이들을 꼬드겨 〈서동요〉를 널리 퍼뜨린다.

③ 이 노래 탓에 선화공주는 귀양을 가게 되는데, <u>서동이 나타나자 동요의 효험을 깨달았다.</u>

④ 어마마마가 준 황금을 서동에게 보여주자, 서동이 돼지감자 캐던 곳에 아주 많다며 웃는다.

⑤ 서동의 황금을 신라에 보내 주고, 그 덕분에 인심을 얻어 왕위에 올랐다.

⑥ 무왕이 된 서동은 왕비의 요청에 따라 미륵사를 짓는데, 진평왕이 기술자를 보내 도와준다.

①을 보면 이 왕의 이름은 원래 '무강왕'이었다고 하죠. 백제에는 무강왕이 없는데, 마한의 시조 임금이 무강왕이었습니다. 위만에게 나라를 빼앗긴 기자조선의 마지막 임금이라는 기록이 남아 있기도 하죠. 기자조선이 실제로 있었는지는 분명하지 않지만, 기자조선의 마지막 임금은 마한 무강왕으로서 기록을 제법 남겼어요.(나경수, 2004) 그러면 서동의 정체가 마한 무강왕인가? 이 이야기는 사실은 마한의 건국 신화인 건 아닐까? 그런데요. 무왕과 동시대인 진평왕이 나오고, 무왕 때 지은 절 미륵사가 나오잖아요. 배경이 7세기 초반이니까 이 전승담에 한하면 서동은 무왕이 될 수밖에 없어요. 또 11세기 일본 측 기록인《관세음응험기(觀世音應驗記)》에서 무왕을 '무광왕(武廣王)'이라 불렀는데(황패강: 2001), '강'과 '광'은 글자의 음과 모양이 제법 비슷합니다.

아무튼 설화 속의 서동이 실존 인물 무왕과 동일성을 갖는지는 별개의 문제입니다. 〈전우치전〉에 나오는 서화담이 황진이 전설에 나오는 서화담과 얼마나 동일성을 지니고 있을까요? 〈홍길동전〉의 홍길동은 민중 영웅이지만, 실존 인물 홍길동은 정치 깡패에 가깝다는 말도 있습니다. 우리도 직장에서의 모습과 가정에서의 모습은 많이 다르잖아요? 역사의 설화화, 편리한 말이지만 곤란하기도 해요.

무왕과 진평왕이 여러 차례 전쟁도 벌이고 거의 사생결단 단계였는데, 어떻게 장인과 사위가 되고 절 지을 때 기술자를 보내고 화기애애하겠느냐? 그러니까 서동은 무왕 아닌 다른 왕이 되어야 한다고 많은 분이 생각했죠. 그래서《삼국유사》가 나름 고증을 했는데도, 서동의 정체를 참 다양하게 보았습니다. 신라 귀족의 딸과 실제로 결혼한 동성왕, 무강과 뜻이 비슷한 이름의 무령왕('강'과 '령'은 다 편안하다는 뜻입니다.), 신라 공주와 혼인한 원효, 앞서 소개한 마한 무강왕이며 불교의 남순동자까지….

이 중에 마한 무강왕 설을 조금 더 말씀드리면, 조선 시대 지리서 《신증동국여지승람》 익산군 부분에서, 이 기록을 인용하며 아예 "마한국을 세운 무강왕"이라고 나올 정도로 오래된 설입니다. 그런데 《신증동국여지승람》에서도 신라 진평왕은 그대로 나옵니다. 미처 못 고쳤거나 다른 이유가 있었겠죠. 다시 전승담에 대한 원래 이야기로 돌아갈게요.

②와 ③은 서동이, ④ 이하는 선화공주가 서사의 흐름을 주도합니다. 서동은 ②와 ③에서는 노래 하나로 공주를 내쫓는 지략가였고, 당시 삼국이 다 불교 국가라서 스님들은 국경을 넘기 좀 쉬웠기 때문에 머리를 깎고 변장할 줄도 압니다. 그런데 그랬던 사람이 갑자기 ④에서는 황금이 뭔지도 모릅니다.

반면에 선화공주는 ③에서 서동에게 당하고도 의심할 줄 모르는, 세상 물정 모르는 사람이었다가 ④ 이하에는 서동을 도와 왕으로 만들고, 당시 동양 최대 규모의 미륵사 창건도 주도하는 영웅적인 인물이 됩니다. 마치 바보 온달 이야기의 평강공주 같기도 하고, 앞서 보았던 〈목주〉나 '내 복에 먹지' 여주인공처럼 주체적인 인물로 성장합니다. 어쩌면 이 전승담은 선화공주의 성장 이야기라 해도 좋을 정도입니다.

그래도 백제와 신라의 화기애애한 장면은 아무래도 어색합니다. 선화공주는 진평왕의 셋째 딸이라면서요? 그러면 선덕여왕 이후 왕위 계승은 사촌인 진덕여왕보다 친동생인 선화공주가 우선했을 것 같은데, 저는 잘하면 백제와 신라가 무혈 통일이 되었을지도 몰랐다고 상상하곤 했어요. 그러나 안타깝게도 백제와 신라의 통합 과정은 실제로는 그렇지 못했지요. 알다시피 복수와 복수가 거듭되는 아주 비극적인 과정이었습니다. 설화와 실제 역사 사이의 괴리를 생각할 때마다 참 서글펐어요.

더군다나 미륵사 서탑 복원과정에서 나온 사리 봉안 기록에서는 미륵사를 창건했건 왕후가 신라 선화공주가 아니라 백제 귀족 사택 적덕의 따님이라더군요. 선화공주가 미륵사를 짓지 않았다니, 많이들 아쉬운 마음에 없어진 동탑에는 선화공주 이름이 있었을 것이라 거나, 일부다처제라면 왕후가 여럿이었으리라는 등의 추측도 보태는데요. 여러분, 왕후가 여럿이면 저 설화 주인공들의 사랑이 얼마나 비루해집니까? 소실된 기록이 아무리 아쉬워도 그건 좀 그래요.

저는 오히려 선화공주가 가공인물이라는 점에 감동했습니다. 왜 실제 역사와 다른 화기애애한 장면이 필요했는지 알게 되었으니까요. 백제와 신라 사람들이 실제 있었던 피의 역사를 어떻게든 달리 기억하고 싶었구나. 그래서 백제와 신라를 이어 주고 상상 속에서 화해와 치유를 시도했구나. 이 이야기에서 중요한 것은 서동의 불투명한 정체가 아니라, 선화공주가 백제와 신라를 화해시켰던 그 확고한 역할이었어요.

역사학에서는 이런 상상의 역사가 무의미하다고 여길지도 모르겠습니다. 그러나 문학의 역할은 모름지기 이런 것이지요. 문학치료학이라는 분야의 원래 취지도 문학의 이런 기능을 잘 살려 보자는 게 아니었을까 싶습니다. 물론 실제 임상 치료처럼 문학치료학이 기능할 수 있을지는 더 지켜보아야 하겠지만, 선화공주에 대한 낭만적 상상은 이미 실제 역사와 뗄 수 없을 정도의 치유, 치료를 맡아 주었습니다. 피의 역사를 씻은 씻김굿, 진혼곡이랄까요. 선화공주를 봐서라도 오늘날의 지역 갈등 역시 이만 끝내는 게 어떨까요.

2. 〈처용가〉와 처용의 역할

서동의 정체보다 더 분명한 선화공주의 역할에 집중하자는 말씀을 드렸습니다. 이런 식으로 〈처용가〉에서도 처용의 정체보다 처용 부인의 역할에 초점을 맞추면 좋겠는데요. 그런 시도(허혜정: 2008)가 없지 않았지만, 아직 갈 길은 멉니다.

東京(동경) 볼기 드라라	서라벌 밝은 달에
밤 드리 노니다가	밤새껏 놀이[遊] 다니다가,
드러사 자리 보곤	들어와 잠자리를 보니
가로리 네히러라.	다리가 넷이로다.
두브른 내해엇고	둘은 내 아내의 것이겠지만
두브른 누기핸고.	둘은 누구의 것인가?
본디 내해다마루는	본디 내 사람이었지만
아사놀 엇디ᄒᆞ릿고.	내 탓에 빼앗긴 걸 어쩌랴?

— 김완진 해독

〈처용가〉는 신라 9세기 때 작품이라 합니다. 그런데 시작부터 '동경'이라니? 경주는 신라 시대에는 동경이 아닌 금성이라고 불렀죠. 그러니까 이 작품은 신라 시대에 곧바로 향찰로 정착된 게 아닙니다. 다만 동경이라 하면 동쪽을 고유어로 '새'라고도 하니까, 왠지 금성보다 더 오래된 서라벌, 샛벌 그런 느낌을 주기도 합니다. 앞의 〈서동요〉'그스'도 그렇고, 앞으로 향가 번역할 때 이런 미묘함을 잘 살리면 더 좋겠습니다.

　"밤들이 노니다가"는 정말 나가서 그냥 흥청망청 놀았다는 게 아니라 굿이나 제사를 지낼 때도 이런 '논다', 놀이라는 표현을 쓰거든요. 일설처럼 처용이 무당이었다면 야근을 하고 왔다는 뜻일지도 모르겠네요. 그러고 왔더니 가랑이, 곧 다리가 넷이구나. 내 아내의 다리를 내 것이라 표현한 게 좀 거슬릴지 모르겠지만, 전승담 없이 일단 내용만 놓고 보면 아내가 불륜을 저지른 장면이지요. 허탈하고 화도 났겠지만, '내가 챙겨 주지 않아서 내 아내를 빼앗긴 걸 어떡하겠냐? 내가 잘못한 거지.' 이러고 산뜻하게 물러나는 모습이네요. 여성의 정절을 중요하게 생각했던 시대라면 나올 수 없는 반응입니다. 아니, 아무리 신라가 조선보다는 개방적인 시대라 할지라도, 불륜의 현장에서 이런 반응을 보인다니?

　그러니까 처용은 비범한 인물이다, 한국인이 아닌 외국인이다, 그렇게 많이들 생각했답니다. 전승담 내용을 아는 분들은 저 장면이 사실은 그저 불륜이 아니라, 처용의 아내가 천연두를 앓았다는 뜻인 걸 아시지요. 그래도 이상합니다. 그렇잖아요. 아내가 병에 걸렸으면 막 안타까워하거나 슬퍼하거나, '야! 이 천연두야! 빨리 물러가라!' 이런 반응을 보여야 맞는데, 천연두가 의인화한 역신(疫神)에게도 처용은 화를 내지 않습니다. 대체 이 사람의 정체는? 전승담이 워낙 길어 이렇게 요약합니다.

① 태평성대에 신라 헌강왕이 동쪽 울산에 가서 그곳에 사는 동해 용왕을 만난다.
② 용왕의 일곱 아들 가운데 처용이라는 인물이 헌강왕을 따라와 벼슬하고, 결혼도 한다.
③ 처용의 아내를 짝사랑했던 전염병의 신이 아내와 동침한다.
④ 처용은 향가 〈처용가〉를 불러 역신을 용서한다.
⑤ 역신은 이후로 처용의 얼굴 그림만 보아도 그 근처에 얼씬도 하지 않겠다고 약속한다.
⑥ 이후 남과 북 등 여러 방향의 지신과 산신이 헌강왕 앞에 나타나 춤과 노래로 나라의 멸망을 경고한다.
⑦ 나라 사람들은 이를 깨닫지 못하고 상서로운 일로 착각해 쾌락을 좇는 분위기가 바뀌지 않아 나라가 망했다.

처음과 끝을 보면 결국 사치와 허영 탓에 나라가 망하는 이야기로군요. '태평성대'란 반어적 표현이었습니다. 그리고 알고 보니 처용은 동, 남, 북, 중앙 가운데 한 방향인 동쪽에 해당하는 한 사례였고요. 헌강왕은 나름 나라를 어떻게 해 보려는 뜻이었는지 여러 방향을 돌며 신들을 만나고 처용 같은 인재를 데려오는가 하면, 신들의 말씀을 풀이해 보려고도 합니다. 헌강왕이 동쪽에 갈 때 출유(出遊)란 표현을 썼는데, 아까 "밤들이 노니다가" 말씀드렸죠? 여기서 '유'도 그냥 놀러 갔다기보다 제의와 관련된 놀이로 보입니다. 이왕 다 돌아다니면서 왜 서쪽만은 안 갔을까? 이 무렵 서쪽의 성산(聖山)은 계룡산인데, 멀기도 하고 여전히 자기들은 백제 사람이라 생각하는 이들이 많아 부담스럽기도 했을 겁니다. 슬슬 후삼국 시대의 분열 조짐도 보였을 테고요.

아무튼 서쪽은 이래저래 가지 못했지만 그래도 이렇게 생각할 수 있지 않을까요? 동쪽에 가서 처용을 만났다면, 다른 쪽에 가서 만난 남산신, 북악신과 지신 등등도 혹시 처용과 비슷한 역할을 맡았던 건 아니었을까? 그래서 처용은 고려 시대에 다른 신들까지 통합된 오방 처용으로 확장합니다. 오방 처용의 옷차림에 있는 오방색은 당연히 다섯 방위를 상징하는데요, 건국 초기부터 있었던 오악 신앙과도 관계가 있습니다. 만일 처용이 방향을 상징하는 신의 이름이었다면, 상당히 오랜 기원을 지닌 것 같죠.

그런데 널리 알려진 처용탈을 보면 얼굴이 검고 코와 턱이 커서 외국인 같은 인상입니다. 근래에 다문화가 화두가 되었으니, 처용의 특이함을 외국 출신이라 그런 것으로 간주해서 다문화 사회의 선두 주자로 이해할 만해요. 마침 〈쿠쉬나메(Kushnameh)〉라는 페르시아 서사시에 처용을 연상하게 하는, 신라 공주와 결혼하는 페르시아 왕자가 나온다고 떠들썩하기도 했죠. 참고로 민중 문화를 중시할 때는 처용이 무당의 원조가 되기도, 지역 문화의 자립성을 강조할 때면 경주에 인질로 잡힌 울산 지역 호족의 아들이 되기도 했습니다. 예전에 〈춘향, 천의 얼굴〉이라는 평론이 있었는데요. 돌이켜 보면 처용도 춘향 못지않습니다.

처용의 정체는 고정할 수 없습니다. 무당이면 외국 출신이 아니고, 이슬람 상인이라면 타락한 귀족을 용서한 민중 영웅이 될 수 없을까요? 그런 배타적 관계가 아니잖아요. 어느 책의 이름인 '천의 얼굴을 가진 영웅들'은 이름과 지역만 다른 거의 같은 존재였지만요. 처용은 하나의 모습으로 여러 역할을 두루 소화했습니다. 네. 〈서동요〉에서와 마찬가지로, 처용 역시 정체보다 역할이 더 중요합니다. 그 역할은 참 여럿이지만, 근간에 흐르는 것은 관용 정신이었죠. 불륜 현장이건, 전염병이 자신을 괴롭히건 처용은 화를 내지 않았습니다. 혹시 헌강왕은 처용의 관용을 통해 타락한 시대상을 극복하려고 했던 건 아닐까요? 자세히는 알기 어렵지만, 그렇게 믿고 싶네요.

아무튼 처용은 우리 시대의 화두에 따라 변신을 지속하고 있습니다. 2015년 울산시에서 나온 애니메이션에서는 외국의 힙합을 물리치는 국악의 수호신처럼 나오더라고요. 왜 진작 그런 생각을 못 했을까 감탄하며 봤습니다. 처용을 음악의 신이라 생각하는 것도 자연스러웠을 텐데 말이죠. 어딘가 찾아보면 그런 글도 있을 법하네요. 외국 음악을 물리치는 인물이 외국인 같은 얼굴을 한 것도 참 재미있습니다. 외국 출신인 분도 한국 노래 좋아하고 한국을 사랑하게 되었으니까요.

다만 처용의 외모는 이제 그만 얘깃거리가 되었으면 합니다. 겉모습으로 뭐라는 게 좀 그렇기도 하거니와, 검은 얼굴이나 큰 눈과 코, 턱 등은 충분히 신화적 상징성이 있는 용모거든요. 그러므로 처용의 정체를 하나로만 고정하기보다는, 이제 그 관용과 포용의 역할을 되새겼으면 합니다.

고전시가 수업

제 4 장

소중한 사람들을 바라보는
향가

1. 〈모죽지랑가〉에 나타난 그리움

이제부터 서정시의 성격이 짙은 향가 세 편을 보겠습니다. 먼저 〈모죽지랑가〉를 볼 텐데요, 아래와 같이 사람에 따라 해독의 차이도 있고, 이 노래를 지었을 때 죽지랑이 살아 있었는지 아닌지가 큰 논쟁거리였던 적도 있습니다. 〈모죽지랑가〉의 '모'가 추모냐, 사모냐 따지자는 것이지요. 죽지랑이 살았건 죽었건 이 작품의 서정성이 크게 달라지지 않는다는 절충 혹은 화해가 시도된 적도 있었지만(신동흔: 1992), 죽지랑의 생존 여부는 아직도 잊을 만하면 거론됩니다.

제 입장을 밝히면 죽지랑의 생존 시에 창작되었다는 쪽이지만, 죽지랑과 작가 득오의 관계가 평생에 걸쳐 변하지 않았다면 굳이 창작 시기를 따질 필요가 있을까 싶기도 합니다. 선행 연구의 주장처럼 어느 시기에 가져다 놓아도, 이 작품의 서정성은 변하지 않습니다. 소모적인 논쟁보다는 작품 자체를 보아야겠지요. 그런 점에서 이 작품의 원전 앞에 2행 정도 공백이 있으므로, 앞 2행이 탈락한 10구체 향가로 보아야 한다는 원전비평(박재민: 2013)은 시사하는 바가 큽니다.

그런데 먼저 작품을 보자는 말씀은 드렸지만, 다음 두 해독의 결과가 상당히 달라 보여 망설여집니다.

간봄 그리매

모돈 것사 우리 시름

아롬 나토샤온

즈싀 살쭘 디니져

눈 돌칠 스이예

맛보옵디 지소리

郎(낭)이여 그릴 무수미 녀올길

다봇 무술히 잘밤 이시리

— 양주동 해독

간 봄 그리워

모든 것에 시름겨운데,

아름답게 보이셨던

얼굴에도 주름살이 생기네요.

눈 돌이킬 사이에나마

만나 뵐 일 만들고 싶어요.

죽지랑이여! 그리워하는 이 마음이 가는 길,

쑥 우거진 마을에 잘 밤도 있을까요?

간 봄 몯 오리매

모둘 기스샤 우롤 이 시름.

두턴 ᄃᆞ롬곳 됴ᄒᆞ시온

즈시 히 혜나삼 헐니져.

누늬 도랄 업시 뎌옷

맛보기 엇디 일오아리.

郎(낭)이여 그릴 ᄆᆞ수미 즛 녀올 길

다보짓 굴헝히 잘 밤 이샤리.

— 김완진 해독(1985 개정)

지나간 봄 못 돌아오기에,

함께 계시지 못하여 우는 이 시름.

볼두덩 눈두덩 좋으셨던

모습이 해가 갈수록 허물어지네요.

눈을 돌이키지 않는다면 당신을

어떻게 다시 만날 수 있을까요?

그대가 그리운 이 마음의 모습이 가는 길,

험한 구렁텅이에서 잘 밤도 있으리라.

그런데 사람에 따라 해독이 달라지지 않고, 서로 일치하는 부분도 꽤 있어요. 표로 정리하면 다음과 같습니다.

앞 2행이 탈락했다는 설을 받아들이면 1행을 3행으로 불러야 할 텐데, 편의상 그냥 두겠습니다. 현재 형태를 기준으로 1~4행까지는

행	시 어	의미 해석	시간	성격
1행	간[去] 봄	흘러갔지만 아름다운 과거	과거	서술
2행	시름	과거와 달라진 현재 탓에 든 시름	현재	서술
3행	(좋았던 과거의 모습)	'봄' 무렵의 죽지랑	과거	묘사
4행	(늙어가는 현재의 모습)	현재의 죽지랑 또는 그 그림	현재	묘사
5행	눈을 돌이키는 '나'	서정주체의 시선 이동		행동
6행	만날 수 있는지	내면의 의문(또는 확신) 표출	미래	내면
7행	그리워하며 가는[行] 길	서정주체의 이동		행동
8행	거칠고 험한 곳에 잘 밤	내면의 신념 표현	미래	내면

좋았던 봄날과 청춘, 늙거나 죽어 가는 현재 처지와 시름을 교차하여 표현했습니다. 그러다가 5행에서 눈을 돌이키는데, 이 돌이킴은 과거와 현재로부터 미래로 시선을 돌리는 전환이기도 하고, 소감만을 서술, 묘사하다가 자신의 행동과 내면을 구체적으로 드러내는 확장이기도 합니다.

5행에서 눈 돌이키고 7행에서 가는 길, 간 봄은 떠나 버린 '거(去)'로, 자신이 가는 길은 '행(行)'으로 표현한 점도 섬세해 보입니다. 6행에서 만날 수 있을지 의문 또는 확신하다가 8행에서 거칠고 험한 곳을 두고 "쑥 우거진(양주동 해독)"이라 했는데요. 폐허가 되면 쑥밭이 되었다고도 하잖아요? 그런 비극적 운명이 닥쳐도 변치 않으리라는 신념을 내세우는 교차 표현은 전반부와 다르지 않습니다.

이런 표현은 사제 관계나 친구 사이의 우정보다는 연인에 가까운 것으로 보기도 했습니다. 화랑을 동성애 집단으로 생각한 일본인의 연구가 있었던 탓에, 이런 시각은 오랫동안 거북했던 게 사실입니다. 그래도 동성애에 관한 생각도 많이들 달라지고 있어서 득오와 죽지랑의 관계도 더 열린 시각으로 볼 수 있을 듯합니다.

정리하면 〈모죽지랑가〉에서 한국 시가는 비로소 정서의 굴곡과 전환을 보였습니다. 이런 작품이 별안간 등장하지는 않았겠지만 자료의 공백 탓에 갑작스러워 보입니다. 그리고 그 굴곡과 전환은 5행의 눈을 돌이키는 시선 이동에서 비롯되었는데, 다음에 말씀드릴 〈찬기파랑가〉가 이런 시선의 이동으로 이루어진 작품입니다. 하늘의 달과 건너편 풍경, 물가에 비친 자신의 모습과 저 위의 잣나무 등으로 눈을 여러 차례 돌립니다. 〈모죽지랑가〉에서는 과거와 현재, 현재와 미래가 서로 마주 보고 있었지요? 〈제망매가〉에서 삶과 죽음의 길, 미타찰과 윤회-왕생의 문제가 바로 시간에 관한 것입니다. 그렇게 보면 다른 두 편의 서정시로서 기법이 〈모죽지랑가〉에 함께 등장하고 있습니다. 이후의 향가에 많은 영향을 끼친 작품이라는 뜻입니다.

일부러 전승담을 읽지 않고 설명을 해 드렸는데요. 이 작품이 전승담 없이 읽어도 누군가를 그리워하는 내용에 공감할 수 있는, 말하자면 서정시로서 자립성이 있다는 점을 말씀드리고 싶었습니다. 앞서 본 〈서동요〉나 〈처용가〉는 전승담을 알 때와 모를 때의 이해 방식에 꽤 차이가 있을 수밖에 없었어요. 그런데 〈모죽지랑가〉는 시선의 전환과 시간 의식, 두 개의 축을 중심으로 해독의 차이까지 극복하며 그 정서를 이해할 수 있었지요. 전승담도 요약하여 살펴봅니다.

① 죽지랑의 낭도 득오가 10일간 보이지 않아 알아보니, 모량부 출신 익선이라는 관리에게 징발되어 노역 중이었다.

② 죽지랑은 낭도 137인을 거느리고 위세를 갖추어 찾아갔지만, 득오의 휴가를 청했다가 익선에게 굴욕을 당한다.

③ 지나가던 간진이라는 관리가 이 장면을 보고, 조세로 걷었던 제물과 사재까지 털어 익선에게 뇌물로 준다.

④ 조정의 화주(花主)는 이 소식을 듣고 익선을 체포하려 했지만, 이미 도주하였으므로 그 아들을 대신 처형하고 모량부 출신들은 관직도, 승직도 얻지 못하게 조치한다.

⑤ 이보다 앞서(初), 죽지랑의 아버지 술종공은 미륵의 화신이었던 죽지령 거사와의 만남을 인연으로, 죽은 거사를 아들로 맞이한다.

⑥ 이보다 앞서(初), 득오가 죽지랑을 그리워하는 시가를 지었다.

앞서 말씀드린 창작 시기 관련 논쟁은 ⑥ 때문입니다. '초(初)'라고는 썼는데, 득오의 창작이 죽지랑 탄생 설화인 ⑤보다 먼저일 수는 없잖아요? 그래서 시간순서가 뒤엉켜 버렸어요. 어쨌건 '초'란 앞선 사건보다 먼저 일어났다는 뜻이니까, 이 기록에서는 시간상 가장 나중이 될 죽지랑의 죽음을 소재로 한 추모시로 보기는 어려울 것 같습니다. 그런데 어떤 분들은 '초'를 《삼국유사》에 이 기록이 남기 이전이라고 생각하셔서, 죽지랑의 죽음 시점이 '초'에 해당한다고 봅니다. 시기를 따지는 게 역사학적으로는 중요하겠지만, 이 작품의 경우 너무 소모적이었어요.

①~③에서는 화랑의 몰락이라는 점에 주로 착안해 왔습니다. 죽지랑은 김유신과 함께 삼국을 통일한 영웅인데, 익선 같은 하급 관리에게 굴욕을 당하는 건 화랑이 몰락했다는 증거라는 것이죠. 죽지랑 정도 되는 화랑의 낭도가 137인이라는 것도 너무 적다 하고요. 그런데 모량부 출신 전체가 저런 큰 벌을 받은 걸 보면, 정말 몰락한 게 맞나 싶기도 합니다. 137이라는 인원도 단 한 사람 면회 가려고 모인 것치고는 많은 거죠. 또 죽지랑의 낭도 전체가 아닐 수도 있습니다. 이렇게 같은 내용을 완전히 다른 관점에서 바라보니까 타협하기 어려워 보이는데요. 역시 죽지랑의 역할에 유의해 보면 어떨까 합니다.

전쟁할 때야 화랑에게는 사다함이나 관창 같은 임전무퇴의 정신이 중요하겠지요. 육군사관학교의 화랑대라는 이름도 그런 이미지에서 온 것일 테고, 온 국민에게 군인 정신을 강요했던 병영 사회에서 화랑은 군인이란 느낌이 형성되었을 겁니다. 그렇지만 전쟁이 끝난 이후에도 그런 이미지를 유지할 수는 없겠지요? 새로운 시대에 필요한 것은 3장에서 본 처용 같은 관용의 정신이거나, 여기 죽지랑이 자신의 부하를 위해 굴욕을 감수했던 인내심 같은 게 아닐까 합니다. 〈찬기파랑가〉의 기파랑 역시 무사로서 위엄보다는 인격자, 나아가 성자(聖者)에 가까운 이미지로 나타나는데, 이것이 전쟁이 끝난 새로운 시대의 화랑에게 요청되었던 덕목이라는 생각이 듭니다. 이 전승담에서도 역사적 사실보다는 화랑의 문화사적 역할과 그 성취에 대하여 돌이켜 볼 필요가 있겠습니다.

이렇게 전승담의 논쟁거리와 그에 관한 입장을 간략히 말씀드렸는데, 〈모죽지랑가〉 이해에 도움이 되기는 하지만, 서동이나 처용처럼 결정적이지는 않았습니다. 작품으로서의 가치는 그 앞뒤 시기 시가 작품들을 통해 한층 분명하게 드러나는 편이지요. 시선과 시간이란 요소를 중심으로 다음 작품들을 보겠습니다.

2. 〈찬기파랑가〉가 흘러간 마음의 끝

지금까지 성자로서의 화랑을 말씀드렸는데, 기파랑 역시 나라를 위한 뜻이 높았다는 평을 들었던 것을 보면 이런 모습은 몰락 때문에 생겨났다기보다 역시 새로운 시대에 요청된 다른 역할로 보는 편이 낫겠습니다.

> 열치매
> 나토얀 드리
> 힌구룸 조초 뼈가는 안디하.
> 새파룬 나리여히
> 耆郎(기랑)이 즈싀 이슈라.
> 일로 나리ㅅ 지벽히
> 郎이 디니다샤온
> ᄆᆞᅀᆞᄆᆡ ᄀᆞ호 좃누아져.
> 아으 잣ㅅ가지 노파
> 서리 몯누올 花判(화판)이여.
>
> ― 양주동 해독

"문을 열어젖히면

나타난 달이

흰 구름 따라 떠가지 않는가?"

"새파란 냇물에

기파랑의 모습이 있구나!

이렇게 냇가 절벽에

기파랑이 지니셨던

마음의 끝을 따르리라!"

아아, 잣나무 가지 드높아

서리 모를 화랑의 장이시여!

늣겨곰 ᄇ라매

이슬 볼갼 ᄃ라리

흰 구룸 조초 ᄠ਼ 간 언저레

몰이 가룬 믈서리여히

耆郎(기랑)이 즈싀올시 수프리야

逸烏(일오)나릿 지벽긔

郎이여 디니더시온

ᄆᄉᆞᄆᆡ ᄀᆞᆳ 좃ᄂ라져

아야 자싯가지 노포

누니 모돌 두폴 곳가리여.

— 김완진 해독

고전시가 수업

흐느끼며 바라보니

이슬 밝힌 달이

흰 구름 따라 떠간 언저리,　　　[시선: 위-멀리]

모래 가른 물가에

기파랑의 모습이 수풀처럼.　　　[시선: 아래-가까이]

저 냇가 자갈 벌에서

기파랑이 지니셨던

마음의 끝을 따르리라.　　　[시선: 아래-멀리]

아아, 잣나무 가지 드높아

눈이 못 덮을 고깔이여!　　　[시선: 위-가까이]

두 해독이 세부적인 차이는 있지만, 하늘에서 물가 저편으로, 벌판에서 잣나무 위로 올라가는 시선의 방향은 그리 달라지지 않았습니다. 하늘에서 달이 흰 구름을 따르듯, 땅에서는 기파랑을 본받으려는 화자 자신과 화랑의 후예들이 가로질러 이동하고 있지요. 그렇게 마음의 끝자락까지, 혹은 마음의 끝이라도 따르겠다는 그들의 뜻이 높은 잣나무 가지로 상승했습니다. '화랑장'이나 '고깔'이란 해독은 약간 다르지만, 기파랑 (혹은 그 후예들까지)을 상징적으로 표현했다는 점은 차이가 없어 보입니다.

달이 구름을 따르는 장면은 참 낯설어 보이지만, 흐릿해져 가는 기파랑의 자취 끝자락이라도 잡고 싶어 했던 화랑들이 또 다른 달, 기파랑의 뒤를 잇는 새로운 화랑장이나 고깔이 되어 가는 모습을 비유한 것은 아닐까 하네요. 4~5행에서 물에 비친, 혹은 물가에 있는 모습은 아마 화자의 그림자일 텐데, 이것을 "기랑의 모습"이라고 하잖아요? 기파랑을 닮고 싶었던 자신에게서, 어느새 기파랑의 모습을 찾아낸 것으로 보입니다. 오랜만에 사촌 동생을 보면 돌아가신 작은아버지를 느끼게 되는 것처럼요. 달이 흰 구름을 쫓는 장면은 그런 후예와 선조, 산 자와 돌아간 분들 사이의 관계로 유추해 보면 어떨까 합니다.

김완진 선생님 해독에 따르면 1~5행까지 1개의 문장입니다. "흐느끼며 바라보니 이슬 밝힌 달이 흰 구름 따라 떠간 언저리 모래 가른 물가에 기랑의 모습이 수풀 같구나." 1,300년도 더 이전에 이런 긴 문장을 가진 시가 나왔어요. 그리고 그 문장 안에 이슬, 구름, 모래, 물, 수풀 등 후대의 시가 작품에도 많이 등장하는 시어들이 견고하게 들어 있습니다. 내용이야 훌륭한 화랑 본받겠다는 뻔한 것처럼도 보이지요?

그러나 저 시어들은 다음 내용을 함축하고 있어요.

① 이슬처럼 덧없는 인생
② 구름처럼 희미해진 그리운 사람의 흔적
③ 더더욱 희미해진 그 언저리
④ 우리네 세상살이처럼 거친 모래
⑤ 그 모래를 가르며 흐르는 물
⑥ 물 안에서 겨우 찾은 그리운 사람의 자취
⑦ 그리고 수풀처럼 듬직했던 그 자취는, 바로 그분을 닮아 가는 나 자신의 그림자였다.

〈큰 바위 얼굴〉이라는 소설 아시나요? 언젠가 큰 바위 얼굴을 닮은 위대한 인물이 등장한다는 전설이 있었는데, 사실은 그 전설을 믿고 겸손히 기다리던 주인공 자신이 바로 '큰 바위 얼굴'이었어요. 그에 비하면 〈찬기파랑가〉에서 발견의 과정은 소략하고 상징적이지만, 그래도 저 내용을 적절한 길이의 문장에 빠짐없이 담았습니다. 〈모죽지랑가〉는 5행에서 한 번 눈을 돌이켰지만, 여기서는 여러 번 눈을 돌리며 곳곳에서 기파랑의 모습을 발견합니다. 하늘에는 희미한 자취로, 물가에서는 겉모습으로, 자갈 벌에서는 마음의 끝으로, 잣나무 가지 위에 영원한 고깔의 모습으로 말이죠. 이런 자취와 모습, 마음과 신념을 모두 모으면 다시 기파랑이 되겠지요. 마치 신화 속 거인이 죽고 세상에 남긴 조각난 부분들을 찾아 모으듯, 화자는 자취, 모습, 마음과 신념을 다 모아 기파랑의 후계자가 되려는 것도 같네요. 〈찬기파랑가〉는 이렇게 치밀한 전개와 함께 광활한 상상력도 자리하고 있습니다.

이런 서정적인 향가를 지은 충담이 경덕왕의 부탁으로 〈안민가〉라는 작품도 지었습니다. 〈안민가〉가 나온 765년은 경덕왕이 죽은 해이기도 합니다. 〈안민가〉를 보면 임금은 그냥 아버지일 뿐이고, 신하는 어머니로서 사랑을, 백성은 아이답게 어리석은 것으로 나와 있어요. 구체적인 정황은 복잡하지만, 신하들이 임금을 견제하기보다는 어리석은 백성들을 위해 민생에 더 신경 써야 한다는 내용입니다. 임금은 있는 듯 없는 듯, 노장철학식으로 말하자면 권력에 집착하지 않는 무위(無爲)의 정치를 하라는 뜻도 있었을 텐데, 아마 경덕왕은 자신한테 유리한 쪽으로만 이 내용을 받아들였을 것 같습니다. 그래서 경덕왕이 충담사를 왕사로 임명하려 했지만 거듭 사양한 게 아니었을까 싶네요.

3. 〈제망매가〉로 벗어난 삶과 죽음

충담과 마찬가지로, 월명도 〈제망매가〉라는 서정시도 짓고 경덕왕의 요청을 받아 〈도솔가〉라는 정치적, 주술적 작품도 남겼습니다. 경덕왕은 불교 논리학의 대가였던 표훈(表訓)에게 아들을 점지해 달라는 요구를 하기도 했고, 무리한 일을 많이 벌였지요. 불국사나 석굴암, 에밀레종 같은 것도 모두 이 시기의 유산인데, 왕권과 왕실의 권위에 크게 집착했습니다.

앞서 말씀드렸듯, 〈제망매가〉는 과거-현재와 미래 사이의 시간을 제재로 삼았습니다. 1행의 "생사 길"이 윤회하며 자꾸 죽고 또 사는 갈림길이라면(신영명: 2012), 9행의 "미타찰"은 그런 문제가 소멸한 미래의 시간이자 공간이겠지요.

生死(생사) 길흔
이에 이샤매 머믓그리고,
나는 가ᄂ다 말ㅅ도
몯다 니르고 가ᄂ닛고,
어느 ᄀ술 이른 ᄇᄅ매
이에 뎌에 ᄠ러딜 닙곤,

ᄒᄃᆞᆫ 가지라 나고

가논 곧 모두론뎌.

아야 **彌陀刹**(미타찰)아 맛보올 나

道(도) 닷가 기드리고다.

— 김완진 해독

삶과 죽음의 갈림길이	… 사별의 시공간
여기 있어서 머뭇거리고	
나는 간다 그 한마디도	
못다 하고 어찌 떠났소?	
어느 가을 이른 바람 불면	
여기저기 떨어질 낙엽처럼	〔현재〕누이의 요절
한 가지에 태어났는데도	〔과거〕함께 태어난 과거
가는 곳 모르다니!	〔미래〕헤어지게 될 미래
아아, 아미타불 세상에서 다시 만날 나,	… 재회의 시공간
도 닦아 기다리리다.	시간을 기다림＝사람을 기다림

1행의 생사 길은 삶의 길과 죽음의 길이죠. 그냥 삶과 죽음의 길 이렇게 번역하면 하나인 길인 것 같지만, 사실은 삶의 길과 죽음의 길로 나뉘어 있죠. 그래서 삶의 길은 이 시의 화자인 월명사가 계속 살아가면서 가고 있고, 누이동생은 죽음의 길로 떠난 거죠. 그래서 '삶과 죽음의 갈림길'로 번역하는 게 가장 나아 보입니다.

2행은 양주동 선생님의 경우 "머뭇거리고"를 "저히고"라 하여 '두려워하고'라는 뜻으로 풀이하셨어요. 이것 하나만 다릅니다. 그런데 죽을 때 머뭇거리는 사람이 얼마나 될까요? 죽음은 머뭇거리며 망설이다 떠나는 건 아니고, 누이동생은 갑작스레 죽음을 맞았으니 머뭇거렸다는 게 약간 어색합니다. 그래도 '두려워하고'는 너무도 평범한 반응이라서, '머뭇거리고'의 낯섦이 한결 시적으로 보입니다. 실제로 머뭇거렸다기보다는 살아 있는 사람들과의 인연을 뿌리치지 못하고 죽어야 하는 사람이 지닌 정서적인 불안정함을 머뭇거림이라고 표현한 건 아닐지 싶습니다.

삶과 죽음의 갈림 그리고 그에 따른 불안과 머뭇거림은 10행의 "미타찰"에서 극복된다고 볼 수 있습니다. 아미타불이 주재하는 불교의 저승을 미타찰로 표현했을 텐데, 삶과 죽음에 관한 보편적 고민을 다루다가 불교의 특정 사상으로 집약되는 흐름이 부자연스럽다는 지적도 있었습니다. 9~10행은 없는 게 좋았다는 말씀들도 하시더군요. 그래도 제기했던 문제에 대한 답이 어떤 형태로든 있어야 완결되니까, 이 부분은 꼭 필요해 보입니다.

이렇게 9~10행이 필요 없다는 말이 나올 정도면 그 앞부분의 완결성이 그만큼 대단했다는 뜻일 수 있을까요? 5~8행은 나무와 나뭇잎, 수목(樹木) 상징이라고도 하는데, 《나무의 신화》라는 책이 있을 만큼 이런 상상은 어느 문화에나 있어 온 흔한 것이었습니다. 흔하다면 시적으로 안 좋다고 생각할 수도 있겠지만, 어느 정도는 흔해야 많은 이들이 이해하고 널리 공감대를 얻을 수 있습니다. 《화엄경》은 위대하고도 시적인 경전이지만, 너무 어려워서 아무나 읽을 수 없습니다.

그런데《법화경》은 쉬운 설화집이라 부담 없이 접할 수 있습니다. 그러면 어느 경전이 더 소중할까요? 우열을 가리긴 어렵겠지만 꼭 어려운 비유와 상징만이 값진 것은 아닙니다.

"어느 가을 이른 바람 이에 저에 떨어질 낙엽처럼 / 한 가지에 났지만 / 가는 곳 모르는구나."는 아무나 생각할 수 있고, 그래서 누구나 공감할 수 있는 표현입니다. 정교하지 않더라도 이 비유가 가치 있는 이유는 무엇일까요? 우리는 슬픔과 고통을 느낄 때, 왜 남들은 안 그런데 나만 이런 일을 겪는지 의문을 가집니다. 그런데 사실은 남들이라고 그리 다를 것 없어요. 5~6행은 누이를 잃은 나의 극한적인 슬픔도, 때가 되면 낙엽이 날리듯 온 우주의 존재들이 겪어 온 보편적인 감정이라고 말하고 있습니다. 자신의 슬픔을 자신만의 것이 아닌 모든 이들의 보편적 감정으로 확장한 게 이 비유의 가치이고, 공감대의 기반이 아닐까 합니다.

이어서 7행의 "한 가지"에서 그 기원으로 거슬러 오르고, 8행은 미래의 "가는 곳"에 대한 의문을 던집니다. 하나의 문장으로 참 먼 과거와 미래까지 두루 포함하고 있지요. 이 의문에 대한 답이 9행의 "미타찰"로 마련되었지요. 여기서 "미타찰에 만날 나 / 도 닦아 기다리리라."라는 얼핏 생각하면, 왜 누이가 먼저 죽었는데 월명이 미타찰에 먼저 가서 도 닦아 기다릴까? 하는 의문이 들 수도 있지요. 그런데 지금부터 기다리겠다는 결심을 뜻하는 것일 수도 있고, 누이는 요절한 탓에 윤회를 더 거칠지도 모르지만, 승려인 월명이 더 먼저 간다면 기다리겠단 뜻으로 파악하면 어떨까 합니다.

실상 누이와 월명의 인연은 죽음으로 끝난 것일 테지만, 한때의 인연을 소중히 생각해서 하염없이 기다리겠다는 생각도 의미심장합니다. 요리하는 어떤 스님이 속세의 어머니께 십수 년 만에 처음 식사 공양을 드리면서, 인연을 단절해야 한다고 상에 직접 음식을 올려드리지 않는 장면을 본 적이 있습니다. 계율을 엄격히 지킨 거지요. 누가 맞다 틀리다 하는 문제는 아니지만, 월명의 이런 마음은 계율만으로 따지기 어려운 큰 실천으로 보여요.

이런 분께서 경덕왕의 요청으로 760년에 하늘의 변고를 물리친 〈도솔가〉라는 작품을 지었지요. 〈제망매가〉와는 거리가 꽤 있습니다. 작품 자체보다 전승담이 전해 주는 정보가 더 풍부합니다. 자신을 화랑단에 속한 승려낭도라 밝힘으로써 사찰 소속 승려와 화랑단 소속 승려가 따로 있었다는 사실을 알려 주는가 하면, 향가는 화랑이 주된 담당층이었다는 것이나 향가가 천지귀신을 두루 감동하게 했다는 "감동천지귀신(感動天地鬼神)" 역시 〈도솔가〉 전승담에 나와 있습니다.

《삼국유사》 자체는 〈찬기파랑가〉, 〈제망매가〉보다는 〈안민가〉와 〈도솔가〉를 훨씬 자세하게 실어 놓았는데, 그래도 이분들의 대표작을 함께 실어 준 덕분에 우리가 두 편의 향가에 나타난 시선과 시간을 〈모죽지랑가〉와 견주어 볼 수 있었네요.

제 5장

민간에서 왕실까지,
속요의 현장

1. 백제에서 온 여성화자의 〈정읍사〉

〈정읍사〉는 앞서 2장에서 《고려사》 악지 〈삼국속악〉에서 나왔던
적이 있지요. 백제가요와 속요를 이어 주는 역할을 하므로 가장 먼저
다루게 되었습니다. 달님께 비는 장면이 익숙하지요? 그런데 향가에
나오는 달처럼 깨달음으로 인도하거나 화자의 결심을 드러내는 등의
거창한 역할을 하지 않습니다. 그 대신에 달이니까 여기저기 비춰 주
니까, 이왕이면 우리 밤길 좀 비춰 달라는 담백하고 현실적인 소원입
니다. 어렵게 행상 일하며 살아가니까 운수대통하게 해 달래도 나무
랄 사람 없는데 〈정읍사〉의 부부는 욕심도 없고 기적도 바라지 않고,
참 소박해서 매력적입니다.

(前 腔)	돌하 노피곰 도도샤
	어긔야 머리곰 비취오시라.
	어긔야 어강됴리

(小　葉)	아으 다롱디리
(後腔全)	져재 녀러신고요.
	어긔야 <u>즌ᄃᆡ룰 드ᄃᆡ욜세라.</u>
	어긔야 어강됴리
(過　編)	어느이다 노코시라
(金善調)	어긔야 내 가논 ᄃᆡ 졈그롤셰라.
	어긔야 어강됴리
(小　葉)	아으 다롱디리

-《악학궤범》권5

달님아, 높이 좀 돋으셔서

어기야, 멀리 좀 비춰 주세요.

어기야 어강도리.

아으 다롱디리.

우리 남편 아직도 시장 다니시나요?

어기야, 진창을 디디면 어쩌나요?

어기야 어강도리.

어디라도 이끌어 주세요.

어기야, <u>우리</u> 다니다가 저물면 어쩌나요?

어기야 어강도리.

아으 다롱디리.

지금의 정읍 지역에서 행상을 떠난 남편을 기다리는 아내가 불안한 마음을 달래기 위해 지은 작품으로 알려져 있죠. 앞에 악곡 표시도 전강, 소엽 뭐 그렇게 나와 있습니다. 강과 엽이 모여서 하나의 단위가 되는데, 중간에 5행 앞에 "후강전"이라는 특이한 표현 보이시죠? 저 표현에 대해서 "전(全)"을 뒤에 붙여 전져재, 그러니까 전주라고 보아야 한다는 게 국문학의 통설이라면, 다른 곳에 있는 "아으 다롱디리"라는 소엽 부분이 여기만 없어서 소엽 없이 온전한 후강이 되었다는 표시라는 설(김영운: 2016)도 있습니다. 저는 "후강전"보다 "전져재"가 더 어색해 보이는데, 그렇다고 "후강전"이 확실한지는 국악 지식이 부족해서 잘 모르겠습니다. 다만 그 옛날에 정읍에서 전주까지 90리 길을 한밤중에 행상 다닐 수 있을까? 〈정읍사〉의 남편을 무시하진 않지만, 그건 좀 아닌 것 같습니다.

그런데 보통 "어긔야 어강됴리 / 아으 다롱디리"가 묶여서 후렴구라 생각하기 쉬운데, 알고 보니 강과 엽으로 나뉘어 있었군요. 중간에 "아으 다롱디리" 소엽 하나를 뺀 대신, "어느이다 노코시라"라 하여 어느 곳이건 남편이 가는 길에 빛을 놓아 달라고 합니다. 끝에서 셋째 줄에서 길이 저물까 걱정하는 사람은 귀가하는 남편일 수도, 기다림 끝에 마중을 나선 아내일 수도, 혹은 이들 부부 모두를 포함할 가능성도 활짝 열어 두고 있습니다.

정읍에서는 〈정읍사〉의 작가를 실존 인물로 특정하여 '정읍 할머니'라 부르고, 매년 효부(孝婦)를 뽑아 표창하고 있습니다. 시가 문학을 기리고 높여 주는 건 참 고마운 일입니다. 그런데 저 밑줄 그은 "즌 딕(진 곳)" 말입니다. 글자 그대로 남편이 진창에 빠질까 걱정하는 말이지만, 일찍이 화류계에 가서 딴짓하는 건 아닐지 의심하는 뜻으로 보는 분도 있었습니다. 화류계의 남녀 관계를 질퍽질퍽하다고 표현할 수도 있겠죠. 누군가 기다릴 때는 그런 걱정과 의심이 뒤섞인 미묘한 감정이 되기 마련이잖아요? 그래서 아, 그런 미묘함을 중의적으로 잘 살린 표현이 아닐까 생각해서, 기회가 될 때 정읍에 계신 분들께 소개해 드렸습니다.

그런데 정읍 분들은 정읍 할머니께서 남편을 의심할 리가 없다, 부덕(婦德)을 갖춘 분께서 왜 그런 상상을 하겠냐고 안타까워하셨어요. 다시 말씀드리지만 저는 정읍 할머니를 사랑하시는 분들 너무 존경합니다. 그분들처럼 시가 문학을 사랑하는 분들 별로 못 봤습니다. 그렇지만 조금만 생각을 더 열어 보시면 어떨까? 이게 정읍 할머니께 흉 될 일도 아닐 텐데, 부덕이란 가치를 여전히 절대적으로 생각하시는 분이 이렇게 많다니 놀랐습니다.

참고로 정읍에는 백제 양식 석탑이 14세기 때 것까지, 5개나 소재하고 있고 모양도 아주 다양합니다. 그 무렵은 명칭도 정읍이 아니라 고부의 일부였겠지만, 백제 멸망 이후에도 이 지역은 백제 문화권의 중심이었어요. 그러니까 〈정읍사〉가 노랫말까지 온전히 남을 수 있었겠지요. 아무튼 이 작품은 향가가 갖고 있었던 어떤 주술이나 종교나, 아니면 곁에 있는 사람을 그리워하면서 여러 가지로 복잡하게 언어를 조직했던 그런 창작 기법과는 굉장히 다릅니다. 소박하면서도 두루 통할 만한 매력이 있어요.

2. 울고 웃는 가족의 일상, 〈사모곡〉과 〈상저가〉

〈사모곡〉과 〈상저가〉는 농사짓고 부모님 모시며 살아가는 평범한 사람의 일상을 보여주는 짤막한 작품입니다. 《시용향악보》라는 책에 실렸는데, 이 책은 제목 그대로 악보의 역할에 치중해서 노랫말은 첫째 연만 싣거나 생략하기도 했어요. 그래서 원래는 둘째, 셋째 연도 더 있지 않았을까 추측하기도 해요. 그런데 〈사모곡〉은 《악장가사》에도 실렸는데, 그 책은 제목처럼 '가사', 그러니까 노랫말이 주로 나오거든요. 거기서도 〈사모곡〉은 뒤 내용이 전부입니다. 읽어 보면 〈사모곡〉은 그 자체로 완결된다 할 수 있는데, 〈상저가〉는 노동요 방아타령이고 하니까 내용이 더 있으면 좋겠지요.

참! 말이 나온 김에 속요는 《시용향악보》, 《악장가사》 말고 《악학궤범》이란 책에도 약간 실려 있는데, 《악학궤범》도 제목처럼, '악학' 그러니까 음악과 공연예술로서 속요에 관한 정보를 주로 다루고 있답니다. 앞에 〈정읍사〉가 《악학궤범》에 실려 있었는데, 강이니 엽이니 하는 용어가 나왔었죠? 그런 게 《악학궤범》의 특징입니다.

호미도 놀히언마르는
낟ㄱ티 들리도 업스니이다.
아바님도 어이어신마르는
위 덩더둥셩
어마님ㄱ티 괴시리 업세라.
아소 님하 어마님ㄱ티 괴시리 업세라.

— 《악장가사》 / 《시용향악보》 (속칭 엇노리)

호미에도 날이 있지만

낫처럼 잘 들 리는 없겠지요.

아버님도 어버이시지만.

위 덩더둥셩.

어머님처럼 사랑해 주실 리〔분〕 없어라.

아, 임이시여! 어머님처럼 사랑해 주실 리〔분〕 없어라.

옛날 교과서에서는 '고려속요가 민요다.'라는 설명도 있곤 했는데, 지금 우리가 논의하는 작품들은 민요 분위기가 많이 나지요? 그렇지만 엄연히 궁중음악이고, 넓게 보면 악장의 한 양식이라 하겠습니다. 여기에 조선 시대 사대부들이 "남녀가 즐기는 노래〔남녀상열지사: 男女相悅之詞〕"라 공격하며, 노랫말도 바꾸고 검열, 개편, 삭제했습니다. 게다가 궁중음악이라 상대적으로 덜했겠지만, 세월이 흘러 자연스레 변한 부분도 있겠지요? 그래서 속요는 민요와 동일한 게 아니라 기본적으로 궁중에서 공연되었음을 명심해야 해요. 다만 작품 다수가 그 소재의 원천을 민요에 두고 있을 따름입니다.

그러면 왜 민요를 수집해서 궁중음악으로 만들었을까 하는 의문이 들지요? 유가 철학에서는 군주와 백성 사이의 소통을 중요하게 여겼고, 앞서 소개한 신라 유리왕의 〈도솔가〉에서 어려운 백성을 임금이 직접 도와준다는 이야기도 그런 성격이 있습니다. 유가의 경전 《시경》에도 그래서 여러 지역의 민요가 포함되어 있습니다. 〈사모곡〉이나 〈상저가〉 같은 소박한 농민의 일상이 궁중에서 노래로 불리는 이유는 그 때문입니다. 특히나 이들 작품은 자식이 부모를 대하는 마음, 유가의 효(孝) 사상과 관련된 내용으로 볼 수도 있습니다.

하지만 같은 내용이라도 상황이 달라졌으니까 원래의 민요와는 성격이 좀 변했을 수도 있겠지요. 이렇게 궁중으로 옮겨졌을 때의 성격을 이전 가치(김흥규: 1999)라 부르기도 하는데, 원작인 민요였을 때와 같을 수도 다를 수도 있습니다.

서론이 길어졌는데 이전 가치가 달라지는 부분도 생각하며 두 작품을 읽겠습니다. 〈사모곡〉은 호미보다 낫이 더 잘 든다고 말하고, 아버지와 어머니 사이에 "위 덩더둥셩"이라는 여음을 붙여서 독자에게 '그래서 어머니는?' 하고 궁금증을 품도록 약간 시간을 끄는 섬세함이 인상적입니다. 결국은 '아빠 싫어, 엄마 좋아.'인데, '엄마랑 아빠랑 누가 더 좋아?'는 인류의 영원한 난제인데, 여기서는 단칼에(칼이 아니라 낫인가?) 정리해 버립니다.

그럼 왜 아빠는 싫고 엄마는 좋은가? 2장에서 〈목주〉라는 잃어버린 작품을 설명할 때, 〈목주〉의 여주인공이 〈사모곡〉을 지었겠다는 추정이 있었다고 했죠? 아무리 잘해 줘도 새어머니 편만 들었던 아버지보다 친어머니가 더 그립다는 내용으로 본 것입니다. 그런데 호미나 낫은 부모님 사랑을 드러내기에는 참 낯섭니다. 여러 가설이 있는데, 일단 농사짓는 사람이라 우선 눈에 띄고 손에 잡히는 도구를 비유 대상으로 선택했다고 보겠습니다.

여기서부터는 그냥 상상입니다. 농사짓는 아들이 아버지께 늦잠 잤다고 크게 혼났어요. 어머니가 밥은 먹고 나가라는데 아버지 등쌀에 굶었습니다. 호미랑 낫으로 농사지으면서 문득 생각이 듭니다.

'아! 신통찮은 호미는 잔소리만 하는 아버지 같고, 도움이 많이 되는 낫은 따듯한 어머니 같구나!' 전통 시대의 부자 관계는 다정하거나 훈훈하기 힘들고 어색한 경우가 많았습니다. 요즘에도 옛날 아버지들은 자녀에게 기대하는 게 있어도 대개 좋은 말보다 "아빠가 젊었을 때…" 하며 잔소리만 하시죠. 한편으로는 참 외로운 분들인데, 훗날 돌아가신 뒤에야 자식은 아버지의 정을 깨닫습니다. 하다못해 드시지도 않는 케이크 우리 먹으라고 사 오신 날은 기분 좋은 날이 아니라 정말 힘드신 날이었구나 하는 것까지도요. 〈사모곡〉의 화자도 그런 날이 오겠지요. 이런 건 근거를 찾을 수 없으니 논문으로 쓸 수는 없겠지만, 이렇게 소박한 일상을 다룬 노래는 정색하며 읽기보다는 상상하며 읽는 것도 한 재미가 아닐까요.

상상이지만 정말 아버지가 밉다기보다 아버지를 사랑하니까 이렇게 서운한 거지요. 아버지의 권위에 무조건 복종하는 가부장제보다는 한결 인간적입니다. 이런 게 민요풍의 생동감이겠지요. 그런데 이 노래가 궁중에서 불린다면? 저렇게 가족 간에 티격태격하는 재미있는 모습도 다 세상이 태평하니까 그럴 수 있다고 생각하겠지요. 세상이 태평한 이유는 궁중음악을 감상했던 왕실과 귀족들이 정치를 잘한 덕분이라고 생각할 듯합니다.

다음 장에서 〈가시리〉를 볼 텐데, 〈가시리〉 후렴구는 "위 증즐가 대평성대(大平盛代)"라 되어 있습니다. 후렴구에는 의미 있는 말이 잘 나오지 않는 편인데, 하필 노래 내용과도 맞지 않는 '태평성대'를 얘기하고 있어요. '아빠 싫어 엄마 좋아'하는 투정이나, 남녀의 만남과 이별이나, 난리가 나고 나라가 망하면 다 배부른 소리가 되지요. 지금도 연애 자체가 스펙이라 할 정도로 연애하기 어렵다고 하잖아요? 불경기나 불황이 아니니까 투정도 부리고 이별도 할 수 있겠지요.

한 말씀 더 드리면, 마지막 줄의 "아소 님하"는 당연히 임금님이지요. 임금님께 어머님처럼 사랑해 주실 분이 없다는 건 어떤 맥락이 있을까요? 아주 정치적으로 보자면 딴 사람들 말고 외척 세력을 믿으라는 뜻이었을까요? 아버지 쪽 친척인 왕실보다 외척을 믿으라는 것일지, 호미처럼 무능한 사람들보다 낫처럼 결단력 있는 세력에 의지하라는 말일지…. 작품 해석에 정치 상황을 끌어오는 게 꼭 바람직한 것만은 아니라서 더 말씀드리진 않겠지만, 이렇게 작은 어구 하나로 확 터뜨리는 게 자료가 없는 시가 작품을 연구하는 한 방법이기도 했습니다. 자료가 없다고 포기하기보다는 뭐라도 해야 했으니까요.

> 듥긔동 방해나 디히 히얘.
> 게우즌 바비나 지서 히얘.
> 아바님 어마님의 받줍고 히야해.
> 남거시든 내 머고리 히야해 히야해.
>
> — 《시용향악보》

> 덜커덩 방아나 찧어서, 히야.
> 거친 밥이나 지어서, 히야.
> 아버님 어머님께 드리고, 히야해.
> 남게 되면 내 먹으리. 히야해, 히야해.

〈상저가〉는 농사지어 거친 밥만 남았지만, 그나마 부모님께 먼저 드리고 '남게 되면' 자신이 먹겠다는 내용입니다. 효(孝)의 가치에 그 야말로 부합하겠지만, 〈상저가〉의 화자가 유가 경전을 읽고 효를 배워서 그런 것은 아니겠지요. 유가 윤리 이전의 가족 간의 정일 텐데, 궁중에서는 아마 정보다 윤리라는 측면을 더 강조하겠지요. 그런 윤리가 극단화된 경향이 '군사부일체'라 해서, 아버지를 가부장으로 대하듯 임금과 선생님에게 절대 충성하라는 것인데, 그렇게 보면 저 거친 밥을 주는 정도 그런 충성심의 발로가 되고 웃어른은 무조건 공경하라는 규칙이 됩니다. 규칙을 어기면 쫓겨나거나 죽지요. 유가의 효나 충은 한때 그런 식으로 악용되기도 했어요.

그런데 아까 이 작품이 실린 《시용향악보》는 2연 이하를 생략한다고 말씀드렸죠? 만약 이 작품에 2연이 있었다면 어떤 내용일까요? 자식이 밥을 주며, '남으면 제가 먹지요.' 했을 때, 밥을 다 먹어 버리는 냉정한 부모가 얼마나 있을까요? 아마 2연이 있었다면, 부모가 자식에게 하는 말로 이루어지지 않았을까 해요. 거친 밥 한 덩이도 서로 사양하는 훈훈한 모습이 아니었을까요? 3연도 있었다면 부모-자식 간 합창이 되어도 무방하겠지요. 상상은 이쯤 그만하겠습니다. 아무튼 이 작품의 원형이 간직했을 전체 내용은 효 하나보다는 부모 자식이 서로 주고받는 가족 전체의 정이 아니었을까 생각합니다.

그리고 그것은 앞서 〈사모곡〉의 익살스러운 투정과 묘한 대비가 되지요. 가족은 그렇게 미워하고 원망도 했다가, 작은 기쁨도 서로 나누며 살아가는 사람들입니다. 언제부턴가 가족의 의미가 많이 달라지기는 했지만, 이 두 작품을 통해 그 역할을 되새겨 보길 희망합니다.

3. 이리저리 흘러간 1년의 〈동동〉

　〈동동〉은 서사, 송축에 해당하는 서사가 있고 1월부터 12월까지가 쭉 이어지고 있어요. 그래서 1월부터 12월까지 쭉 읽다 보면 이 사람이 어떨 때는 굉장히 자기의 사랑에 대해서 확신하고 있는데, 어떨 때는 무척이나 자신 없는 목소리를 내서 이 사람의 감정 자체가 오락가락 진동하는 느낌이 듭니다. 좋았다가 나빴다가, 즐거워했다가 외로워했다가, 꼭 친구 연애 상담을 해 주다 보면 얘가 오락가락해서 짜증이 많이 나죠? 불안해서 달래 주면 들떠서 뭔가 건수를 만듭니다. 그러다가 상대방 답장이 늦거나 안 오면 또 불안해하다가 다시 흥겨워서 무리하고….

　〈동동〉화자 혹은 화자들이 그렇다는 뜻은 아니고, 사랑이란 감정이 이렇게 일관성 없고 오락가락 진동한다는 걸 구체적으로 보여 주고 있죠. 작품이 기니까 먼저 대체적인 흐름을 표로 보여드리고, 이어서 각각의 연을 살펴보겠습니다.

　표에서는 감정의 폭이 세로축이고, 1월부터 12월까지 전개가 가로축입니다. 세로축은 아래쪽일수록 감정이 더 어두운 겁니다. 위로 올라갈수록 밝은 거에요. 전반부에는 그래도 1월 하고 4월 빼놓으면 많이 떠 있습니다. 송축하거나 임을 예찬하는 등 많이 떠 있는데, 6월 이후로 넘어가면 떠 있을 때보다 가라앉아 있을 때가 확실히 많아요. 전체를 보면 위아래로 널뛰기하듯 감정을 진동시키고 있지요. 예외적으로 8, 9월은 약간 떠 있는 것도 같지만, 이 부분은 해독을 어떻게 하느냐에 따라 미묘하게 달라질 수 있어요. 6월부터 좀 가라앉고, 10

서사	1월	2월	3월	4월	5월	6월	7월	8월	9월	10월	11월	12월
송축		예찬 (등불)	예찬 (꽃)		예찬 (약)							
								그리움 (추석)	그리움 (약-꽃)			
				약한 고독 (녹사)		약한 고독 (빗)	약한 고독 (제사)	혹은 약한 고독				
	강한 고독 (냇물)									강한 고독 (보로쇠)	강한 고독 (홑적삼)	

그러나 새해가 되면 다시 순환
다른 사람을 만나 같은 결말에 이르는가?

[12월]
젓가락
(확정되지 않은 아이러니)
/
가지에 무른 손
(더욱 깊은 고독으로의 하강
– 죽은 님을 위한 노래)

월부터 1월까지는 많이 가라앉습니다. 이따가 다시 말씀드리겠지만 12월이 내년 1월로 다시 순환, 반복한다고 볼 때 그렇습니다.

이렇게 보면 화자가 2월부터 5월까지는 그래도 4월 한 달을 빼면 새로 시작한 사랑에 들떠 있었다가, 6월 이후로는 8, 9월 명절에 잠깐 정신 차리는 것 말고는 고독감에 시달리다가, 10월 이후로 고독감이 더 심해진다는 흐름이 대략 보입니다. 세로축을 만들어 두고 정서의 상승과 하강 과정을 생각해서 그렇지, 각각을 따로 읽으면서 정리하려면 훨씬 정신이 없어요. 워낙 정서의 차이가 크니까 화자가 한 사람이 아니라 여러 사람이라고 생각했을 정도랍니다.

이제 차근차근 읽어볼까요?

[서사(序詞)] : 송축과 인생 예찬

德(덕)으란 곰븨예 받줍고	덕일랑 뒤 잔으로 바치고
福(복)으란 림븨예 받줍고	복일랑 앞 잔으로 바치고
德이여 福이라호늘	덕이며 복이며 하는 것들
나수라 오소이다	드리러 옵니다.
아으 動動(동동)다리.	아으, 동동다리.　　　　[송축]

이 작품의 원작에 해당하는 민요가 혹시 있었다면, 이런 서사 부분은 애초에는 없었으리라 생각하고 있습니다. 궁중에 들어오면서 덧붙었단 겁니다. 그래서 임금님께 덕과 복을 바친다는 내용이잖아요? 그런데 뒷 잔, 앞 잔이라 쓰면 될 것을 "곰배"와 "림배"라는 상당히 낯선 말로 하고 있습니다. '배(盃)'는 그대로 잔이니까 그렇다 치지만, 아마 "곰"과 "림"을 거꾸로 합치면 '임금'과 비슷해지니까 '덕 + 복 = 임금'이라 송축하고 싶었을지도 모르겠습니다. 그리고 '곰'은 어쩐지 단군 신화에 나오는 하늘의 아들과 혼인한 땅의 웅녀가 생각나기도 하네요. 은근히 신화나 원시 제의를 떠올리게 하는 표현입니다.

正月(정월)ㅅ 나릿 므른　　　정월 냇물도

아으 어져 녹져 ᄒᆞ논ᄃᆡ,　　아으, 얼었다 녹았다 하거늘,

누릿 가온ᄃᆡ 나곤　　　　세상에 기껏 태어나

몸하 ᄒᆞ올로 녈셔,　　　이 몸은 홀로 뻣뻣이 지낸다니?

아으 動動다리.　　　　　아으, 동동다리.　　　[강한 고독]

　　도입부인데, 보기에 따라서는 새로운 시작이라 할 수도 있습니다. 12월에서 다시 반복, 순환하는(최미정: 1988) 일종의 루프 구조로 보면 그렇다는 것이죠. 보통 시가에서는 자연은 영원하고 순환하지만 인생은 그렇지 못하다고 말하는 편인데, 〈동동〉은 인간의 마음도 1년 주기로 순환한다고 하는 것 같아요. 1년쯤 지나면 인간이 같은 실수를 되풀이할 만큼 기억이 희미해지기는 하겠지요.

　　정월의 냇물은 얼었다 녹았다 한답니다. 이런 자연의 모습을 통해서 화자는 성관계 전후로 신체가 굳었다가 풀리는 상황을 연상한 것으로 보입니다. 이런 연상 남발하면 '일상생활 가능하냐?'는 핀잔을 듣겠지만, 이 사람이 워낙 외로워서 그랬다고 해 보지요. 그리고 '얼-'이라는 어간은 남녀 관계를 뜻하는 '얼-〔嫁〕'과 마침 음도 똑같습니다. 냇물의 흐름에서 그런 관계를 떠올릴 정도로 화자는 깊은 고독감을 느낍니다. 이 고독감은 1월에 갑자기 생겨났다기보다 작년 겨울부터 이어져 온 것일 텐데요. 2월에 아름다운 임을 만나 해소된다고 합니다. 연말까지 그럴지는 두고 봐야겠지만.

二月(이월)ㅅ 보로매	2월 보름이면
아으 노피 현	아으, 높이 켠
燈(등)ㅅ블 다호라	등불 같아요!
萬人(만인) 비취실 즈싀샷다.	온 세상 사람 다 비출 모습이네.
아으 動動다리.	아으, 동동다리. 　〔예찬〕
三月(삼월) 나며 開(개)호	3월 나자마자 열린
아으 滿春(만춘) 돌욋고지여!	아으, 늦봄 진달래꽃처럼
느미 브롤 즈슬	남들이 다 부러워할 모습
디녀 나샷다.	지니고 나셨군요.
아으 動動다리.	아으, 동동다리. 　〔예찬〕
四月(사월) 아니 니저	4월 잊지 않고
아으 오실셔 곳고리새여!	아으, 오셨구나! 꾀꼬리.
므슴다 錄事(녹사)니믄	어째서 서방님은
녯나롤 닛고신뎌.	옛날을 잊으셨소?
아으 動動다리.	아으, 동동다리. 　〔약한 고독〕

　　2월부터 4월까지는 새로 시작한 사랑의 설렘에 이어, 새로운 설렘이 끝난 직후 시작되는 또 다른 고독까지 한 단락으로 묶어 보았습니다. 2월에는 등불 같고, 3월에는 남이 부러워할 모습을 지녔다고 하죠. 자기가 만든 요리가 자기 입맛에 맞듯, 자기가 사랑하는 사람이

제일 아름답고, 남들이 부러워할 정도라는 거죠. 눈꼴은 시어도 그 정도는 수긍할 만한데, 그러나 3월 부분 2행에서 임을 비유한 진달래꽃이 "만춘(晚春)", 늦봄의 꽃이라는 게 뭔가 끝물 같다는 좋지 않은 예감이 들지 않나요? 그래선지 4월이 되자 임은 "옛날"을 잊고 나를 찾지 않습니다. 한 달 전이 무슨 옛날이야? 할 텐데, 어제 헤어진 사랑도 지난 사랑, 옛사랑입니다. 옛날은 그저 옛날일 수도 있고, '예전에 사랑했던 나'를 저렇게 압축한 걸로도 볼 수 있는데요, 화자에겐 두어 달내내 찬양했던 임이 옛사랑이 되어 서글프죠. 어디 보자. 2월에 만나석 달이 지났으면 대략 100일이 좀 못 되었으니까, 위기가 한 번 올 때이긴 하군요.

이 고독이 1월보다는 그래도 좀 덜하다고 판단한 이유는, 주관적일 수는 있는데 그래도 감정의 대상이 구체적으로 있는 고독이 아예아무도 없는 것보다는 상대적으로 낫지 않을까 생각해서였습니다. 뒤에 10, 11월을 '강한 고독'이라 정리한 이유 역시 "지니실 한 분이 없다.", "고운 임 여의고 홀로 살아간다."라고 아예 재회의 가능성이차단된 부재(不在)라서입니다. 글쎄요. 차라리 아무도 없는 게 누구라도 짝사랑하고 그리워하는 고통보다 더 낫다고 생각할 분들도 많겠지만, 참고삼아 이 노랫말을 봐 주세요.

> 가끔 날 보며 웃는 널 보면서 / 나를 사랑한단 착각을 하나 봐.
> 아니, 지금은 아니라도 / 나를 사랑해라, 사랑해라.
> 가슴으로 너를 향해 주문도 거나 봐.

> 그 꿈에서 또 깨면 쓸쓸해도 / 널 볼수록 더 가슴이 미어져도
>
> 뒤돌아서 눈물 삼키고 삼켜내도 / 너를 몰랐던 그날들보다 괜찮아,
>
> — 〈그녀가 웃잖아〉(김형중 노래, 2004)

아무도 없다는 건 아무도 사랑할 여유가 없다는 뜻이기도 합니다. 힘겹게 짝사랑할 마음의 여유라도 있는 편이 그나마 상대적으로 행복한 건 아닐까요? 그런 호구가 어딨냐며, 안 그렇다는 분도 있겠지만 사람 일은 알 수 없어요. 뭐가 더 강하고 약할지 논리적으로 따질 일은 아니겠고, 고독이라고 뭉뚱그리기보다는 좀 섬세하게 구분하여 작품을 바라볼 필요가 있다는 점에 유의해 주시길 희망합니다.

[전개] : 재회에 대한 바람

五月 五日(오월 오일)애	5월 5일
아으 수릿날 아촘 藥(약)은,	아으, 단오 아침 약은
즈믄힐 長存(장존)ᄒ샬	천년토록 잘 지내실
藥(약)이라 받줍노이다.	약이라서 바칩니다.
아으 動動(동동)다리.	아으, 동동다리. [예찬]
六月(유월)ㅅ 보로매	6월 보름
아으 별해 ᄇ룐 빗 다호라.	아으, 벼랑에 버려진 빗처럼요.
도라보실 니믈	돌아봐 주실 임을
젹곰 좃니노이다.	좀 따르고 싶어요.

아으 動動(동동)다리.	아으, 동동다리.	〔약한 고독〕

七月(칠월)ㅅ 보로매	7월 보름	
아으 百種(백종) 排(배)ㅎ야 두고,	아으, 온갖 곡식 차려 두고	
니믈 ᄒᆞᆫ디 녀가져.	'임과 함께 지내게 해 주세요!'	
願(원)을 비ᅀᆞᆸ노이다.	소원을 빌어 봅니다.	
아으 動動(동동)다리.	아으, 동동다리.	〔약한 고독〕

八月(팔월)ㅅ 보로ᄆᆞᆫ	8월 보름	
아으 嘉俳(가배)나리마론,	아으, 한가윗날이지만	
니믈 뫼셔 녀곤	임을 모시고 지내야만	
오ᄂᆞᆯ낤 嘉俳(가배)샷다.	오늘이 한가위답겠다.	
아으 動動(동동)다리.	아으, 동동다리.	〔그리움〕 혹은 〔약한 고독〕

5월이 되고 100일 기념일도 지났습니다. 동일 화자의 상황이 이어진다고 생각한다면, 4월의 이별이 어느 정도 수습이 되었나 봐요. 그러나 한번 깨졌던 믿음을 회복하기란 신용 등급 올리기 만큼이나 어렵습니다. 6월과 7월은 그전만큼 즐거워 보이지 않죠? 6월에서는 돌아봐 주기를 바라며 쫓아간다고 하는데, 6장에서 볼 〈서경별곡〉 첫 단락에서도 이렇게 간절히 임을 쫓아가려는 화자가 등장합니다. 그런데 쫓아오지 말라고 했나 봐요. 7월에도 5월에 약 차리듯 온갖 곡식 차려 놓고 기다립니다. 쫓아오지도 말라 하더니, 기다리는데 오지도 않습니다.

8월 추석은 민족의 대이동과 재회가 이루어지는 순간인데, "임을 모시고 지내야만" 한가위다운 한가위에 화자는 임과 만났을까요? 만났을 가능성과 만나지 못했을 가능성을 다 열어 두고 생각해야겠지요. 그런데 보고 있어도 보고 싶고, 눈앞에 있어도 그리운 사람, 천년을 따로 살아도 이어지는 믿음 등등 사랑과 이별의 여러 단면을 떠올려 본다면, 만났다 못 만났다 하는 상황의 여부보다는 어떤 상황에서도 고독하다는 이 사람의 마음 상태에 더 집중할 필요가 있습니다. 그래서 9월에는 어떻게 되었을까요?

[절정] 다시 만날 수 없음을 점차 인식하며 좌절함

九月 九日(구월 구일)에	9월 9일
아으 藥(약)이라 먹논	아으, 약이라고 먹는
黃花(황화)고지 안해 드니	국화꽃이 집안에 들어
새셔 가만ᄒ얘라	향기가 새어 나와 그윽하구나!
	다른 풀이 초가집 마을이 조용하구나!
아으 動動(동동)다리	아으, 동동다리.　　　　　[그리움]

十月(시월)애	10월이면
아으 져미연 ᄇ룻 다호라.	아으, 잘게 썬 나무 열매 같구나.
것거 ᄇ리신 後(후)에	꺾어 버리시고는
디니실 ᄒ부니 업스샷다.	갖고 계시는 분 하나가 없으니!
아으 動動(동동)다리.	아으, 동동다리.　　　　　[강한 고독]

十一月(11월)ㅅ 봉당 자리예	11월 마룻바닥에
아으 汗杉(한삼) 두퍼 누워	아으, 엷은 소매 끝자락 겨우 덮고 누워
슬홀ㅅ라온뎌.	슬프도다.
고우닐 스싀옴 녈셔.	고운 임 여의고 홀로 사네.
아으 動動(동동)다리.	아으, 동동다리. [강한 고독]

　9월에는 5월에 그랬듯, 다시 한번 약을 차립니다. 약이라 먹는 국화꽃을 안에 들였는데, 임과 함께 먹는 건지는 여전히 불분명합니다. 5, 7, 9월이 모두 뭔가 상을 차리는 모습이었죠? 12월에도 비슷한 장면이 있어서 꼭 세시풍속에 따라 상 차리는 장면 묘사가 중심이 되고, 임과 화자의 처지는 약간 뒷전이 된 건 아닐까 하는 생각도 드네요. 아마 관계의 진전이 없어서 직접 말하기 부담스러워서 그런 게 아니었을까 합니다. 연인과 잘 되냐고 묻는데, 잘 안 되는 상황이면 동문서답을 하는 상황과 비슷하다 보시면 되겠습니다.

　9월은 "새셔"의 해독이 명료하지 않은데요, 속요가 향가보다 어려운 게 이런 겁니다. 향가는 향찰을 뜻으로 읽거나 이리저리 달리 풀이할 수 있는데, 속요는 한글로 되어 있어서 안 풀리면 정말 다른 방법이 없습니다. 먼저 **다른 풀이** 처럼 "새셔"가 '초가집 마을'(남광우: 김명준, 2008a 참고)로 둔갑하는 과정을 말씀드리지요. "새"는 '억새풀'할 때 '새', 그러니까 볏과 식물을 뜻하고, "셔"는 '서까래'의 '서', 지붕 골격을 뜻하지요. 그래서 초가지붕으로 된 집과 마을을 뜻한다는 겁니다. 그냥 초가집이라 쓰면 그만인데, 그렇게 쓸 리가 있냐? 비판하기는 쉽지만, "새셔"라는 표현을 저렇게라도 풀기 위해 얼마나 고생했을까 생각해 보면 숙연해집니다.

그래도 너무 복잡하지요? 앞의 행 국화가 약주가 될 수 있다는 데 착안하여 "(국화주 향기가) 새 나와서 은근히 풍기는구나."(이응백: 김명준, 2008a 참고)라고 풀이하기도 합니다. 그러면 임과 함께 약주를 마시며 회포를 푸는 거니까, 화자는 소원 성취했다고 볼 수 있겠죠. 그러나 잠깐 화해해도 또 싸우듯, 10, 11월은 6, 7월과는 달리 재회의 가능성조차 차단된 강한 고독감을 드러냅니다.

6월에선 돌아봐 주면 쫓아가겠다고 했는데, 10월에선 꺾여 버린 나를 지니실 분이 하나도 없다고 했습니다. 7월은 음식이라도 차려 놓고 기다리는데, 11월은 추운 겨울에 이부자리도 없이, 임과는 사별하여 더 기다릴 여지도 남지 않았습니다. 이렇게 10, 11월은 은근히 앞의 내용과 대비하여 화자의 고독감이 심화, 나아가 극단적인 지경까지 이르렀다고 합니다. 이제 마지막 혹은 새로운 시작을 보죠.

[결말] : 엇갈린 사랑 혹은 더욱 깊은 고독과 순환 예고

十二月(12월)ㅅ 분디남ᄀ로 갓곤
아으 나ᄉᆞᆯ 盤(반)잇 져다호라.
니믜 알ᄑᆡ 드러 얼이노니,
소니 가재다 므르ᅀᆞᆸ노이다.
이으 動動(동동)다리.

　　12월 산초나무로 깎은

아으, 차림 상의 젓가락 같구나.

임 앞에 차려 놓으니,

손님이 가져다 무는구나!

다른 풀이 손이 가지에 다 물러져 버렸습니다.

아으, 동동다리.

[강한 고독에 따른 순환 혹은 미완]

－《악학궤범》권5

　　10월에 나무를 잘게 써는 내용이 있어서 그랬을까요? 12월에 웬 젓가락이 등장합니다. 임의 앞에 놓았는데 엉뚱한 사람이 채 갔다. 그러니까 젓가락이란 게 화자 자신이고, 사랑하는 사람과 맺어지지 못하고 엉뚱한 사람과 맺어지는 아이러니한 결말이라고 생각하는 게 통설입니다. 12월 부분만 보면 그렇게 보는 게 자연스럽고 타당해요. 이 부분 화자와 다른 부분 화자를 꼭 동일인으로 보지 않는다면 그게 좋습니다.

　　그런데 〈동동〉 전체의 화자가 단일하다면, 이 아이러니한 결말은 11월까지의 진지함과 그리 어울리지 않습니다. 그래서 "손이 가지에 다 물러 터졌다"(최미정: 1988)는 대안이 나왔는데, 11월에서 죽은 임을 위해 제사상을 차리느라 손이 물러 터졌다는 상황이지요. 상 차리는 게 앞서 여러 번 나왔고, 젓가락도 마찬가지지요. 화자의 고독감이 점점 심해지는 흐름과도 어느 정도 통합니다. 대안으로서 괜찮기는 한데, 내년에 다른 사랑 찾는다는 순환의 흐름까지 유의한다면, 다른 사람이 젓가락 가져간다는 기존의 시각도 내년을 생각했을 때 지나치게 어색하지는 않아 보입니다.

이렇게 해서 1년 치 감정의 흐름을 예찬과 그리움, 약한 고독과 강한 고독으로 구분하여, 뒤로 갈수록 대체로 가라앉는 과정을 살폈습니다. 중간중간 좀 다른 정서가 끼어들긴 했는데, 서로의 관계를 뒤바꿀 정도의 영향을 미치진 않는 점이 실제 인간관계와 비슷한 것 같습니다. 다음 해에는 〈동동〉의 화자가 참사랑을 만났으면 좋겠네요.

4. 어디서나 손목 잡힌다는 〈쌍화점〉

노랫말만 읽다 보면 속요가 공연예술이었다는 점을 잊곤 합니다. 원나라에서 희곡이 들어와 고려에서도 성행했으므로, 어쩌면 속요가 극시(劇詩)로서 예술사에 큰 비중을 차지할 수도 있을 텐데요. 직접적인 증거가 뚜렷하지는 않아서, 그런 주장을 하셨던 분들이 더러 비판도 받았습니다. 그런데 〈쌍화점〉은 줄거리도 있고 인물끼리 직접 대사를 주고받기도 해서, 유독 가극 혹은 극시의 성격이 큰 작품입니다. 《악장가사》에 실려 있어 가사 말고 공연 관련 정보가 없는 게 아쉽지만, 과장하여 말하자면 전통 극예술의 가장 오랜 모습 중 하나라 하겠습니다. 신라 최치원의 〈향악잡영〉이라는 작품에 공연예술 장면이 소개되기는 했지만, 이렇게 대사와 역할까지 전해지지는 못했거든요.

[A] 외국인

雙花店(쌍화점)에 雙花(쌍화) 사라 가고신딘

回回(회회)아비 내 손모글 주여이다.

이 말ᄉᆞ미 이 店(점)밧긔 나명들명,

다로러거디러,

죠고맛감 삿기 광대 네 마리라 호리라.

더러둥셩 다리러디러 다리러디러 다로러거디러 다로러.

긔 자리예 나도 자라 가리라.

위 위 다로러 거디러 다로러.

긔 잔ᄃᆡ ᄀᆞ티 덦거츠니 업다.

　　'식당에 간식 사러 갔더니

　　서역 사람 내 손목 잡네.

　　이런 소문 가게 밖에 들락날락하면

　　조그만 새끼 광대 네가 소문낸 줄로 알리라.'

　　'그 자리에 나도 자러 가리라.'　　　… 소문 들은 사람의 반응(?)

　　'아! 아! 그 잠자리처럼 <u>거친</u> 곳이 없다니까.'

　　(이하 등장인물만 다르고 내용 일치.)

　[B] 승려

三藏寺(삼장사)애 브를 혀라 가고신ᄃᆞᆫ

그 뎔 社主(사주)ㅣ 내 손모글 주여이다.

이 말ᄉᆞ미 이 뎔밧긔 나명들명,

다로러거디러.

죠고맛간 삿기 上座(상좌)ㅣ 네 마리라 호리라.

더러둥셩 다리러디러 다리러디러 다로러거디러 다로러.

긔 자리예 나도 자라 가리라.

위 위 다로러거디러 다로러,

긔 잔듸ㄱ티 덦거츠니 업다.

　〔C〕임금

드레우므레 므를 길라 가고신된

우믓龍(용)이 내 손모글 주여이다.

이 말ᄉ미 이 우믈밧씌 나명들명,

다로러거디러.

죠고맛간 드레바가 네 마리라 호리라.

더러둥셩 다리러디러 다리러디러 다로러거디러 다로러.

긔 자리예 나도 자라 가리라.

위 위 다로러거디러 다로러.

긔 잔듸ㄱ티 덦거츠니 업다.

　〔D〕일반 민

술풀지븨 수를 사라 가고신된

그 짓 아비 내 손모글 주여이다.

이 말ᄉ미 이 집맛씌 나명들명,

다로러거디러.

죠고맛간 식구바가 네 마리라 호리라.

더러둥셩 다리러디러 다리러디러 다로러거디러 다로러.

긔 자리예 나도 자라 가리라.

위 위 다로러거디러 다로러.

긔 잔디ㄱ티 덮거츠니 업다.

―《악장가사》

보시다시피 같은 내용이 외국인, 승려, 용으로 표현된 임금, 일반 민 등으로 반복되어 있습니다. 그래서 외국에서 개방된 성 문화가 전래되어 사제, 지배 계급에서 일반 민에 이르기까지 순서대로 타락해 가는 점층적 구성을 보여준다는 풀이도 있었지요. 그럴싸합니다.

1연의 '회회아비'는 위구르 사람입니다. 작품 제목에도 나오는 '쌍화'를 보통 만두라고 생각하고, 만둣가게에 광대가 있는 건 음식점 규모가 커서 공연도 해서 그렇다 하고 이해해 왔어요. 쌍화라는 것도 인도 쪽에 '굴랍자문'이라는, 염부나무 열매 맛을 인공적으로 재현한 둥글고 달콤한 간식이 있는데, 위구르 사람들도 많이 먹는답니다. 그래서 만두가 아니라 굴랍자문이 아닐까 하시는 분도 있어요. 뭐 둥그런 간식은 다 만두 아니면 호빵이라고들 하죠.

그래서 1연의 분위기만 좀 이국적이고, 다른 부분은 "다로러거디러" 운운하는 멋들어진 여음 이외에는 대체로 이해하기 쉽습니다. 저 여음에 'ㄷ'과 'ㄹ' 연쇄된 게 남녀 다리가 뒤엉킨 모습을 표현한 거라고도 하는데요(려증동: 1997), 작품 내용과 얼핏 무의미해 보이는 여음구를 이렇게도 연결했다는 점에서 기발한 생각입니다.

각각의 연마다 여러 명의 화자, 아니 화자보다는 배우라고 하는 편이 더 어울릴 것 같네요. 손목을 잡는 역할을 하는 남주인공이 있고, 손목을 잡히는 여주인공이 또 있어야 하죠. 그리고 가게 밖에 소문을 내는 역할에 더불어, 소문을 듣고 "위, 위!" 소리를 내는 청중, "그 자리에 나도 자러 가겠다."는 또 다른 인물 등이 필요합니다. 그런데 마지막 인물의 이런 반응에 대하여 "거친 잠자리니까 가지 말라."고 처음 나왔던 여주인공이 말해 주는 듯합니다. 그런데 이 '거칠다.'가 여러 뉘앙스가 있어 혼란스럽습니다. 정말 지저분하니까 가지 말라는 건지, 너무 거칠어서 당신이 감당하기 어려울 거라는 뜻인지, 지저분하니까 가지 말라고 해 놓고 자신이 그 남자를 독점하고 싶은 건지…. 다른 작품이라면 이런 상상력이 지나친 것이겠지만, 〈쌍화점〉은 잠시 후 살필 기록에 따르면 애초에 쾌락 지향적 작품이었어요. 이 혼란스러움도 관객들에게는 흥밋거리가 됩니다.

이렇게 적어도 5~6인 이상의 배역이 세분되어 있어요. 이런 내용을 판소리처럼 1인극으로 같은 사람이 줄줄 읊어 댈 수도 있겠지만, 다음 기록을 보면 여러 사람이 공연하는 쪽이 어울립니다.

〈삼장(三藏)〉·〈사룡(蛇龍)〉, 고려 민사평(閔思平: 1295~1359)

三藏精廬去點燈	삼장사(三藏寺)에 등불 켜러 갔더니
執吾纖手作頭僧	스님이 내 손목 덥석 잡았네.
此言若出三門外	혹시 절 밖에 이런 소문 난다면,
上座閑談是必應.	상좌야! 바로 네 탓이라 하리라.
有蛇含龍尾	뱀이 용의 꼬리 물고
聞過太山岑	태산 봉우리 넘었다 하더라.

萬人各一語　　　　　　온갖 사람들 저마다 떠들어 봤자,

斟酌在兩心.　　　　　　두 사람 서로의 마음만으로 짐작하리라.

〈삼장〉과 〈사룡〉은 고려 충렬왕(재위 1274~1308) 시절, 기악(妓樂)과 여색(女色)으로 왕의 비위를 잘 맞추던 오기, 김원상, 석천보, 석천경 등 4인이 지었다. 충렬왕이 워낙 이런 소인배들과 놀기 좋아해서, 기존의 궁녀만으로는 부족했다. 그러므로 전국 각지의 아름답고 재능 있는 관기(官妓)들을 뽑아 궁중 소속으로 바꾸더니, 비단옷을 입히고 말총갓을 씌워, 남장(男粧) 별대를 만들었다. 〈삼장〉과 〈사룡〉을 가르치고 배우게 하여, 소인배들과 밤낮으로 노래하고 춤추며 음란하게 놀았다. 임금과 신하 간의 예절도 더는 없이, 공연하고 상 주는 비용도 다 적기 어려울 정도로 많았다.

— 《고려사》 권71, 악지 2(의역)

《악장가사》에 실린 〈쌍화점〉에는 이렇다 할 기록은 남아 있지 않아요. 그런데 위 기록의 첫 작품이 〈쌍화점〉 둘째 단락과 똑같잖아요? 그러니까 산문 기록 둘째 줄에 오기, 김원상, 석천보, 석천경이 지었다는 〈삼장〉은 〈쌍화점〉과 같은 작품인 걸 알게 되었습니다. 그리고 "전국 각지의 아름답고 재능 있는 관기(官妓)들을 뽑아 궁중 소속으로 바꾸더니"라는 기록도 참 중요한데요. 전국 각지의 민요가 기녀들을 통해 궁중에 모여 속요가 되는 과정을 간략하게나마 증언하고 있기 때문이죠.

산문 기록을 보면 '남장 별대'란 조직까지 만들어서 밤낮으로 어울려 놓았다고 하니까, 이 공연은 가극이나 극시의 모습이겠지요. 다른 기록에는 충렬왕이 1인 객석을 특별히 설치해서 궁중 공연을 관람했다 합니다. 고려의 화려하고 사치스러운 분위기를 미워했던 조선 사대부들에게는 〈쌍화점〉처럼 못마땅한 작품이 없었을 겁니다. 그래도 지금껏 이렇게 남아 있으니, 자극적인 소재의 인기는 어쩔 수 없나 봅니다.

그런데 〈삼장〉 밑에 〈사룡〉도 이들이 지었는데, 어디선가 본 듯하지 않으세요? 꽤 비슷한 시조가 남았습니다.

> 됴고만 비얌이라셔 龍(용)의 초리 듐북이 물고
> 高峯 峻嶺(고봉 준령)을 넘단 말이 잇ᄂ이라
> 왼 놈이 왼 말을 하여도 님이 짐작 ᄒ시소.
>
> — 《병와가곡집》, 작품번호 12

> 조그만 뱀이 용의 꼬리 듬뿍 물고
> 높은 산 험한 고개 넘었다는 헛말 있지만,
> 온 놈이 틀린 말 해도 임께서 짐작하소서.

이런 내용은 정치적으로 핍박받거나 귀양을 떠난 사대부가 부를 법하죠. 그런데 오기, 김원상 등은 '행신'이라고 했는데, 이건 부정적인 의미에서 임금의 총애를 받는 신하란 뜻입니다. 〈삼장〉과 〈사룡〉은 모두 소문에 관한 이야기입니다. 떳떳하지 않은 일이건, 억울한 일이건, 소문이란 듣고 취할 게 못 된다고 합니다. 자신들이 〈삼장〉처럼 비밀스러운 일을 저질렀다는 소문이 있어도, 〈사룡〉처럼 그런 건 터무니없는 일이니까 자신들을 진심으로 믿어 달라고 충렬왕에게 당부하는 게 아닐까 해요. 〈삼장〉과 〈사룡〉을 엮어 읽으면 이런 문맥이 드러납니다. 그렇지만 충렬왕과 간신배들은 잊히고, 저 시조를 읽는 어떤 분은 외로운 선비의 기개를 떠올렸을지도 모르겠다 생각하면 참 씁쓸해집니다.

정치적 잘잘못을 떠나 충렬왕과 저 4인의 유흥은 〈쌍화점〉이라는 가극으로 꽤 인상적인 작품을 남기는 문학사적 업적을 쌓았네요. 여주인공이 손을 잡힌다는 모티브는 강한 인상을 주었나 봅니다. 민간 노래를 한시로 번역한 고려 시대 소악부 중에 이런 작품도 있어요.

〈제위보(濟危寶)〉, 어느 여죄수, 고려 이제현(李齊賢: 1287~1367)

어느 여인이 죄를 짓고 제위보(濟危寶-죄수를 관리하고 구속하는 기관)에서 징역을 살았다. 그런데 어떤 이가 그 손을 잡았다. 치욕을 씻을 길 없어 한스럽던 여인은, 이 노래를 지어 원망했다. 나는 그 노래를 한시로 이렇게 번역하였다.

浣紗溪上傍垂楊	수양버들 늘어진 시냇가 빨래터에서
執手論心白馬郎	난봉꾼이 내 손을 덥석 잡았소.
縱有連詹三月雨	아무리 석 달 여름 장맛비에 씻은들,
指頭何忍洗餘香.	손끝에 스며든 냄새 어찌 사라질까?

— 《고려사》 권71, 악지 2

배경만 다르지, 〈쌍화점〉에서 반복된 내용과 유사합니다. 소문낸다는 사람은 나오지 않지만, 소문이 났으니 이런 작품도 남았겠지요. 마지막 행 "손끝에 스며든 냄새 어찌 사라질까?"가 어떻게 느껴지시나요? 상대방을 그리워하는 게 아닐지 잠깐 생각했지만, 밑줄 친 설명을 보시면 치욕과 원한을 표현한 내용이랍니다. 이제현도 사대부니까 그렇게 평할 수는 있겠다고 생각하지만, 좀 애매한 부분은 있지요. 어떤 분은 아예 이 평에서 거슬러 올라 〈쌍화점〉의 여주인공들도 그런 수치심을 드러냈다고도 합니다. 그런데 그러면 〈삼장〉 관련 기록의 유흥적 분위기와는 어긋나게 되어, 좀 조심스레 생각할 필요가 있겠습니다.

고전시가 수업

제6장

그리움과 미련의
속요 화자

앞 장 〈동동〉에서 아무도 없는 것보다는 짝사랑이라도 하는 편이 차라리 행복한 거란 괴이한 말씀을 드렸습니다. 그런데 사랑하는 사이는 사실 생판 남이잖아요? 피붙이끼리도 말이 안 통하는데 생판 남의 마음을 뉘라서 알아주겠어요? 그러고 보면 모든 사랑은 더 많이 사랑하는 사람이 외로워지는 짝사랑이고, 헤어지기 전에는 그리워하다가 헤어지고 나서 미련을 갖는 게 다반사인가 봅니다.

이 장에서 볼 〈가시리〉와 〈서경별곡〉은, 〈동동〉의 세시풍속과 〈쌍화점〉의 노골적인 분위기를 걷어 낸 이별과 짝사랑을 본격적으로 다루고 있습니다. 대체로 〈가시리〉는 영원히 기다리겠다고 하고, 〈서경별곡〉은 뱃사공에게 욕을 해 대는 억센 성격인 것 같네요. 그냥 그렇게만 보아도 좋을지, 작품을 읽으며 생각해 봅시다.

1. 약한 듯 강인한 〈가시리〉의 그리움

| 가시리 가시리잇고 나는. | 가시려 가시렵니까? |
| 부리고 가시리잇고 나는. | 버리고 가시렵니까? |

위 증즐가 大平盛代(대평성대).　위 증즐가 태평성대.

날러는 엇디 살라 ᄒ고　나더러는 어찌 살라고
ᄇ리고 가시리잇고 나ᄂ.　버리고 가시렵니까?
위 증즐가 大平盛代.　위 증즐가 태평성대.

잡ᄉ와 두어리마ᄂᆞᄂ.　잡아 두고 싶지만,
선ᄒ면 아니 올셰라.　서운하면 안 돌아올까 봐
위 증즐가 大平盛代.　위 증즐가 태평성대.

셜온님 보내ᅌᅩ노니 나ᄂ.　서러운 님 보내드리나니,
가시ᄂ 둣 도셔 오쇼셔 나ᄂ.　가시는 듯 다시 오소서.
위 증즐가 大平盛代.　위 증즐가 태평성대.

— 〈귀호곡(歸乎曲)〉(속칭 〈가시리〉),《악장가사》/《시용향악보》

　앞 장에서 속요의 이전 가치 말씀드릴 때도 잠깐 나왔는데, "위 증즐가 태평성대"라는 후렴구는 본문의 슬픈 이별과는 어울리지 않습니다. 그냥 후렴구를 적당히 대충 넣었다고 생각할 수 있어요. 그런데 "얄리얄리 얄랑셩"이나 "다로러거디러"처럼 그냥 무의미한 말만 넣거나, "아으 동동다리"처럼 악기 소리만 넣지도 않고 "태평성대"라는 의미 있는 말을 집어넣었습니다. 왜 그랬을까요?

　귀족 입장에는 자신들이 정치를 잘했으니까, 나라가 망하지 않았으니 연인이 만나고 이별할 수도 있다고 생각할 여지도 있습니다. 지난번에도 그런 말씀 드렸죠. 그런데 더 보편적으로 생각해 보면, 헤어진 다음 날 눈을 떠요. 세상은 똑같습니다. 나만 지옥에 있고, 다들 하하 호호 예능, 드라마 보며 잘 살아갑니다. 그러면 나는 정말 지옥에 있을까요? 때 되면 배고파서 밥 먹고, 시간 맞춰 학교 가거나 일하고, 그렇게 버텨야 하는 일상 때문에 더욱 서글퍼집니다. 이별과 관계없이 태평하게 흘러가는 세상, 그리고 그런 세상의 일원인 변함없는 나 자신, 그 부조리가 이별을 더욱 사무치게 합니다. 〈제망매가〉는 세상 모든 이들이 슬픔을 함께 겪는다며 '미타찰'이라는 해결의 시공간을 내세웠지만, 〈가시리〉 화자에게는 '미타찰'이 얼마나 설득력이 있을까요? 이 노래를 엮은이가 '태평성대'라는 여음에 정말 그런 뜻을 담았을지는 모르겠지만, 제가 볼 때는 본문의 분위기와 앞뒤가 맞지 않는다기보다 오히려 그 비극성을 반어적으로 더 잘 보여주기도 해요.

첫째와 둘째 연을 보면 화자는 버림받았죠. 그런데 잡지 않겠다고 합니다. 왜? 셋째 연에서 잡으면 임께서 서운할 테니까, 그래서 넷째 연에서 서러워하는 당신을 고이 보내드린다고 합니다. 이런 표현 때문에 〈가시리〉의 화자는 수동적이다, 소극적이다, 여성적이다, 한국적이다 등등의 평을 들어 왔죠. 여성적이거나 한국적이라는 말을 상투적으로 좋지 않게 써 온 것은 그러려니 하더라도, 여기에는 두 가지 맹점이 있습니다.

첫째, 서운하고 서러운 것은, 사실은 임이 아니라 화자 자신입니다. 그렇지만 자신이 서운하고 서럽다고는 하지 않았죠. 그 대신 당신이 그럴 거라 합니다. 아까 생판 남들끼리 사랑하는데 상대방 마음을 어떻게 아느냐고 투정했는데요, 여기서는 당신이 그럴 거라는 '믿음'을 보여줍니다. 자신을 버리고 떠나는 사람에게 이런 믿음을 보여주

다니? 헤어질 때는 아름다웠던 추억도 다 부질없다는 생각이 절로 들 텐데, 이 사람은 과거 우리의 사랑이 진심이었다면, 떠나는 당신도 나 못지않게 서운하고 서러우리라 믿습니다. 그래서 자신의 마음이 얼마나 괴로운지는 "태평성대" 따위 후렴구에 맡겨 놓고, 당신 마음을 알고 믿으니 잡지 않겠다고 합니다. 이런 마음을 소극적, 수동적이라 할 수 있을까요? 여성적, 한국적이라 하려면 여성적, 한국적이라는 말에 대한 선입견도 바꾸어야 합니다.

둘째, 마지막에 "가시는 듯 다시 오소서."라고는 했지만, 그래도 돌아오지 않으리라는 걸 화자가 모르지는 않았을 겁니다. 마지막 이별도 곱고 아름답게, 싸우지 않고 당신 마음 믿으며 보내겠다고 했잖아요. 표현이 좀 이상하지만 다시 안 볼 사이니까 과거의 믿음만이라도 허물지 않고 보내주려 했겠지요. 그래도 기다림 이상의 어떤 미련이나 집착은 보여주지 않습니다. 떠난 사랑이 돌아오면 행복할까요? 큰 충격을 경험한 사람은 결코 예전으로 돌아갈 수 없습니다. 옛사랑을 애써 재현하기보다는 그저 그리움으로 남아야겠지요.

작품 내용을 주관적 비평에 가깝게 말씀드렸습니다. 요컨대 〈가시리〉의 여성화자는 결단코 약하지 않습니다. 배신한 사람의 마음이 자신과 다르지 않다고 믿고, 영원히 그리워하겠다는 사람은 누구보다 강한 사람입니다.

이렇게 끝내면 좋은데, 〈가시리〉에도 배경 설화를 엮어 주려는 시도가 있었습니다. 〈예성강〉이라는 작품인데요, 노름으로 아내를 빼앗긴 남자가 〈예성강〉을 불렀더니 아내가 돌아왔단 것입니다. 이 게 〈가시리〉의 상황과 어울릴까요? 〈가시리〉가 〈예성강〉이란 설이 옛날에는 꽤 설득력을 얻었는지, 정한숙이란 분의 소설 〈예성강곡〉에도 나옵니다. 그 당시 학술대회 발표 현장이 그대로 묘사되어서, 그것도 가치 있는 자료입니다.

그보다는 김유신에게 버림받은 천관녀가 지은 〈원사(怨詞)〉가 〈가시리〉란 설이 더 나아 보입니다. 어머니의 훈계 때문에 천관녀와 헤어질 결심을 했는데, 술에 취해서 말이 천관녀의 집으로 자율 주행을 했어요. 천관녀는 오랜만에 연인이 와서 반갑게 뛰쳐나왔을 텐데, 그 앞에서 말의 목을 벱니다. 부득이 이별하더라도 이런 모습까지 보여야 했을까요? 어쨌든 김유신은 상당히 늦은 나이에야 결혼 기록을 남겼는데요, 천관녀와의 이별 때문에 자책해서 그런 게 아닐까 하는 분도 있습니다. 노름하다 아내 잃은 사람 얘기보다는 훨씬 낭만적이죠.

2. 강한 척 연약한 〈서경별곡〉의 미련

〈서경별곡〉은 세 편의 기성 작품을 합성해서 이루어졌어요. 다음에 이어질 [B] 구슬노래가 〈정석가〉란 작품 마지막에도 나오고, 아예 독립한 모습의 한역시로도 남아 있거든요. 그래서 합성가요 혹은 합가라고 부르는데, 세 편의 노래가 유기적으로 잘 연결되지는 않습니다. 이별을 마주한 자아의 혼란 때문에 그런 걸까? 옛날 만화에서 주인공이 선택의 혼란을 겪을 때, 한쪽에 천사가, 한쪽에 악마가 나타나 갈등하잖아요. 그런 자아 분열로 볼 수도 있겠지만, 앞서 〈쌍화점〉처럼 두 명의 화자가 대화를 주고받는 구성이 아닐까 하고 생각하신 분(려증동: 1997)도 있습니다. 딱히 근거는 없지만, 그렇게 보면 흥미로운 극적 상황이 마련되므로 일단 그에 비추어 읽겠습니다.

[A] 서경노래 : 여성화자의 애원

西京(서경)이 아즐가.

西京이 셔울히 마르는.

위 두어렁셩 두어렁셩 다링디리.

닷곤 디 아즐가.

닷곤 디 쇼셩경 고외마른.

위 두어렁셩 두어렁셩 다링디리.

여히므론 아즐가.

여히므론 질삼뵈 브리시고.

위 두어렁셩 두어렁셩 다링디리.

괴시란디 아즐가.

괴시란디 우러곰 좃니노이다.

위 두어렁셩 두어렁셩 다링디리.

[축약 번역]

서경이 서울이지만.

새로 닦은 우리 서울이라 사랑하지만.

이별하느니 차라리 길쌈 베 버리고 쫓겨 죽더라도,

사랑해 주신다면 울며불며 따르고 싶어요.

〈서경별곡〉은 반복적인 표현이 많죠. 민요의 느낌을 많이 주고요. 각각의 연 둘째 줄끼리만 읽어도 내용이 연결됩니다. 평양에서 대동강을 사이에 둔 이별을 다룬 한시는 상당히 많지만, 국문 시가는 〈서경별곡〉이 대표적이고 다른 작품은 잘 떠오르지 않네요.

어려운 말은 없지만 둘째 연 2행에 "쇼셩경"이란 표현이 있는데, '小西京', '小盛京' 등으로 조합할 수 있어요. '작지만 아름다운 서경'이라 생각하면 되겠네요. 왜 작다고 할까는 'my little' 같은 애칭으로 받아들이면 어떨까요?

화자는 당신과 이별하느니, 아름다운 서경과 '길쌈 베'까지도 버리고 따르겠다고 합니다. 〈동동〉에서도 당신을 따르리라는 말이 있었는데, 결과는 그리 안 좋았죠? 여기도 그랬던 것 같습니다. 길쌈 베를 버린다는 게 얼마나 강렬한 표현인지 실감하기 어려운데요. 평양에서 이별하는 이 여성화자는 아마 기녀였을 겁니다. 아시다시피 기녀는 귀족 남성과 어울리기 위해 일정 정도 교양을 갖추고 식견도 있었지요. 하지만 신분은 높지 못했고, 관청에 속한 관기에게는 평소에 다른 노동을 겸해야 하는 책임도 있었습니다. 서경노래의 화자 역시 관기로서 길쌈을 해야 할 임무가 있었을 겁니다. 그러니까 길쌈 베를 버리겠다는 말은 관기 신분을 버리고 탈주하겠다는 뜻이 됩니다.(이영태: 2004) 목숨을 건 거죠. 추노를 당하고 잡히면 죽을 수도 있겠지만, 그래도 울며불며 쫓아가겠다고 합니다.

서울 양반들이 평양 기생을 얼마나 진지하게 생각했을까요? 〈묏버들 가려 꺾어…〉란 시조를 남긴 홍랑과 최경창의 이야기에서도, 관기 신분인 홍랑이 병든 최경창을 간호하기 위해 일탈한 것이 매우 큰 문제가 되어 최경창은 정치적 위기에 봉착할 정도였습니다. 이 여성화자의 임은 그런 위험을 감수했을까? 마지막 대목인 [C] 대동강노래에서 여성화자가 떠나지 못하고 남은 걸 보면 아닌 것 같습니다. 역시 더 많이 사랑한 사람이 더 아파하게 돼요.

[B] 구슬노래 : 여성화자에 대한 남성화자의 응답(?)

구스리 아즐가.

구스리 바회예 디신돌,

위 두어렁셩 두어렁셩 다링디리.

긴히쏜 아즐가,

긴힛쏜 그츠리잇가 나눈.

위 두어렁셩 두어렁셩 다링디리.

즈믄 힐를 아즐가.

즈믄 힐를 외오곰 녀신돌,

위 두어렁셩 두어렁셩 다링디리.

信(신)잇둔 아즐가.

信잇둔 그츠리잇가 나눈.

위 두어렁셩 두어렁셩 다링디리.

　　[축약 번역]

　　구슬이 바위에 떨어져도,

끈이야 끊어지지 않잖아요?

마찬가지로 천년을 외따로 살더라도,

우리 믿음이야 끊어지겠어요?

서경노래와 대동강노래 사이에 이 구슬노래가 없었다면 차라리 흐름이 자연스럽지 않았을까 합니다. 서경노래와 대동강노래가 바로 이어진다면, 쫓아가려는데 임이 오지 말라고 하니까 절망해서 엉뚱한 뱃사공에게 화풀이한 거죠. 그런데 중간에서 천년을 헤어져도 믿음은 변치 않는다는, 어쩌면 〈가시리〉의 화자 비슷한 얘기를 합니다. 서경노래의 화자가 '보고 안 보고 하는 게 뭐 중요하랴?' 마음을 고쳐먹었을 수도 있지만, 그러면 왜 다음 장면에서 뱃사공 탓을 할까 알기 어렵습니다.

그래서 아예 이 구슬노래는 남성화자의 응답이 아닐까 상상하게 되었습니다. 잘 읽어 보면 결국 천년 내내 안 보겠다는 말이기도 하니까, 쫓아오겠다는 상대방의 정을 떼겠다는 의도입니다. '보고 안 보고 하는 게 뭐 중요하랴?'라는 이 상황에서는 참 위선적인 태도입니다. 서경노래에서 여성화자는 추노의 위험을 감수하며 목숨까지 걸었는데, 보건 안 보건 상관없다는 말을 들으면 어떤 기분이 들까요? 참 원망스럽겠지만, 그래도 화를 내 버리면 이 남자 정말 다시 안 올 테니까, 다음 장면에서 애꿎은 뱃사공을 공격하게 됩니다. 더 사랑하니까 이런 반응을 감수하는 것이기도 하지만, 천민인 기녀가 귀족 남성에게 감히 화를 낼 수 있었을까요? 이건 연애 관계에서의 권력이 아닌,

계급의 차이에서 말미암은 권력 관계입니다. 후대의 기녀 시조와 여성 시가에서도 이 점을 상기할 필요가 있습니다. 〈서경별곡〉의 화자는 억센 서도(西道) 기질이라기보다, 생각보다 연약한 존재입니다.

이 구슬노래는 〈정석가〉처럼 임금의 만수무강을 송축하거나, 이제현 한역시처럼 사대부 남성 작가의 취향을 반영할 때는 영원한 충심을 나타낸다고 해석합니다. 그렇지만 여기서 이 부분을 남성화자의 응답으로 본다면 전혀 다른 의미가 되죠. 이렇게 같은 표현으로 다른 의미와 정황을 만들어 낼 수 있는 게 합성가요의 특징입니다.

〔C〕 대동강노래 : 여성화자의 소극적인 원망

大同江(대동강) 아즐가.
大同江 너븐디 몰라셔,
위 두어렁셩 두어렁셩 다링디리.

빈 내여 아즐가.
빈 내여 노흔다 샤공아.
위 두어렁셩 두어렁셩 다링디리.

네 가시 아즐가.
네 가시 럼난디 몰라셔,
위 두어렁셩 두어렁셩 다링디리.

녈 빈예 아즐가.
녈 빈예 연즌다 샤공아.

위 두어렁셩 두어렁셩 다링디리.

大同江 아즐가.
大同江 건넌 편 고즐여,
위 두어렁셩 두어렁셩 아링디리.

비타들면 아즐가.
비타들면 것고리이다 나눈.
위 두어렁셩 두어렁셩 다링디리.

― 《악장가사》

[축약 번역]
대동강 넓은 줄도 모르고
배 내어놓았느냐? 사공아.
네 각시 바람난 줄 모르고
다른 풀이 네까짓 것이 외람된 줄 모르고
내 임을 네 배에 태우고 가느냐? 사공아.
대동강 건너편 내가 아닌 다른 꽃을
배 타고 가서 꺾으려고 하는구나.

구슬노래가 남성화자의 응답이라고 너무 단정적으로 말씀드린 듯도 하지만, 구슬노래와 대동강노래의 내용을 연결하려면 다른 대안이 없는 것 같아요. 세 편이 원래부터 묶여 있지 않았으니 각각 따로 읽자고 할 수도 있는데, 그러면 〈서경별곡〉이라는 작품 전체의 가치를 규정하기 어렵잖아요? 그래서 그런 대화의 화답 관계가 만들어졌다고 생각해 보면, 이 작품도 극적 요소가 생기게 됩니다. 이것 하나로 〈서경별곡〉을 가극이라 하기는 어려워도, 속요의 장르 교섭 사례로 눈여겨볼 필요는 있습니다.

뱃사공이 배를 띄워 놓아서 자신이 이별하게 되었다는 원망이죠. 박인로의 〈선상탄〉에서 배가 발명된 탓에, 일본과 전쟁하게 됐다는 원망과도 통합니다. 박인로는 정말 그렇게 생각했다기보다 푸념이고 익살이겠지요. 그렇지만 〈서경별곡〉의 화자는 연애 권력, 계급 간의 차이에 의한 권력 모두의 폭력에 시달린 끝에, 어쩌면 같은 처지에 놓인 뱃사공에게 원망과 저주를 퍼붓습니다. 가해자는 간곳없이 피해자들끼리 싸우는 형국이랄까요?

그런데 저주의 말에 있는 "럼난디"가 쉽게 풀이되지 않습니다. 대략 '바람난지, 음탕한지(양주동)', '욕심이 많은 줄을(박병채)', '주제넘은 줄도(서재극)' 등의 풀이가 있어요. 쉽게 이해하시려면 '럼'과 비슷한 말이 들어간 바람나다, 넘치다, 외람되다 등의 어구 가운에 일부를 취했다고 생각하시면 됩니다. 앞서 〈동동〉 9월 "새셔" 부분 기억나실까요? 그렇게 한두 글자만으로 전체 어구를 재구성했습니다. 이 중에 뭐가 맞는지는 판정하기 어렵지만, 이왕이면 "자신의 사랑도 못 지키는 사람이 남의 사랑을 끝장내느냐?"의 의미가 되면 더 흥미로워 보입니다. 그래서 "네 각시 바람난 줄 모르고"가 어떨까 합니다.

〈서경별곡〉의 여성화자가 생각보다 연약하다고 했죠? 뱃사공에게 욕을 퍼붓는다고 강자가 되지는 않아요. 더 사랑하니까, 신분이 낮으니까 당할 수밖에 없었지요. 사회적 강자에게 저항하지 못했다고 그 연약함을 탓할 수 없습니다. 우리가 시조 시화에서 접했던 기녀와 양반 남성의 사랑이라는 게, 〈서경별곡〉의 여성화자가 겪은 권력관계와 얼마나 같거나 다를까요? 〈서경별곡〉 화자의 미련은 시가 작가로서 기녀들의 웃음과 눈물에 관한 화두를 던져 주고 있습니다.

설명하다 보니 〈가시리〉의 그리움은 외유내강형, 〈서경별곡〉의 미련은 외강내유형이라고 말씀드리게 되었네요. 이렇게 두 화자의 태도에 강인함과 부드러움이 안팎으로 각각 자리 잡았듯이, 두 화자의 그리움과 미련도 사실은 이웃처럼 서로 마주 보고 있어요. 〈가시리〉 화자도 미련이 그리 남았으니 임이 그립고, 〈서경별곡〉 화자도 임 향한 그리움이 미련의 깊이를 더했겠지요.

속요 여성화자들의 입체적인 면과 기녀로서의 정체성 등을 더 생각해 보시길 바랄게요.

3. 그리운 자연과 인간에의 미련, 〈청산별곡〉

〈청산별곡〉은 추상적이고 상징적인 표현이 많아서, 민요에서 기원했다기보다 지식인 작가의 창작으로 보는 편입니다. 속요의 그리움과 미련을 각각 자연과 인간 세상에 연결했지요. 청산과 바다 같은 자연을 그리워하면서도, 인간 세상에 미련을 버리지 못하고 술을 마시며 남습니다. 훗날 조선 전기 양반 시가에서 자연과 인간을 대하는 삶의 태도와 유사하지요. 〈청산별곡〉은 내용으로 봤을 때, 속요와 조선 전기 시가를 이어 주는 역할을 하기도 합니다.

가설이지만 시대적 배경으로는 몽골 침략에 따라 산과 바다로 피난 갔던 경험(박노준: 1982), 더 구체적으로는 강화도 천도(임주탁: 2004)를 제시하기도 합니다.

작품을 읽기에 앞서, 구성에 관한 말씀을 먼저 드려볼까 해요. 전체가 8연인데, 청산이 1연, 바다가 6연에 나와서 전반부 5개 연, 후반부 3개 연으로 불균형합니다. 그래서 일찍이 5연과 6연을 맞바꾸어 4 : 4로 균형을 맞추자는 관점이 있었는데요, 아마 요즘 젊은 연구자가 그랬다면 원전을 존중하지 않았다고 혹독한 비판을 받았겠지요. 어찌 보면 옛날 선생님들의 생각이 더 유연하셨던 것 같기도 합니다.

아래 표와 같이 3단 구성으로 하면, 원전을 존중하면서 청산노래와 바다노래 사이의 균형도 3 : 3으로 맞출 수 있습니다. 그냥 무작정 나누자는 건 아니에요. 4연과 5연은 외로운 밤과 돌을 맞아 우는 화자, 그러니까 이 작품의 창작 동기가 나와 있고, 시간이나 단계상으로도 가장 앞선 것처럼 보입니다.

청산과 바다에 "살어리랏다"가 1연과 6연에 있고요. 2연의 '시름'으로 압축된 창작의 계기가 4, 5연에서 "밤"과 "돌"이라는 화자의 체

구 분	청산노래	'밤'과 '돌'	바다노래
살어리랏다	1연		6연
창작 동기 (고독과 슬픔)	2연(시름)	4연(찾는 이 없음) / 5연(돌 맞고 욺)	
이해할 수 없는 장면	3연 (물 아래 가는 새)		7연 (장대에 오른 사슴)
갈등의 해소(?)			8연(독한 술 마심)

험으로 구체화하고 있습니다. 3연과 7연에는 공통적으로 이해할 수 없는 장면이 나오지요. '물 아래를 날아다니는 새'와 '장대에 올라 악기를 연주하는 사슴', 실로 엄청난 초월이나 상징의 개입이라 할 수밖에 없어 보입니다. 미리 말씀드리면 각각 있어야 할 곳에 머물지 않는 위태로운 상황 같습니다. 그리고 바다노래는 앞서 자세히 묘사한 창작의 계기와 화자의 문제 상황을 반복하는 대신, 8연에서 술을 통해 문제를 해소하려는 모습을 보여줍니다. 결말이 별로 설득력이 있지는 않은데, 술은 문제를 해결한다기보다 잠시 회피하는 쪽에 가깝기 때문일까요? 그래도 이렇게 술로써 잊고 편안해지자는 결말은 사대부 시가도 그렇고, 여러 나라에서 공통으로 지닌 속성으로 보입니다.

이렇게 세 단락으로 나누어 〈청산별곡〉을 읽어 보겠습니다.

살어리 살어리랏다.	살아야 살아야 하리다.
靑山(청산)애 살어리랏다.	청산에 살아야 하리다.
멀위랑 ᄃ래랑 먹고	머루랑 달래랑 먹고,
靑山애 살어리랏다.	청산에 살아야 하리다.
얄리얄리 얄랑셩 얄라리 얄라.	얄리얄리 얄랑셩 얄라리 얄라.
우러라 우러라 새여.	우누나, 우누나, 새여.
자고 니러 우러라 새어.	자고 일이니 우누나, 새여.
널라와 시름한 나도	너보다 시름 많은 나도
자고 니러 우니로라.	자고 일어나 우노라.
얄리얄리 얄라셩 얄라리 얄라.	얄리얄리 얄라셩 얄라리 얄라.

가던 새 가던 새 본다.	날아가는 새 날아가는 새 보느냐?
	다른 풀이 갈던 밭 보느냐?
믈아래 가던 새 본다.	물 아래로 날아가는 새 보느냐?
잉무든 장글란 가지고	이끼 묻은 쟁기를 가지고
믈아래 가던 새 본다.	물 아래로 날아가는 새 보느냐?
얄리얄리 얄라셩 얄라리 얄라.	얄리얄리 얄라셩 얄라리 얄라.

첫 줄부터 읽겠습니다. "살어리랏다"는 미래에 살고 싶다, 혹은 과거에 살았어야 했다는 두 가지 뜻으로 볼 수 있는데, 현실을 부정한 다는 점에서는 똑같습니다. 보잘것없는 음식을 먹더라도 현실보다는 청산과 바다가 낫다고 합니다. 〈유정천리〉(1959)라는 노래가 있었는 데, 못 살고 외로워도 좋으니 감자 심고 수수 심는 두메산골 내 고향 에 가겠다고 했어요. 현실을 부정하고 못 먹고 못 살아도 시골 가겠다 는 게 참 비슷하죠.

후렴구가 "얄리얄리 얄라셩", 첫째 연만 "얄랑셩"이라서 오자 같 은데, 아무튼 'ㅇ'과 'ㄹ'의 연쇄라면 〈아리랑〉이 떠오릅니다. 〈아리 랑〉의 원래 이름은 '아라리'였으니까, '얄리얄리'랑 더 비슷하죠. 그런 데 수메르 신화를 보면 '아라리' 언덕이 나옵니다. 심지어 아라리는 아리안, 수메르는 쓰리랑 이렇게까지 가면 참 아득하죠. 어쨌건 〈아 리랑〉은 한국인의 뿌리라고 하니까, 최남선 이래로 민족의 유래를 중 앙아시아에서 찾으려는 분들이 이런 식의 상상을 많이 합니다. 근래 에는 몽골에서 온 말로 보거나 하는 등의 이설이 있는데요, 이래저래

저 후렴구는 좀 특별해 보입니다.

2연에서는 '새'가 등장해서 화자와 마찬가지로 시름 때문에 운다고 합니다. 먼 옛날 〈황조가〉의 꾀꼬리는 화자에게 부러움의 대상이었지만, 여기서는 화자와 처지가 같습니다. 조선 시대 시가에서는 이게 한층 강화되어 갈매기와 함께 '물아일체(物我一體)'라는 관습적인 경지가 나오기도 하지요. 4연에서 이 시름은 밤과 낮이 계속 지나도 찾아오는 이 없는 외로움으로 구체화되고, 5연에서 돌에 맞아 운다는 울음의 직접적 계기 역시 나옵니다. 물아일체라는 경지 자체가 그렇기도 하지만, 사람 중에 벗으로 삼을 이 없어 물에게 친근감을 느끼는 일면이 있거든요. 윤선도 〈오우가〉의 다섯 친구 중에도 사람은 없잖아요? 사람에 대한 거리감 혹은 환멸감이 동식물과 자연물을 친근하게 느끼고 청산이나 바다 같은 도피처를 희구하게도 합니다. 〈청산별곡〉의 인·물 각각에 관한 생각과 세계관에는 이렇게 조선 시대 사대부의 자연관을 연상하게 하는 부분이 있기도 합니다.

3연에서 "물 아래 가던 새"라는 게 있을 수 없으므로 "새"를 농사지으며 갈던 '사래'(서재극: 김명준, 2008a 참고)로 보아야 한다는 말도 있었습니다. 난리가 나서 황폐해진 농토를 바라보는 농부의 마음이 참 안타깝죠. 그런데 물 아래 논밭이 있다는 것도 여전히 이상한데, 저수지 아래 있는 밭이라고 합니다. 제가 보기에 이 장면은 7연의 '장대에 오른 사슴'과 호응하는 구절입니다. 하늘 위로 날아야 하는 새가 물 아래로 다니고, 땅 위에 네 발로 있어야 하는 사슴이 장대 위에 올라 악기를 연주합니다. 악기 연주하느라 두 발로 서야겠지요.

《시경》에 '솔개는 하늘에서 날고, 물고기는 물에서 뛰논다.(연비

어약: 鳶飛魚躍)'는 말이 있습니다. 세상 모든 것이 각자의 명분에 따라 있어야 할 곳에서 제 할 일 한다는 뜻으로, 성군의 정치가 자연을 닮아 이루어지는 모습이죠. 자연을 닮는다는 유학자들의 목적은 7장 이후로 조선 시대를 다루면서 많이 나올 겁니다. '연비어약'의 기준에서 보면 〈청산별곡〉 3연과 7연은 아름답지 않습니다. 새는 물 아래 처박혀 있고, 사슴은 장대 위에 올라서 하늘 가까이 두 발로 섰으니까요. 왜 이런 일이 생겼을까요? 청산이나 바다로 떠나지 않고, 시름과 눈물투성이 세상에 남아 있기 때문입니다. 세상이 난세가 되면 처사가 되어 정치에 참여하지 않는다는 게 유가 철학의 한 방침이지요. 조선 초기 〈어부가〉에 그런 태도가 많이 나올 겁니다. 그러나 우리는 비타협적인 참여와 기개 역시 진정한 선비정신이라 생각하기도 합니다. 유가 철학에는 공식적으로 저승이 없어, 우리 사는 세상이 유일한 세상이라 다른 세상으로 도피할 수 없다고 생각했던 선비들도 많이 있었겠지요.

이렇게 보면 3연은 7연과 호응하기도 하고, 2연과도 연결되어 비타협과 참여 혹은 비참여와 달관 사이에서 고민했던 후대 사대부 작가의 모습을 떠올리게도 하네요. 다른 속요와는 상당히 이질적입니다. 그리고 엄밀히 따지는 일은 잘 없지만, 〈청산별곡〉이 고려 시대에 창작되었다는 다른 기록은 남아 있지 않습니다.

이링공 뎌링공 ᄒ야	이럭저럭
나즈란 디내와 숀뎌.	낮엘랑 버텨 냈지만
오리도 가리도 업슨	올 사람도 갈 사람도 없는

바므란 쏘 엇디호리라.	밤엘랑 또 어찌 보낼까?
얄리얄리 얄라셩 얄라리 얄라.	얄리얄리 얄라셩 얄라리 얄라.
어듸라 더디던 돌코.	어디다 던지던 돌인가?
누리라 마치던 돌코.	누구를 맞히려던 돌인가?
믜리도 괴리도 업시	미워할 이도 사랑할 이도 없이
마자셔 우니노라.	맞아서 우노라.
얄리얄리 얄라셩 얄라리 얄라.	얄리얄리 얄라셩 얄라리 얄라.

4연과 5연은 2연의 시름과 울음, 그러니까 창작의 계기랄까 동기를 한결 구체적으로 드러내고 있습니다. 아마 시간상으로는 이 부분이 가장 먼저 일어난 일일 수도 있고, 이 작품을 지으며 새, 사슴과 어울리며 바라보는 이유가 되니까 발단이나 도입부에 가깝습니다.

공연히 회상 장면을 가운데 배치하고, 청산과 바다를 앞뒤로 놓아서 작품 구성을 파악하기 어렵게 만들 이유가 뭐냐고 할 수도 있는데, 시에서는 이렇게 행 또는 연 구성을 일부러 어색하게 해서 독자를 불편하게 하면 그 부분이 더 눈에 띄고 기억에 남기도 합니다. 장순하의 현대시조 〈고무신〉(1968)을 보시면 "하나/둘/세 켤레", 여기서 '하나'는 아빠 신발이라 글자도 굵고 더 커요. 시조의 행 구분을 저렇게 하는 경우도 드문데, 파격적 구성 덕분에 눈에 더 잘 띄죠. 8장에 나오겠지만 황진이도 종장에 이어지는 "제 구태여"를 중장의 "가랴만은" 뒤로 끌어올려서 의미의 다변화를 시도하기도 했지요. 영화나 드라마에서도 일부러 시간의 흐름과 달리 편집하는 일이 잦아요. 시간상으로 앞서는 시름과 울음에 관한 회상이 한가운데 나오는 건 그렇게 눈에 잘 띄게 하려는 시도로 받아들이면 어떨까 합니다.

살어리 살어리랏다.	살아야 살아야 하리다.
바른래 살어리랏다.	바다에 살아야 하리다.
누무자기 구조개랑 먹고	한해살이풀을 굴, 조개랑 먹고
바른래 살어리랏다.	바다에 살아야 하리다.
얄리얄리 얄라셩 얄라리 얄라.	얄리얄리 얄라셩 얄라리 얄라.
가다가 가다가 드로라.	가다가 가다가 듣노라.
에졍지 가다가 드로라.	갈림길 돌아들다 듣노라.
	다른 풀이 외딴 부엌 지나가다 듣노라.
사스미 짒대예 올아셔	사슴이 장대에 올라가
奚琴(해금)을 혀거를 드로라.	해금을 켜는 것을 듣노라.
얄리얄리 얄라셩 얄라리 얄라.	얄리얄리 얄라셩 얄라리 얄라.
가다니 비브른 도긔	갔더니 불룩한 술동이에
설진 강수를 비조라.	자글자글 독한 술을 빚었구나!
조롱곳 누로기 미와	조롱박꽃 같은 누룩이 진한 향기로
잡스와니 내 엇디ᄒ리잇고.	나를 잡으니 어쩌리오?
얄리얄리 얄라셩 얄라리 얄라.	얄리얄리 얄라셩 얄라리 얄라.

—《악장가사》

6연부터 바다가 나옵니다. 앞서 말씀드렸듯 5연과 6연을 바꾸려는 시도도 있었지만, 굳이 그럴 필요는 없어 보입니다.

7연에는 "에졍지"라는 정말 희한한 표현이 나오는데요, 사슴이 장대에 오른 모습은 유랑 광대의 공연 혹은 아까 제가 말씀드렸듯 상징적인 장면으로 이해할 여지가 있는데, 이 어구는 답이 없었습니다. 졍지는 솥[정:鼎]이 있는 부엌[鼎地], '에'는 '외', 그러니까 에둘러 외딴 부엌(양주동)이라 나오는 교과서가 많을 텐데, 근래에는 "에"를 '에둘러'의 '에', 그러니까 '돌다'의 뜻이 되고, "졍지"는 갈래 길을 뜻하는 '젼지[岐]'로 보자는 제안이 나왔습니다.(허남춘: 2010) '젼지'가 "졍지"가 될 수 있는 근거는 《삼국사기》에 있다고 하는데요. '한기부(漢岐部)'를 설명할 때 갈림길을 뜻하는 한기부의 '기(岐)'를 부엌을 뜻하는 '포(庖)'와 같은 것으로 대응한 사례가 있거든요. 그런 근거로 "졍지"가 '부엌'에서 '갈림길'이 됩니다. 유랑하는 자가 유랑극단의 사슴 탈 쓴 광대 공연을 보며 슬퍼한다는 생각이네요. 저는 유랑극단의 위태로운 서커스 장면이 3연의 '물 아래 날아다니는 새'와 마찬가지로 위태롭고, 청산과 바다로 떠나지 않고 갈림길을 에둘러 돌아다니며 선택을 미룬 탓이 아닐까도 싶습니다.

8연 역시 선택을 미뤄 놓고 술을 마시는 결말이죠. 달관이나 체념으로 많이 설명하지만, 나름 세상에 대한 애정이 있어서 술로 잠깐 잊더라도 끝내 떠나지 않는 상황으로 보입니다. 훗날 〈어부가〉의 작가들은 "인간 세상 돌아보니 멀수록 더욱 좋다."거나 현실 생각을 하더라도 "두어라, 세상 구할 어진 신하 따로 있겠지."라며 애써 방관하곤 했는데, 이 사람은 술로 버티면서도 끝끝내 청산이나 바다로 떠나지 않습니다. 그러면 달관이나 체념과는 좀 다른 각도에서 생각해 볼 여지도 있지 않을까 하네요.

이렇게 속요 중 마지막으로 〈청산별곡〉을 살폈습니다. 현실 참여와 도피 사이에서 고민하는 모습이 조선 전기 사대부들이 〈어부가〉에서 했던 생각과 얽혀 있습니다. 상징적인 장면들은 '연비어약'의 가치관에 어긋나는 현실과 그 안에서 위태로운 화자의 처지를 보여주고요. 이것을 창작 동기가 한가운데 자리 잡은 3단 구성을 통해 살폈습니다.

이제 조선 시대로 넘어가 〈어부가〉를 비롯한 시조의 자연관을 알아볼까요? 그 사이 경기체가와 악장이 나왔는데, 형식과 주제가 제한적이고 엄격해서 일부 계층을 중심으로 향유되었으므로, 흐름상 다른 기회에 말씀드리는 편이 낫겠습니다.

제 7 장

자연과 인간 사이의
양반 시조

1. 무심히 남은 미련, 〈어부단가〉

　　강호와 어부는 조선 시대 사대부들이 사랑한 공간이고, 인물 형상이었습니다. 자신들의 정치적 처지에 따라 정치 현실에서의 성공을 은퇴 이후 강호 자연에서도 똑같이 누릴 수 있으리라 생각하는가 하면, 정치 현실에서의 고민과 실패를 아름다운 자연을 바라보며 위로받거나 남들이 모르는 자연의 아름다움을 자신만 인식할 수 있다는 또 다른 자아실현의 계기로 삼기도 했습니다.(김흥규, 1999)

　　어부 형상은 중국 춘추전국 초나라 굴원의 〈어부사〉에서부터 나와요. 현실 참여 의지가 강렬했던 굴원에게 어떤 어부가 '물이 맑으면 갓끈 씻고, 물이 흐리면 발 닦으라.'라고 했습니다. 세상이 깨끗하면 참여하고, 더러우면 물러나라는 뜻이지요. 그래서 어부는 세상에 나서서〔출: 出〕참여하거나, 물러나 자리〔처: 處〕를 지키는 '출처관'의 유연함을 상징하는 존재가 되었습니다. 그런데 세상이 깨끗할 때가 얼마나 있을까요? 일하기 좋을 때, 일자리도 많은 상황이란 거의 없습니다. 게임을 좋아해서 프로게이머가 되어도, 게이머로서 힘들 때가 더 많겠지요. 그래서 '어부'는 현실 정치에 참여할 수 없게 된 이들이 자신의 자존심을 지키고 능력을 포장하는 말로 쓰이기도 했지요. 어부 형상은 조선 후기까지 이어지고, 동아시아 전체가 공유한 시가 문학의 대표적인 인물 형상으로 주목받았습니다.(이형대: 2002)

그러면 이현보(李賢輔: 1467~1555)의 〈어부단가(漁父短歌)〉부터 볼까요? 뒤에 살펴볼 맹사성의 〈강호사시가〉가 이현보보다 시기상으로 앞서 있어요. 그렇지만 이현보의 작품은 순수 창작이 아니라, 전해 내려오던 작품을 개작한 것이라서요. 원작의 형성 시기를 따지면 더 오래되었을 가능성을 고려해 먼저 다룹니다.

> 〈어부가〉 2편은 누가 지었는지 알 수 없다. 내가 은퇴하고 옛사람들의 글을 모으던 중, 아들과 손자들이 〈어부가〉를 찾아 보여주었다. 노랫말이 여유롭고도 심오하여, 출세를 바라지 않는 탈속의 뜻이 있었다. ⓐ 예전에 듣던 노래는 다 버리고 이것만 들었다. 아침저녁으로 안동 분강(汾江)에 배 띄우고 친구와 술 마시며 읊조리면, 즐거움을 더해 싫증 나지 않았다. 그러나 워낙 옛날 노래라서, 전해지던 도중에 내용이 엉키고 반복되는 게 많았다. 그러므로 ⓑ 장형 〈어부가〉 12장은 3장을 버리고 9장으로 읊조리게, 단형 〈어부가〉 10장은 연시조 5장으로 고쳐 새로운 곡으로 부르게 했다.
>
> — 이현보, 〈어부가 서문〉, 《농암집》(의역)

ⓑ에서 있었던 내용을 줄였다고 했지요? 그러므로 이현보 자신이 공감했던 부분을 주로 남기고, 새로운 내용을 추가한 부분은 별로

없었을 것으로 보여요. ⓐ를 보면 다른 시가 다 팽개치고 이것만 들었다고 하는데, 이황은 이 〈어부가〉에 관한 글을 쓰면서 아무나 그럴 수 있는 게 아니라고 합니다.

누군지 모를 옛사람들이 어부 노래를 모아, 우리말 장가 12장으로 만들어 세상에 〈어부가〉라고 전했다. 내 숙부 이우(李堣: 1469~1517) 선생께서 〈어부가〉를 잘 불렀던 안동의 늙은 기생을 환갑 때 불러 공연하게 한 적이 있었다. 나는 젊은 마음에 들떠 기록했지만, 12장을 다 적지는 못했다. 훗날 서울 여기저기를 수소문했지만, 아무리 늙은 기녀라도 다 몰랐다. 그래서 이 곡을 알고 좋아하는 이가 없는 줄 깨달았다.

요즘 밀양의 박준(朴浚)이란 이가 이런 음악을 잘 알아, 민간과 궁중의 음악을 다 모아 작품집을 냈다. 〈어부가〉도 〈쌍화점〉을 비롯한 여러 작품과 함께 실려 있었다. 그런데 〈쌍화점〉을 들을 때면 손발로 춤추는 이들이, 〈어부가〉를 들을 때는 지겨워하며 잔다. 왜 그럴까? 그들은 〈어부가〉의 내용에 공감할 수도 없는데, 즐거워할 수 있을까?

농암 이현보는 벼슬을 버리고 은퇴하여 안동 분강에 머물렀다. 부귀영화가 헛된 줄 알고 세속을 떨쳐 내려 한 것이다. 늘 쪽배를 타고 물안개 낀 강에서 시를 읊거나, 바위 위로 낚시 다니며 자연을 벗 삼아 시간 가는 줄 몰랐다. 강호 자연의 참맛을 즐겼다고 하겠다. 남들 보기에도 신선 같은 삶이었다. 아! 그는 이렇게 〈어부가〉에 공감할 만한 참된 즐거움을 얻었다.

― 이황, 〈서어부가후(書漁父歌後)〉, 《도산전서》(의역)

원작 〈어부가〉는 인기도 없고 아는 사람이 적었군요. 서울 사람이 잘 몰랐던 걸 보면 영남에 한정하여 유행했는지도 모를 일이네요.

밑줄 친 밀양의 박준이라는 사람이 엮은 시가집이 바로《악장가사》라는 설도 있습니다. 그런데《악장가사》에는 박준보다 후대의 작품도 실려 있어서, 좀 신중히 생각할 필요가 있다고 합니다. 5장에서 본 〈쌍화점〉 기억하시죠? 역시 사람들이 손발로 춤을 추며 좋아합니다. 많이 알려져 있지는 않지만《악장가사》에는 악장 〈어부가〉라고도 부르는 작품이 나오는데요, 역시 이현보의 〈어부가〉보다 표현이 더 어렵고 난삽합니다.

이현보가 '강호 자연의 참맛'을 알았으므로, 다시 말해 자연에 대한 경험이 풍부하니까 이런 작품의 가치를 알아보고 개작도 할 수 있었다고 해요. 그렇게 생각하면 오늘날의 우리는 자연에 대한 경험이 옛사람만큼 풍부하진 않습니다. 저만 해도 자연은 일상이 아니었고 거리감이 많이 드는데, 오늘날의 청년 세대는 더하겠죠. 그러니까 이런 잃어버린 자연관을 우리가 내면화하자, 계승하자 할 게 아니라 그저 '옛사람들은 우리와 이렇게 달랐구나.' 생각하며 부담 없이 보세요. 바로 위 인용문에 의역한 것처럼, 공감하지 못 한다면 읽고 즐거울 수 없는 건 당연합니다.

이 듕에 시름 업스니 漁父(어부)의 生涯(생애)이로다
一葉 扁舟(일엽 편주)를 萬頃波(만경파)에 띄워 두고
人世(인세)를 다 니젯거니 날 가는 줄롤 안가.

이 중에 시름없는 게 어부 생활이로다.

쪽배 한 척 일렁이는 물결에 띄워 두고

사람 세상 다 잊었거니 날짜 가는 줄을 알까?

—《농암집》, 작품번호 5

구버논 千尋 綠水(천심 녹수) 도라보니 萬疊 靑山(만첩청산)

十丈(십장) 紅塵(홍진)이 언매나 ᄀ렛논고

江湖(강호)애 月白(월백)ᄒ거든 더옥 無心(무심) 하얘라.

굽어는 천 길 물결 돌아보면 만 겹 푸른 산

열 길 속세를 얼마나 가렸을꼬?

강호에 달 밝거든 더욱 무심하여라.

—《농암집》, 작품번호 6

靑荷(청하)애 바볼 ᄡᅩ고 綠柳(녹유)에 고기 ᄢᅦ여

蘆荻 花叢(노적 화총)애 ᄇᆡ 믜야 두고

一般 淸意味(일반 청의미)를 어늬 부니 아ᄅᆞ실고.

푸른 연잎에 밥 싸고 초록 버들에 고기 꿰어

갈대 물억새 꽃밭에 배 매어 두고

한결같은 맑은 뜻과 맛을 어느 분이 아실꼬?

—《농암집》, 작품번호 7

山頭(산두)에 閒雲(한운)이 起(기)ᄒ고 水中(수중)에 白鷗(백구)이 飛(비)
이라

無心(무심)코 多情(다정)ᄒ니 이 두 거시로다

一生(일생)에 시르믈 닛고 너를 조차 노로리라.

> 산머리에 한가로이 구름 일렁이고 물 위로 흰 갈매기 날아다녀
>
> 무심코 다정한 이, 이 둘이로다.
>
> 일생에 시름을 잊고 너희 좇아 놀리라.
>
> — 《농암집》, 작품번호 8

長安(장안)을 도라 보니 北闕(북궐)이 千里(천리)로다

漁舟(어주)에 누워신돌 니즌 스치 이시랴

두어라 내 시름 안니라 濟世賢(제세현)이 업스랴.

> 서울을 돌아보려 해도 대궐은 천 리 밖,
>
> 고기잡이배에 누웠어도 잊은 적이 있으랴?
>
> 두어라, 내 시름 아니라, 세상 건질 어진 이 없으랴?
>
> — 《농암집》, 작품번호 9

한자어가 많아 번역할 때 4음보로 딱딱 떨어지지는 않는군요. 연 시조를 볼 때는 요령이라 할까요? 종장 부분을 이어서 보아도 대략 흐름이 연결되곤 해요. 이 책의 첫 장에서 율격 살필 때 말씀드렸듯, 시조 종장의 특이한 구성 덕분입니다. 첫 연부터 차례로 보면, 세상을

잊어 날 가는 줄 모른다고 했던 화자는 달을 바라보며 무심해지고, 한결같은 자연의 맛은 자신만이 알 거라고 의기양양합니다. 무심코도 다정한 자연을 만나 시름을 잊고 놀겠다고 하다가, 잠깐 두고 온 현실을 생각했지만, 후배들이 알아서 하겠지 하고 그만둡니다.

　"세상 건질 어진 이 없으랴?"는 자신은 물러났으니 남은 이들이 알아서 하리라는 뜻으로 보이는데, 서운해서 하는 말인 것도 같죠? 마지막 연 중장의 '고기잡이배에서도 잊은 적이 없다.'라는 고백은 결국 작품번호 6번 종장의 "무심", 7번 종장의 "일반 청의미(一般 淸意味)", 그리고 8번 중장의 무심코 다정한 벗인 구름과 갈매기 그 어떤 것으로도 화자의 세상을 향한 미련을 없앨 수 없었다는 것입니다. 그러나 미련일 뿐, 다시 나서서 훈수를 두고 참견하지는 않습니다. 참 훌륭한 선배의 모습이죠? 늙어 강호에 물러난 이현보는 세상에 일말의 정과 미련을 남겨 두되, 선을 넘지 않고 절제할 줄 아는 분이었나 봅니다.

2. 자연도 임금님 은혜, 〈강호사시가〉

　맹사성(孟思誠: 1360~1438) 역시 노년에 강호에 물러난 분인데요, 〈강호사시가(江湖四時歌)〉에 따르면 임금님 은혜를 엄청나게 많이 입었다네요. 사계절에 걸쳐, 그러니까 1년 내내 이야기합니다. 1년을 단위로 전개되는 모습은 훗날 17세기 윤선도의 〈어부사시사〉에도 이어집니다. 여긴 어부가 안 나오지만, 〈어부사시사〉에는 어부까지 나오지요. 작품 이름이 헷갈릴 때는 〈강호사시가〉는 'ㄱ'으로 시작하니까 '-가'로 끝나고, 〈어부사시사〉는 그렇지 않아 '-사'로 끝난다고 생각하면 편해요.

　작가의 문집이 아닌 시조 가집에 수록된 작품을 처음으로 인용하게 되어, 잠깐 설명을 덧붙입니다. 다음 〈강호사시가〉의 출전 표시에서, "《청구영언》(진본)"이라고 판본까지 표시한 탓에 좀 번잡하게 보일지도 모르겠네요. 그냥 "청구영언"이라는 책 제목만 쓸 수 없었던 이유가 있습니다. 이를테면 《청구영언》 중에 '진본'(조선진서간행회본의 줄임말)에는 580수의 작품이 실려 있지만, '육당본'이라는 또 다른 《청구영언》에는 999수가 포함되어 있습니다. 당연히 작품번호와 순서, 표기 방식과 내용 등이 다르겠죠? 그래서 어떤 가집은 제목만이 아닌 판본까지 꼭 밝힐 필요가 있습니다. 심지어 제목만 똑같고 아예 별개의 문헌인 경우도 있어요. 딱딱한 얘기는 이쯤하고, 〈강호사시가〉를 직접 읽어 보겠습니다.

江湖(강호)에 봄이 드니 미친 興(흥)이 절로 난다
濁醪 溪邊(탁료 계변)에 金鱗魚(금린어) ㅣ 안쥐로다
이 몸이 閑暇(한가)히옴도 亦君恩(역군은)이샷다.

　　강호에 봄이 드니 미친 흥이 절로 난다.
　　시냇가에 막걸리며 쏘가리 안주로다.
　　이 몸이 한가함도 또 임금님 은혜로다.

― 《청구영언》(진본), 작품번호 9

江湖(강호)에 녀름이 드니 草堂(초당)에 일이 업다
有信(유신)훈 江波(강파)는 보내ᄂᆞ니 ᄇᆞ람이로다

143

이 몸이 서놀히옴도 亦君恩(역군은)이샷다.

　강호에 여름이 드니 초가집에 일이 없다.
　믿음직한 강 물결은 보내느니 바람이로다.
　이 몸이 서늘함도 또 임금님 은혜로다.

　　　　　　　　　　　　　　　　　— 《청구영언》(진본), 작품번호 10

江湖(강호)에 ᄀᆞ올이 드니 고기마다 슬져 잇다
小艇(소정)에 그믈 시러 흘리 쯰여 더뎌 두고
이 몸이 消日(소일)히옴도 亦君恩(역군은)이샷다.

　강호에 가을이 드니 고기마다 살쪄 있다.
　나룻배에 그물 실어 흘러가는 대로 띄워 던져두고,
　이 몸이 소일함도 또 임금님 은혜로다.

　　　　　　　　　　　　　　　　　— 《청구영언》(진본), 작품번호 11

江湖(강호)에 겨월이 드니 눈 기픠 자히 남다
삿갓 빗기 쓰고 누역으로 오슬 삼아
이 몸이 칩지 아니히옴도 亦君恩(역군은)이샷다.

　강호에 겨울이 드니 눈 깊이 한 자가 넘는다.
　삿갓 비스듬히 쓰고 지푸라기 비옷 입더라도,
　이 몸이 춥지 않음도 또 임금님 은혜로다.

　　　　　　　　　　　　　　　　　— 《청구영언》(진본), 작품번호 12

역군은, '역시 임금님 은혜'라는 건 벼슬하건 귀양 가건 조선 전기 양반들의 시가에 자주 나옵니다. 자주 쓰이면 특별할 게 무어냐? 하겠지만, 여기서는 이게 정말 특권입니다. 봄이면 농사짓는 집이 얼마나 바쁩니까? 그런데 임금님 덕분에 한가해요. 더운 여름도 덕분에 서늘해요. 가을도 추수하느라 바쁜 건 남 일이고, 나는 하는 일 없이 소일해요. 겨울? 30cm 넘게 눈 내려 봐라, 임금님 덕분에 삿갓 쓰고 도롱이[짚으로 된 비옷] 입어도 안 춥지!

노동하지 않는 양반의 특권에 더하여, 대자연의 법칙도 뛰어넘는 당당한 모습입니다. 노후의 모습이라면, 무슨 연금보험 광고 같기도 하죠? 조선의 건국이념 애민 정신은 어디 가고, 일반 백성 농민과 다른 자신의 특권을 자랑합니다. 맹사성이란 분이 살던 시절은 그랬으니까, 벼슬자리가 양반 수에 비해 넉넉했으니 그럴 만도 하겠지요. 그래도 개인의 체험을 너무 내세우면 그런 체험이 없는 이들의 공감을 얻기는 힘들겠습니다. 그래서 "나 때(라떼)는 말이야…." 이런 표현은 잘 안 하려고 합니다. 제가 어렸을 때는 평생 직장이란 개념이 있었는데요, 〈강호사시가〉에 나오는 맹사성의 어부는 그런 일시적인 호황을 누린 분의 말씀입니다. 다른 강호 시가와 비교해서도 분위기가 좀 이질적이에요. 작품이 나쁘다는 뜻은 아닙니다. 다만 이렇게 정치 현실에서 누렸던 특권이 노후의 강호 자연에 그대로 이어지던 시절이, 양반들에게는 참 그리움에 사무치는 시절일 수도 있다는 것이죠.

3. 멀수록 더욱 좋아, 〈어부사시사〉

어부가 나온다는 점에서, 그리고 1년 단위 시간과 계절의 변화를 다루었다는 점에서 윤선도(尹善道: 1587~1671)의 〈어부사시사(漁父四時詞)〉는 앞 시기 시가 문학의 성과를 종합한 작품입니다. 인간에 대한 거리감과 환멸은 〈청산별곡〉, 〈어부단가〉보다 심하고, 임금님 은혜는 자연에 대한 감각적 묘사로 대신 채우고 있습니다. 바로 이어서 볼 이황의 〈도산십이곡〉은 자연을 닮도록 공부하자고도 하는데, 여기서는 그런 교훈보다는 시각과 청각 등 감각을 통해 자연을 감상하는 경향이 더 크지요.

〈도산십이곡〉이 1세기 가까이 먼저 이루어졌지만, 앞의 내용과 이어지도록 〈어부사시사〉를 먼저 보겠습니다. 그러니까 이 책의 순서 때문에 헷갈리지는 마시고, 자연관의 흐름은 앞 두 편처럼 현실과 대비되거나, 〈도산십이곡〉처럼 교훈을 주는 대상이었다가, 17세기에 실제 감각과 체험의 공간이 된다고 이해하길 부탁합니다. 또는 이현보, 이황은 영남 사람이고, 정철이나 윤선도는 호남 사람이라서, 이를 영남가단과 호남가단의 지역적 차이로 생각하기도 합니다.

〈어부사시사〉는 계절별로 10연씩, 총 40연이나 되어 너무 깁니다. 그래서 부득이하게 계절별로 2연씩만 골라서 볼게요. 참고로 윤선도는 빌문에서 이현보의 〈어부단가〉와 함께 앞서 본 이황의 평을 이야기하며, 자신이 그 뜻을 이어 받아 우리말 노래를 짓는다고 밝혔어요.

〔봄〕

압개예 안개 것고 뒫뫼희 히 비췬다

　빈 떠라 빈 떠라

밤믈은 거의 디고 낟믈이 미러 온다

　至匊悤 至匊悤 於思臥(지국총 지국총 어ᄉ와: 쩔거덕 쩔거덕 엇싸)

江村(강촌) 온갓 고지 먼 빗치 더옥 됴타.

　　앞 포구에 안개 걷히고 뒷산에 해 비친다.

　　썰물은 거의 빠지고 밀물이 들어온다.

　　강촌[보길도] 온갖 꽃이 먼빛이 더욱 좋다.

　　　　　　　　　　　　　　　－《고산유고》, 작품번호 27

우는 거시 벅구기가 프른 거시 버들숩가

　이어라 이어라(노를 흔들어라)

漁村(어촌) 두어 집이 닛 속의 나락 들락

　至匊悤 至匊悤 於思臥(지국총 지국총 어ᄉ와)

말가ᄒᆞᆫ 기픈 소희 온간 고기 뛰노ᄂᆞ다.

　　우는 것이 뻐꾸기인가, 푸른 것이 버들 숲인가?

　　어촌 두어 집이 안개 속에 들락날락,

　　맑고도 깊은 연못에 온갖 물고기 뛰노는구나.

　　　　　　　　　　　　　　　－《고산유고》, 작품번호 30

　　형식 이야기를 해 보면, 중간에 "배 떠라 배 떠라" 또는 "지국총 지국총 어사와"처럼 다른 시조에 없는 여음구가 있습니다. 이런 여음구는 속요에서 자주 본 기억이 나시죠? 그리고 종장 둘째 구를 5글자 이상으로 만드는 게 시조의 고정된 관습인데, 이때 보시면 마지막 40번째 연만 그렇고 나머지는 전부 4글자로 되었어요. 그래서 시조가 아닌 다른 양식이라고 하는 분도 있는데, 일단 깊이 따지기보다는 시조로 보아 온 관행을 존중하겠습니다. 《해동가요》나 《병와가곡집》 같은 작품집에 시조로 취급되기도 했고요. 지금은 아니지만 예전에는 정철이 가사 1인자, 윤선도가 시조 1인자 이런 표현도 많이 썼는데, 윤선도의 시조는 자기 문집 외에는 많이 실리지 않았습니다.

윤선도는 해남 보길도에 인공정원에 가까운 자신만의 강호 자연을 실제로 만들었습니다. 지금도 그곳에 윤선도 문학관이 있어요. 찾아가 보시면 이 〈어부사시사〉나 바로 뒤의 〈오우가〉 풍경이 정말 그대로 재현되어 있습니다. 윤선도가 첫째 가는 큰 부자이자 지주였으니까, 그런 노동력 동원이 가능했겠지요.

강촌의 온갖 꽃은 가까이 보아도 아름다운데, 멀리서 보면 더욱 아름답다고 합니다. 멀리서 꽃이 모인 걸 보면 풍경이 되잖아요? 맑고 깊은 연못에 온갖 물고기 뛰놀지만, 명색이 어부인데도 풍경을 해치기 싫어 고기잡이하지 않습니다. 가을 부분에도 "고기마다 살쪄 있다."지만 바로 낚시하거나 잡아먹지 않아요. 조선 전기 시가의 어부들은 어업이 직업이 아니라, 숨어 사는 저사였으므로 눈앞의 풍경을 소중히 생각했습니다. '어부지리(漁父之利)' 고사를 시조로 옮겼던 사례에서는 생활인, 직업인 어부가 등장하기도 했지만, 대개의 어부는 처사였습니다.

[여름]

구즌비 머저 가고 시냇믈이 묽아 온다

　비 떠라 비 떠라

낫대롤 두러메니 기픈 興(흥)을 禁(금) 못홀돠

　至匊恩 至匊恩 於思臥(지국총 지국총 어ᄉ와)

煙江 疊嶂(연강 첩장)은 뉘라셔 그려낸고.

　　굳은 비 멎어 가고 시냇물이 맑아 온다.

　　낚싯대를 둘러메니 깊은 흥을 금할 수 없구나!

　　안개 낀 강 첩첩이 산봉우리는 누가 그려 냈는고?

　　　　　　　　　　　　　　　ー《고산유고》, 작품번호 37

년 닙희 밥 싸 두고 반찬으란 쟝만 마라

　닫 드러나 닫 드러라

靑蒻笠(청약립)은 써 잇노라 綠蓑衣(녹사의) 가져오냐

　至匊恩 至匊恩 於思臥(지국총 지국총 어ᄉ와)

無心(무심)혼 白鷗(백구)는 내 좃는가 제 좃는가.

　　연잎에 밥 싸 두고 반찬일랑 장만 마라.

　　파란 대나무 삿갓 쓰고 있노라, 도롱이 가져오느냐?

　　무심한 백구는 내가 (저를) 좇는가 백구가 (나를) 좇는가?

　　　　　　　　　　　　　　　ー《고산유고》, 작품번호 38

여름 작품 중장에서 드디어 낚싯대를 둘러맸지만, 말 그대로 세월을 낚고 있습니다. 초장의 궂은 비 멎어 가고 시냇물 흘러가는 그 세월이요. 안개도 끼고 첩첩산중이라 찾아올 사람 없으니 더욱 좋습니다. 6장에서 이야기했던 〈청산별곡〉 4연에서는 찾아올 사람 없어 외롭다고 한 것 떠오르나요? 그때 그 사람은 청산이나 바다에 가지 못해서 그랬던 것 같은데, 윤선도는 자기 입맛대로 만들어 낸 보길도의 자연환경에서 그림 같은 풍경과 함께 외롭지 않습니다.

찾아오는 사람도 없이, 무심한 백구(흰 갈매기)와 함께 누가 누굴 좇는지, 누가 주체이고 누가 객체인지 분간할 필요가 없이 지냅니다. 저 백구, 이현보의 〈어부단가〉 4연에서 구름과 함께 나왔죠? 무심코도 다정한 친구들이었어요. 그래도 〈어부단가〉는 바로 다음 연에서 인간 세상 잊은 적 없다, 그러나 나 아니어도 잘할 사람 많으니 돌아가지 않겠다는 미련을 보였지요. 지금 토막 내서 보느라 눈에 확 띄지는 않아도, 〈어부사시사〉는 전체적으로 그런 미련마저 없어 보입니다.

가을이 되면, 미련이 없을 뿐만 아니라 심지어 환멸까지 느낍니다.

〔가을〕

物外(물외)예 조흔 일이 漁父 生涯(어부 생애) 아니러냐

　　비 떠라 비 떠라

漁翁(어옹)을 웃디 마라 그림마다 그렷더라

　　至匊恩 至匊恩 於思臥(지국총 지국총 어스와)

四時(사시) 興(흥)이 호가지나 秋江(추강)이 읃듬이라.

속세 바깥에 깨끗한 일이 어부의 삶 아니더냐?

어옹을 비웃지 마라, 그림마다 그려져 있더라.

사계절 흥이 한결같다지만 가을 강이 으뜸이라.

—《고산유고》, 작품번호 47

水國(수국)의 ᄀ올히 드니 고기마다 슬져 읻다

　닫 드러나 닫 드러라

萬頃 澄波(만경 징파)의 슬ᄏ지 容與(용여)ᄒ쟈

　至匊恩 至匊恩 於思臥(지국총 지국총 어ᄉ와)

<u>人間(인간)을 도라보니 머도록 더옥 됴타.</u>

물 있는 고장에 가을이 드니 고기마다 살쪄 있다.

만 겹 맑은 물결에 실컷 여유롭게 노닐어 보자.

인간 세상을 돌아보니 멀수록 더욱 좋다.

—《고산유고》, 작품번호 48

　어부의 삶은 물외(物外), 속세와 단절되어 있으므로 그림마다 그려서 사람들이 부러워했지, 결코 비웃음의 대상이 아니라 했지요. 그리고 가을의 풍요로움을 느끼는 한편으로, "인간 세상을 돌아보니 멀수록 더욱 좋다."고 합니다. 여기서 '인간'은 인간 세상이에요. 어, 봄에는 온갖 꽃 빛깔 '멀수록' 더욱 좋다더니? 자연은 그렇게 가까이 보나 멀리 보나, 원근감에 따라 각각 다른 아름다움이 깃들었지요. 그러나 인간 세상은 멀면 멀수록 좋답니다. 왜 이렇게 싫어할까요?

윤선도의 정치적 역정을 다 살필 필요는 없겠지만, 파직도 당하고 병자호란 이후 왕에게 인사하지 않았다는 이유로 귀양살이를 하는 등, 앞서 맹사성이나 이현보와는 비교할 수 없을 만큼 정치적으로 불우했습니다. 20년 유배에 19년 은거했다고 합니다. 〈어부사시사〉를 1651년에 지은 뒤의 일이지만, 거유(巨儒)라는 송시열과 맞서다 쫓겨나기도 했고요. 문학 작품에서야 "멀수록 더욱 좋다." 했지만, 윤선도 역시 현실 참여를 끝내 포기하지 못했습니다.

〔겨울〕

간밤의 눈 갠 後(후)에 景物(경물)이 달랃고야

　이어라 이어라

압희눈 萬頃 琉璃(만경 유리) 뒤희눈 千疊 玉山(천첩 옥산)

　至匊悤 至匊悤 於思臥(지국총 지국총 어ᄉ와)

仙界(선계)ㄴ가 佛界(불계)ㄴ가 人間(인간)이 아니로다.

　간 밤의 눈 갠 후에 경치가 달라졌구나.

　앞에는 만 겹 유리 같은 얼음, 뒤에는 천 겹 옥 같은 눈 내린 산,

　신선 세상이냐? 부처님 세상이냐? 인간 세상은 아니로다.

— 《고산유고》, 작품번호 60

어와 져므러 간다 宴息(연식)이 맏당토다

　ᄇᆡ 붓텨라 ᄇᆡ 붓텨라

ᄀᆞᆫ눈 눈 쓰린 길 불근 곳 흣터딘 ᄃᆡ 흥치며 거러 가셔

　至匊悤 至匊悤 於思臥(지국총 지국총 어ᄉ와)

雪月(설월)이 西峯(서봉)의 넘도록 松窓(송창)을 비겨 잇쟈.

.... 마지막 40째 연만 종장 둘째 부분이 과음보(5자 이상)로 되어 있음.

어와 저물어 간다, 잔치를 끝내는 게 마땅하다.

가는 눈 뿌린 길, 붉은 꽃 흩어진 데 흥겹게 걸어가서

눈처럼 흰 달이 서쪽 봉우리 넘어갈 때까지, 소나무 그림자 비친

창에 비스듬히 기대어 있자.

— 《고산유고》, 작품번호 66

눈과 얼음은 교통을 어렵게 하고 인간과의 거리도 더 멀게 합니다. 신선도 부처님도 머물 수 있지만, 인간 세상은 될 수 없다고 하죠. 마지막 연까지 자연을 묘사하며 인간을 다루지 않는 태도는 계속됩니다. 이렇게 주변에 인간을 두지 않으려다 보니, 〈오우가〉에서는 무생물과 식물들이 벗이 됩니다.

내 버디 몃치나 ㅎ니 水石(수석)과 松竹(송죽)이라

東山(동산)의 돌 오르니 긔 더옥 반갑고야

두어라 이 다숫 밧긔 또 더ㅎ야 머엇ㅎ리.

— 《고산유고》, 작품번호 13

구룸 빗치 조타 ㅎ나 검기를 조로 ㅎ다

ㅂ람 소리 묽다 ㅎ나 그칠 적이 하노매라

조코도 그츨 뉘 업기는 믈 뿐인가 ㅎ노라.

— 《고산유고》, 작품번호 14

고즌 므스 일로 퓌며셔 쉬이 디고

플은 어이ㅎ야 프르는 둣 누르느니

아마도 변티 아닐 손 바회 뿐인가 ㅎ노라.

— 《고산유고》, 작품번호 15

더우면 곳 퓌고 치우면 닙 디거눌

솔아 너는 얻디 눈 서리룰 모르는다

九泉(구천)의 블희 고든 줄을 글로 ㅎ야 아노라.

— 《고산유고》, 작품번호 16

나모도 아닌 거시 플도 아닌 거시

곳기는 뉘 시기며 속은 어이 뷔연는다

뎌러코 스시예 프르니 그롤 됴하 ㅎ노라.

— 《고산유고》, 작품번호 17

쟈근 거시 노피 떠서 萬物(만물)을 다 비취니

밤듕의 光明(광명)이 너만ㅎ 니 또 잇느냐

보고도 말 아니 ㅎ니 내 벋인가 ㅎ노라.

— 《고산유고》, 작품번호 18

〈어부사시사〉는 자연에 대한 묘사와 감상이 주로 나온다면, 〈오우가〉는 왜 그렇게 자연을 사랑하는지 이유를 말해 줍니다. 물은 그치지 않으니까, 바위는 변하지 않으니까, 소나무는 뿌리가 곧으니까, 대나무는 내내 푸르니까? 가만히 보니 전부 다 변하지 않고 굳세다는 이유로 좋답니다. 바로 이어 이황의 〈도산십이곡〉을 볼 텐데, 거기서도 청산처럼 변함없이, 물처럼 끊임없이 공부하라고 하거든요. 결국 윤선도 역시 사대부로서, 변하지 않는 자연의 영속성을 본받고 싶었군요. 딱 하나 달이 말을 하지 않아서 좋다는 말은 묵언(默言)과 침묵의 가치를 중요하게 생각하는 다른 사상과 통하는 부분으로 보입니다. 진정한 우정이나 사랑은 군말이나 사탕발림으로는 드러낼 수 없겠지요.

이렇게 본다면 윤선도는 〈어부사시사〉를 통해 아름다운 자연을 감각적으로 묘사하기도 했지만, 〈오우가〉에서는 자연의 불변함과 영속성을 교훈으로 본받으려는 태도를 함께 지니고 있었습니다. 그러면 자연의 교훈성에 관하여, 이황의 말도 들어보겠습니다.

4. 산과 물을 닮은 사람들, 〈도산십이곡〉과 황진이

이현보의 〈어부단가〉에 대한 이황의 발문을 살펴봤을 때, 〈쌍화점〉은 사람들이 춤추며 반기지만 〈어부가〉 같은 훌륭한 작품의 가치를 아는 이가 적다는 건 이황에게 큰 고민이었나 봅니다. 사람들이 쾌락 지향적 작품이 아니라 건전하고 윤리적인 작품을 읽어야 할 텐데? 건전한 노래를 들어야 건강한 나라가 된다는 생각이 유가의 예악사상입니다. 이게 옛날 일만은 아닌 게 제가 어렸을 때도 대중가요 음반에 뜬금없이 건전가요가 한두 개씩 들어 있었거든요. "만들자! 밝고 따뜻한 사회" 뭐 그런 내용으로요.

그래서 이황(李滉: 1501~1570)은 지금껏 어떤 장르의 시가들이 존재해 왔는지 정리하고, 자신이 창작한 〈도산십이곡(陶山十二曲)〉에 기대하는 바를 이렇게 그 발문에 적었습니다.

〈도산십이곡〉은 나 도산(陶山) 노인이 지었다. 왜 지었을까? ① 우리나라 노래는 (〈쌍화점〉 같은 속요처럼) 음란한 게 많아 언급하기 어렵다. ② 〈한림별곡〉 같은 경기체가는 문인의 입에서 나왔지만, 잘난 척하는 태도와 친목질은 군자로서 존중할 수 없다. ③ 요즘 이별(李鼈)의 〈육가(六歌)〉 같은 연시조가 유행이다. 연시조가 경기체가보다는 낫지만, 세상을 조롱하고 얌전하지 못해 안타깝다.

내가 음률(音律)은 몰라도 세속의 음악을 싫어할 줄은 안다. 그래서 한가롭게 요양하던 중, 성정(性情)에 느낌이 있을 때마다 한시를 짓곤 했다. 그러나 지금 조선 시는 옛 중국 시와는 달라서, 읊조릴 수는 있어도 노래로 부를 수 없다. 노래로 부르자면 반드시 우리말로 만들어야 하는데, 우리말 음절을 따라야만 노래로 부를 수 있기 때문이다.

그래서 이별의 〈육가〉 연시조를 따라 〈도산 6곡〉 전·후 2편을 짓되, 전편은 뜻〔志〕, 후편은 배움〔學〕을 주제로 했다. 제자들에게 밤낮으로 익혀 부르게 하고는, 자리에 기대어 앉아 듣겠다. 또한 제자들이 스스로 노래하고 춤춘다면, 그런대로 비루함과 인색함을 씻어 낼 것이다. 그리하여 부르는 자와 듣는 자가 서로 통해 모두에게 유익하길 바란다.

(이하 생략)

— 가정(嘉靖) 44년(1565), 을축년 3월 16일 도산 노인이 쓰다.(의역)

앞서 나온 〈쌍화점〉 같은 게 음란한 노래겠죠? 〈한림별곡〉은 태도가 좋지 않고, 이별이 지은 〈육가〉, 그러니까 연시조 양식은 그런대로 괜찮지만, 세상을 조롱하는 내용은 손봐야겠다고 합니다. 그래서 도산 6곡 2부작, 합쳐서 〈도산십이곡〉이 되겠지요? 한시로는 충족하기 어려운 고유어 시가에 관한 수요까지 충족되도록 알차고 유익하게 지었으니, 제자들은 아침저녁으로 열심히 배워 스스로 노래하고 춤추라 말합니다. 여러분의 선생님께서 건전한 노래를 지어 아침저녁으로 암송하고 춤도 추라 한다고 한번 생각해 보세요. 퇴계 선생께는 송구하오나 다른 시대에 태어나 참 다행이라는 생각도 듭니다.

저 이별의 〈육가〉라는 게 있잖아요. 세상을 조롱하는 뜻이 있다면 현실 비판적 성격의 시조일까? 그래서 한문으로 번역된 사례가 알려지기(최재남: 1997) 전에는, 넌지시 기대한 분들도 있었을 겁니다. 그런데 백구와 노니는 물아일체, 세상을 낚는 어부, 임금 되라는 권유에 더러운 말 들었다며 귀를 씻는 허유(許由)와 그 귀 씻은 물을 소에게 안 먹인다는 소부(巢父) 등 남아 있는 부분은 관습적 소재와 어구가 대부분이에요. 거리감의 수위도 〈어부가〉 계열 작품에 비해 그렇게 과하지 않습니다. 그런 걸 보면 이황은 〈어부가〉 정도의 세상에 대한 거리감도 내심 반갑지 않았던 듯합니다.

〈도산십이곡〉이 강호 자연을 제재로 삼았다고 볼 수는 없어요. 그러나 여기 나온 자연 역시 시가 문학의 역사에서 중요합니다. 전반부와 중반부에 걸쳐 도산서원 부근의 자연환경과 내부 경로를 묘사해서 보여주려고 했는데, 지금 기준에서는 한자어가 좀 많습니다. 그리고 중후반부는 고인, 옛 성현과 함께 가던 길, 길을 한자로 '도(道)'

라 쓰면 의미가 상당히 무거워지죠. 벼슬하느라 잠깐 그 길을 못 갔지만 이제 딴 마음 없이 가겠다고 합니다. 이황이 성현의 길을 따르듯이, 〈도산십이곡〉을 부르는 제자들도 이 노래를 부르며 이황을 따르겠죠. 그리고 그 제자의 제자들, 지금 우리도 〈도산십이곡〉을 읽으며 위대한 사상가들의 자취를 따르고 있습니다. 이런 불멸의 학통과 사승(師承) 관계를, 이황은 자연을 닮은 영원함으로 표현합니다.

> 青山(청산)는 엇뎨ᄒ야 萬古(만고)애 프르르며
> 流水(류수)는 엇뎨ᄒ야 晝夜(주야)애 긋디 아니는고
> 우리도 그치디 마라 萬古常青(만고상청) 호리라.
>
> — 〈도산육곡〉 언학 5

> 푸른 산은 어째서 만고에 푸르르며,
> 흐르는 물은 어째서 밤낮으로 그치지 않을까?
> 우리도 그치지 말자, 만고에 늘 푸르르리라.

유학자들은 자신이 성군을 못 만나 이상 사회를 이루지 못하면 제자들이나 그 제자의 제자들이 언젠가 성군을 만나 뜻을 이루리라 기대했습니다. 그러니까 무엇보다 교육에 신경을 많이 쓰고, 학통과 가문을 중요하게 생각했겠지요. 학통은 산과 물의 흐름처럼 영원해야 할 텐데요. 그러자면 산처럼 꼼짝 말고 공부하며, 물처럼 끊임없이 공부하라는 것이지요. 그래서 지금도 저 작품에 교육적 가치가 크다고 하나 봅니다. 억지로 될 일은 아니겠지만요.

그런데 말이죠. 잘 생각해 보면 청산, 푸른 산인데 나무가 있으니까 푸른 산이지요. 나무는 원래부터 산에 있는 게 아닌데? 청산은 영원히 푸르다지만, 나무는 계속 죽어요. 영원히 푸르기 위해서는 여러 세월 계속 나무를 심고 노력해야 합니다. 맹자가 인간의 본성이 선하다고 했죠? 그렇지만 선하다는 바탕은 험난한 세상 경험을 통해 부서지기 쉬운 겁니다. 선한 본성을 지키려면 얼마나 큰 노력이 필요한지, 유학의 인성론은 엄격한 목소리로 보여줍니다. 이황이 기대승과 논쟁했던, 선량한 '리(理)'가 이 세상에 과연 실질적인 효과를 발휘할 수 있는지의 문제도 마찬가지입니다. 단순화하면 '왜 선량한 사람이 고통받는가?' 사마천이 《사기》에서 고민했던 '천도(天道)란 옳은가, 그른가?' 결국 당연한 일을 당연하게 만들기 위해, 우리는 얼마나 노력해야 하는가의 문제라 하겠습니다.

너무 거창해졌네요. 여하튼 이 부분은 '변함없이', 그러나 작년에 있었던 나무가 올해 그 나무는 아니듯, 어제 흘러간 물은 오늘 이 물과 다르듯, 매일매일 달라지며 노력하는〔日新又日新〕 자세가 필요하다고 합니다. 〈어부가〉 계열 작품에서 산과 물은 주로 화자와 속세를 차단하는 역할을 해 왔는데, 여기서는 인간의 끊임없는 노력의 자세를 비유하고 있네요.

산과 물은 황진이 시조에도 나옵니다. 8장에서 기녀 시조를 보겠지만 미리 살펴볼까요? 도학자 이황 얘기하다가 무슨 황진이냐 하실지도 모르지만, 산과 물이라는 소재가 이 시대에 그만큼 널리 퍼져서 양반층만 독점한 건 아니라는 걸 말씀드리려고요. 이 시대 사람들은 산과 물, 그러니까 자연을 통해 참 많은 것들을 표현했답니다.

山(산)은 녯 山(산)이로되 물은 녯 물 안이로다

晝夜(주야)에 흘은이 녯 물이 이실쏜야

人傑(인걸)도 물과 굿도다 가고 안이 오노미라.

— 《해동가요》(주씨본), 작품번호 135

산은 옛 산이지만 물은 옛 물이 아니로다.

밤낮으로 흐르는데 옛 물이 남아 있을까?

사람도 물과 같구나, 가면 오지 않으니.

잘 보면 산이 "청산"은 아니네요. 이 작품에 나오는 그냥 산은 변함없이 머물지만, 물은 이황의 시조와 마찬가지로 끊임없이 흘러갑니다. 기녀 시조는 애정을 주제로 한 것이 많으니까, 변함없는 산이란 여기서 기다리는 나의 마음이며, 흐르는 물은 나를 떠나서 돌아오지 않는 상대방의 태도를 비유한 것이죠. 이황의 시조에 나왔던 산과 물과 마찬가지로, 나의 마음도 상대방의 태도도 끝내 변하지 않아요. 그래서 이별은 해소되지 못할 괴리를 만들어 냈지만, 1908년에야 겨우 문헌으로 남은 다음 작품을 보면, 남게 된 산은 떠나는 상대방 물의 마음도 들여다보았습니다.

청산은 내 뜻이오 녹수는 님의 정이

녹수 흘너 간들 청산이야 변홀손가

녹수도 청산을 못 니져 우러 예어 가눈고.

— 《대동풍아》(1908), 작품번호 115

푸른 산은 내 뜻이오, 푸른 물은 임의 정이라.

푸른 물이 흘러간들, 푸른 산이 변할쏘냐?

푸른 물도 푸른 산 못 잊고 울어 대며 가는데.

6장에서 처음으로 다루었던 〈가시리〉 생각나세요? 이별의 상황에서 상대방의 마음을 들여다보며 믿음을 보였다고 했죠? 떠나는 상대방도 남은 나 자신을 잊지 못하고 울 것이라며, 자신의 감정을 전이하고 있습니다. 인간의 마음을 산과 물에 비유했던 전통은 이렇게 마지막에 〈가시리〉의 감정 전이를 떠올리며 마무리합니다.

5. 감정에 호소하는 정철의 교훈 시조

이황의 〈도산십이곡〉을 통해 자연이 주는 교훈, 그리고 인간의 결심이나 정서를 그 자연에 빗댄 사례를 살폈습니다. 교훈이라는 주제에 대한 말이 나온 김에, 조선 전기 시가의 교훈 지향에 대하여 짧막하게 말씀을 드릴까 해요. 〈오륜가〉나 〈훈민가〉란 제목으로 연시조나 교훈 가사가 많이 나왔는데, 아무래도 '삼강오륜(三綱五倫)' 쪽이 다수죠. 그렇지만 정철(鄭澈: 1536~1593)의 교훈 시조는 그래도 부분적으로나마 감정에 호소하는 면이 있고, 내용도 다른 작가들보다 한결 다양합니다.

님금과 百姓(백성)과 스이 하놀과 짜히로디

내의 셜운 이룰 다 아로려 ᄒ시거든
우린둘 술진 미나리룰 혼자 엇디 머그리.

— 《송강가사》(이선본), 작품번호 3

임금과 백성의 사이, 하늘과 땅이로다.
우리네 설움을 다 알려 하시는데,
우린들 살찐 미나리를 어찌 혼자 먹으리?

임금과 백성이 하늘과 땅이라는 말, 남편은 하늘 아내는 땅이라는 전근대적 표현에서 유추된 것 같아요. 공자님이 사람인지 하느님인지 모르겠다는 사설시조도 있고, 이런 내용은 우상화로 끝나는 게 대부분이겠죠. 그런데 중장에서 "내 서러운 일 다 알려 하신다면"이라 하여 임금의 역할을 내세웁니다. 일찍이 신라 향가 〈안민가〉에서 충담사도 차마 내세우지 못했던 임금의 의무랄까요? 그런 의무를 잘 지킨다면? 네. 종장에서 백성들에게 "살찐 미나리" 얻어 먹습니다. 그냥 미나리가 아니라, 나라의 기틀인 민심을 얻는 거죠. 《삼국지》에서 유비가 형주에서 쫄딱 망했지만, 수십만 백성과 함께 피난하며 민심을 얻고 나중에 나라도 얻었습니다. 나라의 기틀은 대단한 통치 철학에 있지 않고, 저 "살찐 미나리"로 임금과 백성이 통할 수 있을지에 달려 있답니다. 〈황조가〉 같은 민요를 상하가 함께 불렀던 모습도 이와 별로 다르지 않겠네요.

정철의 교훈은 삼강오륜을 변형하기도 합니다. 삼강오륜은 가족 윤리에서 비롯되고 가족의 출발점은 부부니까, 아내가 자기 눈썹 높이까지 밥상을 치켜올리며 남편에게 바쳐 극진히 존경한다는 '거안제미(擧案齊眉)'가 시조에 나오는 등 '부부유별'은 진지한 주제였습니다. 그런데 다음 작품은 제법 익살이 섞였어요.

혼 몸 둘혜 논화 夫婦(부부)롤 삼기실샤
이신 제 홈씌 늙고 주그면 혼디 간다
어디셔 망녕의 쩌시 눈 흘긔려 ᄒᆞᄂᆞ뇨.

— 《송강가사》(이선본), 작품번호 5

한 몸 둘로 나눠 부부가 되었으니,
살았을 때 함께 늙고 죽으면 한곳에 간다.
어디서 망령의 것이 눈 흘기려 하느뇨?

부부는 일심동체, 한 몸을 둘로 나눴고 죽어서도 함께라 합니다. 중장까지는 이렇게 비장하다가 종장에서 '그런데 나한테 왜 이래?' 합니다. 삼강오륜에서 부부는 '유별(有別)', 서로 구별해야 하고 다르다고 했어요. 악용해서 남녀 차별의 근거가 되기도 했죠. 그런데 여기서는 그런 차이보다 원래 한 몸이었고, 나중에 한곳에 가는 동일성, 동위성을 더욱 강조하고 있습니다. 종장의 반전과 익살 때문에, 이게 과연 어디까지 진심일지 헷갈리지만 '별(別)'을 '동(同)'으로, 삼강오륜을 넘어선 공감을 얻고 있다고 봅니다.

다음 작품은 교훈 시가라 하기에는 망설여지지만, 부부와 가족에 관한 성찰이 포함되었기에 함께 보겠습니다.

남진 죽고 우는 눈물 두 져지 ᄂ리 흘러

졋 마시 ᄧ다 ᄒ고 ᄌ식은 보채거든

뎌놈아 어니 안흐로 계집 되라 ᄒᄂ다.

— 《송강가사》(이선본), 작품번호 18

남편 죽고 우는 눈물, 두 젖에 내려 흘러

젖 맛이 짜다 하고 갓난 자식 보채거늘,

사람들이여, 무슨 마음으로 여자로 살아가라 하시오?

　　정철도 임진왜란을 겪었으므로, 어쩌면 정말 자신이 지켜본 장면일지 모르겠습니다. 남편 죽고 눈물 섞인 젖을 갓난아이가 먹으며 짠 맛에 투정을 부립니다. 저 과부가 남편 없이 자식을 어떻게 키우며 먹고살까? 과연 저들은 이 난리에 무사히 살아남을 수 있을까? 걱정 끝에 종장에서 "사람들이여, 무슨 마음으로 여자로 살아가라 하시오?"라 외칩니다. 조선 전기 사대부 남성이 여자의 삶, 여자의 일생에 대한 연민과 공감을 하고 있습니다. 위정자로서 정철에 관한 평가는 엇갈릴 수도 있겠지만, 남편 없는 여성의 삶에 대한 진솔한 관심은 확실히 이 시기 다른 남성 작가들과는 구별되는 지점입니다. 이것이 일시적인 연민에만 그친 게 아쉽지만, 이 시대의 한계를 생각하면 그래도 뜻깊은 일이겠지요.

　　훗날 규방 가사에도 남성 화자의 목소리가 많이 들어갑니다.(박경주: 2007) 그러나 여성의 삶 자체에 얼마나 공감했었는지는 생각해 볼 필요가 있습니다. 여성들이 공유했던 규방 가사 중에는, 시집가는 딸

또는 며느리에게 훈계한다는 뜻의 계녀가(誡女歌)라는 작품도 많았거든요.

이제 여성의 목소리로 이루어진 여성의 삶을 기녀 시조를 통해 살펴볼까요? 역시 양반 남성 작가들에게는 주변인이었던 중인 작품도 이어서 보겠습니다.

고전시가 수업

제8장

기녀와 중인의 참여로 달라진 시조

1. 양반의 권력을 마주한 여성화자, 기녀

기녀 시조 하면 양반 작가들과의 사랑 이야기가 떠오릅니다. 그런데 앞에서 〈서경별곡〉 대동강노래 읽으면서도 말씀드렸지만 기녀는 양반과 애정만이 아니라 신분 차이에 의한 권력으로도 묶여 있었어요. 그래서 감정으로나 신분으로나 이래저래 뱃사공만 욕할 수밖에 없었다고 상상했지요.

그런 의미에서 성종 시절(1469~1494) 함경도 영흥 기녀 소춘풍(笑春風)의 작품이 자신의 처지를 참 솔직하게 드러낸 것으로 보입니다.

1) 소춘풍과 기녀의 자의식

齊(제)도 大國(대국)이오 楚(초)도 亦(역) 大國(대국)이라
죠고만 藤國(등국)이 間於齊楚(간어제초) ᄒᆞ여신이
두어라 이 다 죠흔이 事齊(사제) 事楚(사초) ᄒᆞ리라.

성종 앞에 문반과 무반이 양쪽으로 나뉘어 있었고, 그 자리에 소춘풍을 불렀습니다. 소춘풍은 어쩔 수 없이 문반에게 아첨하는 시조와 무반에게 아첨하는 시조를 따로 지어서 각각 달랩니다. 그런데 양반들은 이런 태도, 지조 없다고 참 싫어하잖아요? 그래서 저 위의 시조를 이어서 또 지어 자신의 처지를 이야기하자, 문학적 재능에 다들 감탄했다고 합니다. 기녀 시조 가운데 이 작품은 눈길을 덜 받지만, 기녀의 상황을 가장 실감 나게 묘사한 작품입니다.

기녀는 자신의 사랑을 선택할 수 없었으며, 자신의 재능 역시 양반들에 의해 규정되었습니다. 사랑하는 주체라기보다 사랑받는 객체였습니다. 저 위의 소춘풍도 혼나거나 칭찬받는 객체였죠. 주체가 아닌 양반이 바라보는 객체로, 대상으로 취급되어 온 거지요.

한문 문학에서 주목하는 운초(雲楚)라는 19세기 여성 화가가 있는데요, 관기였다가 세도가 김이양의 첩이 되어 신분 상승을 경험했습니다. 한시를 보면 도롱이 입은 어부도 나오고, 앞서 본 조선 전기의 미의식을 재현하고 있습니다. 운초를 중심으로 시사(詩社)도 결성되었다는데 세도가의 첩이었다는 신분에 굳이 편견을 가질 필요는 없겠지만, 이들의 여성성은 오늘날 우리가 기대하는 의미의 여성성에 온전히 부합하지는 않을 겁니다. 이른바 '영남 대가(大家)'를 중심으로 유통된 규방 가사의 여성성이란 것도 비슷한 상황입니다.

기녀 시조에 남은 애정 주제와 여성성에는 그런 제약이 있었다는 점에 유의할 필요가 있지 않을까요? 그래서 역으로 소춘풍의 작품에서는 애정이나 여성성의 요소를 찾기 어렵지만, 바로 그 덕분에 어떤 기녀 시조보다 기녀의 삶의 처지를 분명하게 보여주고 있다고 생각합니다. 그리고 오늘날 직장인이나 어느 조직에든 속한 사람이라면 크게 다르지 않겠죠. 그런 선택과 긴장은 시대와 성별을 불문하고 여전합니다.

2) 황진이의 시어와 계절

처음부터 너무 무거운 주제로 시작했네요. 가장 유명한 황진이 (黃眞伊: 중종 시절(1506~1544) 활동)의 작품을 쭉 보겠습니다. 산과 물이라는 소재에 대해서는 앞서 이황의 〈도산십이곡〉과 함께 말씀드린 적이 있는데, 황진이의 작품에는 이런 사례가 또 있습니다.

靑山裏 碧溪水(청산리 벽계수)야 수이 감을 쟈랑 말아
一到 滄海(일도 창해)ᄒ면 다시 오기 얼여온이
明月(명월)이 滿空山(만공산)ᄒ니 쉬여 간들 엇더리.

— 《해동가요》(주씨본), 작품번호 132

푸른 산속 푸른 냇물아, 쉽게 산다고 자랑 마소.
한번 푸른 바다에 흘러들면 다시 오기 어려우니
달빛이 빈산 가득 밝을 때 쉬어 가면 어떻겠소?

여러 가지 뜻으로 해석될 수 있는 작품입니다. '벽계수'라는 이름의 왕족과 황진이가 만날 때, 자신의 기명(妓名) 명월과 각각 빗대어 흘러가는 물과 고정된 산의 이미지를 다시 활용하고 있습니다. 산과 물, 달을 사람 이름에 빗대니까 앞서 본 산-물과 속성이 많이 달라 보이네요. 물이 영원히 흐르지 않고 더 큰 바다에 다다르면 자신의 정체성을 잃어요. 바다에 간다는 건 죽음을 비유한 듯하지요. 명월이 자신의 빛은 빈산에 가득하답니다. 월산대군이 지은 시조 종장에 "무심한 달빛만 싣고 빈 배 저어 오노라."라는 내용이 있습니다. 그 표현 자체는 한시에서 유래한 것이지만, 텅 빈 산이나 배에 가득한 빛은 시간을 넘어선 아름다움을 지녔다는 뜻이겠습니다. 며느리나 사윗감 뽑겠다고 고작 한 푼의 돈으로 방 안을 가득 채울 걸 사 오라는 이야기가 있어요. 대개 물건의 냄새나 불빛으로 채운다고 합니다. 비움과 채움의 중첩에 관한 발상이 서사 문학에서는 그렇게도 활용되네요.

시인으로 황진이의 성취를 논할 때면 대개 이 작품을 거론합니다.

어져 내 일이여 그릴 쭐을 모르든가
이시라 ᄒᆞ드면 가랴마는 졔 구틔여
보내고 그리는 情(정)을 나도 몰라 ᄒᆞ노라.

— 《해동가요》(주씨본), 작품번호 6

> 어휴, 내 일이야! 그리울 줄 몰랐을까?
>
> 있어 달라고 했더라면 갔으랴만, 제 구태여
>
> 보내고 그리는 정을 나도 모르겠구나.

6장에서 〈청산별곡〉 단락 구분할 때 잠깐 말했던 듯한데요. 저 중장의 "제 구태여"가 종장의 "보내고~" 이하에 연결되어 행의 구분과 의미상의 분절이 다르게 되어 있다는 겁니다. 아니면 앞의 "가랴마는"과 "제 구태여"가 도치된 게 아닐까? 각각의 가능성을 정리하면 이렇습니다.

① 제 구태여 보내고 그리는 정
  － 화자인 '나'가 구태여 보내고 그리워하는 정
② 제 구태여 가랴마는
  － 있어 달라 했다면 '임'이 구태여 가려고 하진 않았을 텐데

의미가 크게 달라지지는 않지만 둘 중의 하나만 선택하고 나머지를 버리기엔 아깝지 않을까요? 황진이는 "제"가 자신도, 임도 될 수 있게 처리한 것 같네요. 행의 구분과 어긋난다면 약간 불편하면서 눈에 잘 띄고, 행의 구분을 지키자니 앞의 어구 "가랴마는"과 도치된 걸로 받아들이게 되네요. 이것은 종장의 '정'을 화자와 임이 똑같이 지니고 있다는 의미겠지요. 〈가시리〉 화자가 임과 자신의 마음이 똑같다고 생각했던 것과 다르지 않았습니다.

임과 화자의 주체와 객체로서의 자리가 이렇게 자유분방하게 바뀔 수 있으므로, 시간의 흐름 역시 주객의 전도만큼이나 자유분방해집니다.

冬至(동지)ㅅ둘 긴아긴 밤을 한 허리를 베혀 내여
春風(춘풍) 니블 알래 설이설이 녀헛다가
어론님 오신 날 밤의 굽의굽의 펴리라.

― 《해동가요》(주씨본), 작품번호 133

　　한겨울 기나긴 밤 한 가닥만 싹둑 잘라
　　봄바람 깃든 이불 아래 서리서리 넣었다가
　　정든 임 오신 날 밤이 되면 굽이굽이 폈으면.

상황에 따라 시간이 다르게 흐른다는 상대성 이론이지요. 수업듣는 5분은 드라마 몇 편 보는 시간만큼 길죠. 지루한 시간인 겨울을 잘라 즐거운 시간인 봄에 보태겠다고 했습니다. 그런데 사랑이 찾아온 봄이라고 무조건 찬양하지만은 않았습니다.

梅花(매화) 녯 등걸에 春節(춘절)이 돌아온이
녯 픠든 柯枝(가지)에 픠염즉 ᄒ다만은
春雪(춘설)이 亂紛紛(난분분)ᄒ이 필똥 말똥 ᄒ여라.

― 《해동가요》(주씨본), 작품번호 144

오래된 매화 밑동에 봄 돌아왔다고

옛 피던 가지에 (다시 꽃이) 필 만하지만

봄눈이 흩날리니 필동 말동 하여라.

이런 경우 '봄눈'은 흰머리를 연상하게도 하지요. 봄이 찾아와 사랑의 마음이 싹틀까 하는데, 슬슬 자신의 나이가 부담스럽게 되어 갈까요? 봄이지만 쓸쓸하군요. 그래도 "말동"보다는 "필동"에 희망을 걸고 싶네요. 봄의 쓸쓸함을 봤으니, 이제 낙엽 져서 쓸쓸해진 가을에 대한 황진이의 시조도 한번 보시죠.

내 언제 無信(무신)ᄒ야 님을 언제 속엿관듸

月沈 三更(월침 삼경)에 온 ᄯᅳᆺ지 쥰(전)혀 업다

秋風(추풍)에 지는 닙 소릐야 낸들 어이 ᄒ리오.

―《해동가요》(주씨본), 작품번호 134

내 언제 임 속였다고 못 미더워 하시오?

달도 진 밤 중에 그른 생각 전혀 없다오.

가을바람 나부끼는 낙엽 소리를 낸들 어쩌란 말이오?

이 시조는 〈마음이 어린 후니…〉로 시작하는 서경덕(1489~1546)의 시조에 화답한 것이라고도 하네요.

모음이 어린 後(후)ㅣ니 ㅎ는일이 다 어리다

萬重 雪山(만중 운산)에 어늬 님 오리마는

지는 닙 부는 부람에 힝혀 권가 ㅎ노라.

　　　　　　　　　　　　　　　　　— 《청구영언》(진본), 작품번호 23

마음이 어리석어 하는 일이 다 어리석구나.

첩첩산중 구름도 낀 데 어느 임이 올까만은

바람에 부대낀 낙엽 소리에 행여 임인가 했구나.

　　이 시조는 낙엽 소리를 듣고 임이 온 줄 착각했다가 자신의 어리석음을 깨닫는 화자의 이야기인데, 사설시조에도 비슷한 작품이 있을 정도로 인기를 끌었습니다. 사설시조에는 "밤이라 본 사람이 없고 남들 안 웃겨 다행이다."라는 자평이 추가됩니다.

　　황진이의 화답(?)은 당신이 착각한 걸 나 보고 어쩌라는, 약간 퉁명스러운 말로 보입니다. 너무 정색한 것도 같지만, 이렇게 자신이 입은 정신적, 물질적 피해에 기녀를 탓하는 장면은 후대의 가사에도 있습니다. 정조 시절 《언사(諺詞)》라는 작품집에 실린 이운영(李運永, 1722~1794)의 〈슌챵가〉를 보면, 기녀들에게 한눈을 팔다 낙마하여 다친 아전 최윤재가 기녀들 탓을 하는 내용이 있습니다.

곰곰 안자 싱각ㅎ니　　　곰곰이 앉아 생각하니

이거시 뉘 탓신고?　　　이게 뉘 탓인가?

장쳥(將廳)셔 비힝(陪行)ᄒ던
기싱(妓生)들의 탓시로다.
'네 쇠쑐이 아니런들
니 담이 문허지랴?'
속담(俗談)의 니른 말슴
예븟터 이러ᄒ니
소인의 죽ᄂ 못슴
그 아니 불샹ᄒ가?
소인이 죽습거든
져 년들을 상명(償命)ᄒᄉ
불샹이 죽ᄂ 넉슬
위로ᄒ야 쥬옵실가?
실낫ᄀ치 남은 목슘
하눌 갓치 ᄇ라니다

관청부터 따라왔던
기생들 탓이로다.
'네 쇠뿔이 아니면
내 담이 무너지랴?'
그런 속담도
예부터 있다시피,
소인 죽는 목숨
불쌍하지 않으시오?
소인 죽거든
저년들 벌을 내려
불쌍히 죽는 넋을
위로해 주시려오?
실낱같이 남은 목숨
하늘같이 바랍니다.

(중략)

아젼(衙前)이 졔 인ᄉ로
졔 말긔 ᄂ리다가
우연이 낙마(落馬)ᄒ여
만일의 죽ᄉ온들
이 어인 의녀 등의
살인(殺人)이 되리잇가?
기싱이라 ᄒᄂ거슨

아전이 제 말에서
내리다가 제 실수로
우연히 낙마하여
만일 죽더라도
어째서 의녀를 비롯한 기녀들이
살인죄가 된단 말이오?
기생이라 하는 것은

가련훈 인싱이라.	가련한 인생이죠.
젼답 노비가	논밭과 노비가
어디 잇ᄉ오며	어디 있사오며
ᄲᆞᆯ 훈 줌 돈 훈 푼을	쌀 한 줌, 돈 한 푼
뉘랏셔 쥬을넌가?	누가 그냥 주나요?
먹습고 닙습기를	먹고 입는 일
졔 버러 ᄒᆞ옵ᄂᆞᆫ디	저희가 벌어 사는데요.

(이하 생략)

— 〈슌챵가〉, 《옥국재유고(玉局齋遺稿)》

아전 최윤재는 자신의 실족과 낙마가 열심히 공연 준비했던 기생들 탓이라 하고, 그 증거로 속담을 끌어오며 피해자 시늉을 하는 등 좋지 않은 의미에서 '갑'의 전형성을 보입니다. 물론 기녀들이 이에 대해 반박하고 다행히 수령이 판단을 잘 내려 주지만, 이렇지 않고 억울한 일을 겪어야 했던 기녀가 얼마나 많았을까요? 황진이와 서경덕의 관계를 너무 지엽적으로 이해했을지도 모르지만, "낸들 어이 하리오?"가 예사로이 들리진 않습니다. 세도가의 첩이 되어 팔자를 고치고 시사(詩社)까지 결성했던 기녀와 저들은 같은 '기녀', 동일한 여성 화자는 아니었습니다.

다시 봄과 가을 이야기로 돌아와 볼까요? 황진이 시조에는 봄과 가을이 한꺼번에 나오지는 않았는데요. 한시도 여럿 남겼던 계랑(桂娘: 1573~1610)이란 작가는 특이하게 봄과 가을 모두 이별의 시간으로 묘사했습니다. 봄에 했던 이별을 가을에 회상하듯, 청춘 시절의 사랑과 이별을 인생의 가을인 중·장년이 되어 다시 떠올리는 것으로 보이죠.

梨花雨(이화우) 훗쑤릴 제 울며 잡고 離別(이별)훈 님

秋風 落葉(추풍 낙엽)에 저도 날 싱각눈가

千里(천리)에 외로온 쑴만 오락가락 ᄒ노매.

— 《청구영언》(진본), 작품번호 367

배꽃 흩날리는 봄날 울며불며 이별한 임

바람에 낙엽 날리는 가을날, 당신도 제가 생각날까요?

외로운 꿈속에서나마 천 리 길 오락가락하며 만날 수 있을는지.

봄이 되면은 사랑이 시작하고 이제 막 꽃이 피어나는데 우리는 이별했어요. 이런 게 반어적 의미의 "태평성대"일까요? 그러고 나서 아까도 나왔던 추풍낙엽, 그동안 못 만났으면 더 멀어졌겠죠? 물리적 거리조차 어느새 천 리가 됐습니다. 꿈속에서나마 오락가락 다니며 만날 수 있다면 참 좋을 텐데요. 이별의 슬픔을 토로하기보다는 적절히 절제하며 시간과 공간을 다 넘고 싶어 합니다. 감정을 있는 그대로 나타내지 않고 은근히 드러내는 멋이 있습니다.

3) 홍랑과 최경창의 상호 존중

기녀 작가와 양반의 관계를 부정적으로만 말씀드린 것 같아 반대

사례도 하나 들고 넘어갈까 합니다. 함경도 기녀였던 홍랑(紅娘: 선조 시절(1567~1608) 활동 추정)과 최경창(崔慶昌: 1539~1583)인데요, 두 사람은 서로의 예술 세계까지 이해하던 예술가 동료였습니다. 홍랑은 부임해 온 최경창을 만나기 이전부터 그의 시를 사랑했고, 최경창도 홍랑의 시조를 번역하며 재능을 아꼈습니다. 그러나 짧은 만남 뒤에 평생을 서로 그리워만 해야 했으며, 관기를 사유화했다는 비판과 함께 최경창은 위기에 빠지기도 했습니다.

그렇지만 임진왜란 때 최경창의 시집을 홍랑이 목숨을 걸고 보존했던 공로로, 최경창 부부의 묘 아래 묻히고 해주 최씨 문중에서도 신분을 따지지 않고 홍랑 할머니라 예우했습니다. 최경창은 당나라풍 서정 한시를 잘 지은 3명의 전설적인 시인, 이른바 삼당시인 중 한 분이지요. 그렇지만 지금은 최경창의 그 어떤 작품보다 홍랑의 시조가 더욱 유명합니다.

묏버들 갈히 것거 보내노라 님의손디
자시논 窓(창) 밧긔 심거 두고 보쇼셔
밤비예 새 닙곳 나거든 날인가도 너기쇼셔.

― 오세창(1864~1953) 소장 전사본

산버들 가려 꺾어 보냅니다, 당신께.
주무시는 창밖에 심어 두고 봐 주세요.
밤비에 새잎 돋아나거든 저라고 생각해 주세요.

맨 처음 나왔던 소춘풍도 함경도 출신인데, 함경도에 은근히 기녀 시인들이 있었나 봅니다. 더 사랑하니까 임과의 거리가 더욱 사무쳐서 "묏버들", 높은 산이나 추운 지역에서 자라는 산버들에 자신을 빗댑니다. 이것을 정성껏 가려 꺾어 임께 보냅니다. "-의손디"는 그냥 '-께'의 뜻이라고 해요. 중장에서도 자신은 미천한 존재니까, 임 계신 방 안에 못 들어오고 추운 창밖에 머뭅니다. 그래도 지나가는 밤비에 새 꽃잎이 돋으면, 그래서 임의 눈에 띈다면 그게 곧 자신이리라 위안으로 삼습니다. 이런 작품마저 신분적 차이에만 집착하여 읽는 건 예의가 아니겠지요. 그것은 최경창이 홍랑을 욕망의 대상으로만 대하지 않았고, 두 분이 서로를 예술가로서 존중하고 서로의 예술 세계를 이해한 덕분이 아닐까 합니다.

4) 언어유희 혹은 희롱의 화답

그런가 하면 양반의 언어유희에 대한 기녀 시인의 화답도 있습니다. '시조 시화'라고도 부르는데요. 기녀와 양반이 시조를 주고받은 사례가 몇 있습니다. 앞서 서경덕과 황진이도 그러합니다. 그런데 이게 좀 도가 지나쳐 음란할 때도 있었나 봐요.

> 玉(옥)이 玉(옥)이라커놀 燔玉(번옥: 가짜 옥)만 너겨쎠니
> 이제야 보아ᄒ니 眞玉(진옥)일시 젹실ᄒ다
> 내게 술송곳 잇던니 쑤러 볼가 ᄒ노라.
>
> — 정철, 《근화악부》, 작품번호 391

정철이 지었다고 하지만, 다른 작품집에는 별로 나오지 않는 듯 합니다. '진옥'이란 이름의 기녀에게 자신이 지닌 "살 송곳"으로 뚫어 버리겠다고 희롱합니다. 이 작품의 작가를 정철로 확정하진 않겠지만, 이런 희롱에 시달리는 기녀가 없지 않았겠지요. 아마 많았을 겁니다. 나름 인상적인 작품이었나, 진옥이란 기녀도 이렇게 화답했다고 주장하네요.

鐵(철)을 鐵(철)이라커든 무쇠 錫鐵(석철)만 여겼더니

다시 보니 鄭澈(정철)일시 的實(적실)ᄒ다

맞춤이 골풀모 잇더니 녹여 볼가 ᄒ노라.

― 《병와가곡집》, 작품번호 546

역시 이름으로 장난하다가, 자신에게 있는 골풀무로 정철의 '철'을 녹여 버리겠다고 합니다. 이런 음담패설에 가까운 말장난은 사설시조에서 애욕을 다룰 때 나타나곤 하는데, 정철이 지은 〈장진주사〉를 최초의 사설시조라고 했던 점 등을 떠올려 보면 흥미롭습니다.

이름으로 희롱하는 사례는 또 있습니다. 임제(林悌: 1549~1587)는 황진이를 추모하는 시조를 짓는가 하면, 황제가 한 번도 없었던 나라에 태어났다 죽은 자신의 장례식에서 곡을 하지 말라는 특이한 유언을 남기기도 했습니다. 황진이를 추모했던 걸 보면 기녀들의 문화적 역할을 나름 존중했던 것 같은데요. '찬비'라는 뜻을 지닌 이름인 한우(寒雨)라는 기녀에게 이런 작품을 주었네요.

北天(북천)이 묽다커늘 雨裝(우장) 업씨 길을 난이

山(산)에는 눈이 오고 들에는 춘비로다

<u>오늘은 춘비 맛잣시니 얼어 잘쟈 ㅎ노라.</u>

— 《해동가요》(일석본), 작품번호 94

북쪽 하늘 맑다길래 비옷 없이 길을 나섰건만,

산에는 눈이 오고 들에는 찬비로다.

오늘은 찬비 맞았으니 얼어 잘까 하노라.

중장부터 나오는 "찬비"를 한자로 쓰면 '한우'가 됩니다. "얼어"는 5장에 실린 〈동동〉 1월 부분에서 보셨죠? 얼음처럼 언다는 뜻도 되고, 관계를 맺었다는 뜻도 됩니다. 그런데 맑은 날씨에 비옷 없이 나섰다가 홀딱 젖은 게, 아무래도 어떤 정치 상황의 은유가 아닐지. 임제는 한동안 단종과 사육신을 다룬 몽유록 〈원생몽유록〉의 작가로 알려지기도 해서요, 이 상황에 정치적인 비판이나 저항 의식이 담겼으리라 추정하는 분도 있었습니다. 그런데 〈원생몽유록〉의 작가는 이제 원호(元昊)라는 분으로 추정되어 가고 있어, 이보다 임제가 황진이를 추모했다는 점에 유의해야 하지 않을까 합니다. 아무튼 임제의 "얼어"에 한우는 이렇게 호응합니다.

어이 얼어 잘이 므스 일 열어 잘이

鴛鴦枕(원앙침) 翡翠衾(비취금)을 어듸 두고 얼어 자리

오늘은 춘 비 맛자신이 녹아 잘자 ㅎ노라.

— 《해동가요》(일석본), 작품번호 139

> **왜 얼어 자요? 무슨 일로 얼어서 자요?**
>
> **이렇게 좋은 이부자리 버려 두고 왜 얼어 자요?**
>
> **오늘은 찬비 맞았으니 녹아 자면 어때요?**

이부자리 좋으니까 얼어 자지 말고 녹아서 자자는 훈훈한 반응입니다. 임제의 깊은 뜻을 한우가 모르고 엉뚱한 답을 했다는 분도 있었지만, 도리어 그거야말로 엉뚱한 반응은 아닐까도 싶네요.

기녀의 신분의식과 불안감, 기녀 시조의 언어적·문학적 성취와 양반의 객체로서 자의식 등을 살펴보았습니다. 이제 양반의 또 다른 객체였던 중인의 작품을 살피겠습니다.

2. 양반과 닮은 듯 달랐던 예술가, 중인

중인은 양반이 보기에는 주변인이죠. 초기 연구에서 '평민 문학'이란 제목을 열어 보면 중인의 한문 문학 연구서였던 사례도 있었거든요. 초기 연구자 중에도 양반 출신들은 중인을 '평민'으로 생각했나 보네요. 그런데 11장의 〈우부가〉, 12장의 〈덴동어미화전가〉 등을 보면, 이들은 자신들을 귀족의 일원처럼 생각하기도 했고, 귀족들의 문화도 공유했어요. 양반처럼 한시를 짓는가 하면, 원래 양반 문화였던 시조를 자신들의 것으로 생각해서 18세기에는 김천택의 《청구영언》 이래 시조 작품집도 여럿 남겼습니다.

'여항 6인'이라는 명칭도 《청구영언》에서 장현, 주의식, 김삼현, 김성기, 김유기와 편찬자 김천택 자신까지 포함하여 양반과 구별되는 신분의식을 드러냈어요. 여기서는 주의식, 김삼현, 김성기, 김천택 등 4인의 작품을 읽겠습니다.

1) 주의식의 처세술

말하면 雜類(잡류)라 ᄒ고 말 아니면 어리다 ᄒ니
貧寒(빈천)을 놉이 웃고 富貴(부귀)를 새오ᄂᆞ디
아마도 이 하ᄂᆞᆯ 아레 사롤 일이 어려왜라.

— 《청구영언》(진본), 작품번호 224

말하면 잡놈이라 하고 말 않으면 어리석다 하네.
가난하면 남들이 비웃고 부자가 되면 시샘하는데,
아마도 이 하늘 아래 살기가 어렵구나!

어디 가면 젊은 사람이 얘기 좀 해 봐라, 젊은 사람 의견을 듣고 따라야 한다고 그러는 선배들이 더러 있습니다. 고맙지요. 그런데 그 말씀 듣고 정말 속마음을 말한다면? 이 작품 초장처럼 '잡놈' 소리를 들을지도 모릅니다. 그래서 말하지 않으면 또 의견도 주관도 없는 어리석은 사람이 됩니다. 어느 장단에 춤을 춰야 할까요? 웅변은 은이요, 침묵은 금이라 했죠. 마찬가지로 가난하게 살면 남들이 비웃고,

부귀하면 시샘을 받겠죠.

이 작품은 중인 작가의 것이었습니다. 양반만은 못하니 비웃음을 받지만, 일반 백성보다는 여유로우니 시샘을 받겠지요. 중간 계급이란 대개 이런 이중성을 지니기 마련이라서, 어느 시대에나 저마다 문학 작품으로 이런 이중성을 크고 작게 표현해 왔습니다. 때로는 민중의 고통에 공감하고 지배층을 비판하거나 그들에게 저항하기도 했어요. 하지만 근본적으로 그 이중성으로부터 자유롭기 힘들었죠.

그런데 주의식은 중간 계급 자체의 이중성 탓에 생겨난 고뇌가 얼마나 컸으면, 하늘과 땅도 못 믿겠다고 합니다.

> 하ᄂᆞᆯ이 놉다 ᄒᆞ고 발 져겨 셔지 말며
>
> ᄯᅡ히 두텁다고 ᄆᆞᆨ이 ᄇᆞᆲ지 마롤 거시
>
> 하ᄂᆞᆯ ᄯᅡ 놉고 두터워도 내 조심을 ᄒᆞ리라.
>
> — 《청구영언》(진본), 작품번호 222

> 하늘이 높은 걸 믿고 발 치켜서지 말고,
>
> 땅이 두터운 걸 믿고 많이 밟지 말자.
>
> 하늘땅 높고 두터워도 내 조심하리라.

천명(天命)이라는 말도 있는데요. 대개의 전근대 사회 지식인들은 자신들의 유불리를 떠나 천명을 믿었습니다. 그런데 천명을 내려 준다는 하늘과 땅이 내 발을 버틸 수 있을지도 장담할 수 없다네요. 그러면 다른 사람들은 더 믿기 힘들지요. 사람들과 어떻게 지내며 살아야 할지 난감하지만, 돌 속에 숨겨져 알아 보는 사람이 없었다는 형산 박옥에서 처세술의 단서를 얻습니다.

荊山(형산)에 璞玉(박옥)을 어더 世上(세상) 사룸 뵈라 가니
것치 돌이여니 속 알 리 뉘 이시리
두어라 알 닌들 업스랴 돌인 드시 잇거라.

— 《청구영언》(진본), 작품번호 226

형산 박옥을 얻어 세상 사람 보여주어도
겉이 돌이라면 그 속을 누가 알랴?
두어라, 알아 줄 이 없겠냐? 돌인 듯 있거라.

형산 박옥은 훗날 진시황의 옥새가 되지만, 오랜 시간 알아보는 사람이 없었습니다. 일찍이 알아본 사람은 거짓말한다는 누명을 쓰고는 오랫동안 억울하게 팔다리가 잘려야 했습니다. 옥석을 구별한다는 말이 여기서 유래했죠. 그러므로 자기 생각을 말로 표현해도 괜찮을지, 남들보다 잘 살아야 할지 못 살아야 할지 판단하기 어렵지만 "돌인 듯" 누군가 알아주기까지 기다리겠다고 합니다. 양반이라고 이런 기다림이 없지는 않을 테지만, 중인의 기다림은 더 기약이 없어 보입니다.

인간에 대한 불신감과 후세를 기다리는 마음은 여기서 처음 본 게 아닙니다. 7장에서 윤선도의 〈어부사시사〉에서 인간 세상에 대한 환멸을, 이황의 〈도산십이곡〉에서는 자신의 학통이 후세에 이어져

언젠가 이상 사회를 이루리라는 기다림을 읽었지요. 그러나 양반의 작품은 이렇게까지 냉소적이지 않았습니다. 위 작품들은 윤선도처럼 자연을 믿기는 고사하고, 하늘과 땅조차 의존할 수 없다네요. 그리고 이황처럼 후세를 기대하며 기다리는 대신, 현실을 체념하는 좌절감 속에 기약 없이 기다려요. 이런 목소리는 중인의 신분의식에서 말미암았다고 하겠습니다.

같은 표현일지라도 화자의 신분과 처지에 따라 달리 읽힐 수 있습니다. 이를테면 '한가함'은 양반들의 강호 시조에도 더러 등장합니다. 우리도 예전에 〈강호사시가〉 봄 부분에서 "이 몸이 한가함도 역시 임금님 은혜"라고 했던 것 생각나시지요? 거기서의 한가함은 남들 농사짓느라 바쁠 때 누릴 수 있는 자신만의 특권이었지요. 그렇다면 다음 작품의 한가함도 그런 특권일까요?

2) 김삼현의 한가함

功名(공명) 즐겨 마라 榮辱(영욕)이 半(반)이로다
富貴(부귀)를 貪(탐)치 마라 危機(위기)를 밟느니라
우리는 一身(일신)이 閑暇(한가)커니 두려온 일 업세라.

─《청구영언》(진본), 작품번호 235

공명을 즐거워하지 말라, 영광과 굴욕이 절반씩 있다.
부귀를 욕심내지 말라. 위기를 겪느니라.
우리는 이 한 몸 한가하니 두려울 게 없구나.

작품 속 한가함은 부귀공명을 겪을 일이 없어서 생긴 한가함입니다. 임금의 은혜 따위 개입할 겨를도 없어요. 돈이 행복의 전부가 아니라는 말은 돈 많은 사람이 해야 설득력이 생깁니다. 도박으로 다 잃은 사람이 도박의 위험에 대해서 하는 말도 마찬가지겠지요. 경험이 설득력을 만듭니다. 그러면 부귀공명을 겪지 못하는 사람이 그런 게 허망하다 한다면? 그런 게 공염불입니다. 김삼현에게는 미안하지만, 그런 점에서 이 '한가함'은 부러움의 대상이라기보다 오히려 작가의 처지가 안타깝게 느껴집니다. 이 작품을 듣는 다른 중인들은 어땠을까요? '맞아, 우리는 부귀공명을 모르니까 한가해서 좋아. 남들도 부러워하겠지.' 설령 겉으로는 이랬을지라도, 속마음까지는 그렇지 않았을 겁니다. 책임질 일이 없어 두려움 없는 삶을 진심으로 좋아한 이들도 드물게는 있었겠지만요.

이렇게 같은 '한가함'이라는 시어도, 작가의 처지와 신분에 따라 다른 맥락을 지닙니다. 이런 부분이 양반과 중인이 시조 장르를 함께 담당하면서도 각각 만들어 간 차이겠지요. 기녀 시조는 양반과 시어와 정서 자체가 구별되었다면, 중인 시조는 이렇게 같은 표현을 두고도 어조와 맥락이 달라집니다. 강호 시조 하면 떠오르는, 백구와 함께 노니는 물아일체의 흥은 어떨까요?

3) 김성기의 왜양함

이 몸이 홀일업서 西湖(서호)룰 추자 가니

白沙 淸江(백사 청강)에 ᄂ니ᄂ니 白鷗(백구) ㅣ로다

어듸셔 漁歌 一曲(어가 일곡)이 이내 興(흥)을 돕ᄂᆞ니.

― 《청구영언》(진본), 작품번호 240

> 이 몸이 하릴없어 서쪽 강을 찾아가니
>
> 흰모래 푸른 강에 날고 나는 흰 갈매기.
>
> 어디서 어부 노래 한 곡조 이내 흥을 돋우누나.

초장에 "이 몸이 하릴없어"라는 게 위에 나온 '한가함'의 일종이 겠죠. 여기서 인용하진 않았지만, 《청구영언》(진본)에서 곧바로 이어지는 241번 작품에서도 백학을 만나며 "나도 일 업서 江湖客(강호객)이 되엿노라."라고 되풀이합니다. '일 없는 한가함'은 작가 김성기를 포함한 중인층 전체의 정체성인 듯 보이기도 합니다. 작품 내용은 여느 〈어부가〉 계열 작품과 별다를 게 없습니다. 백구와의 물아일체, 어딘가에서 들리는 어부 노래와 함께 일어나는 '흥(興)'까지도요. 표현만으로는 양반의 작품과 구별하기 어려울 정도입니다.

그런데 김성기는 거문고와 피리의 명인이었는데, 목호룡이라는 권력자가 억지로 공연시키려는 것을 목숨 걸고 거절할 정도로 자신의 예술에 대한 자부심이 대단했습니다. 이런 비타협, 불복종과 긍지를 이렇게 시조로 표현하기도 했죠.

> 구레 버슨 千里馬(천리마)를 뉘라셔 자바다가
>
> 조쥭 슬믄 콩을 슬지게 머겨 둔들

本性(본성)이 왜양ᄒ거니 이실 줄이 이시랴.

— 《청구영언》(진본), 작품번호 245

> 굴레 벗은 천리마를 누군가 잡아다가
>
> 좁쌀죽 삶은 콩을 살찌게 먹여 준들,
>
> 본성을 길들일 수 없으니 머물 리 있으랴?

"왜양"은 길들지 않는다는 뜻으로, 터프 가이의 '터프'와 비슷한 느낌입니다. 목호룡 같은 부조리한 권력자와 친하면 좁쌀죽 삶은 콩이야 배불리 먹겠지만 김성기의 본성은, 이를 예술가로서 혼이라 해도 될까요? 자신의 예술혼은 굴레 벗은 천리마와도 같아서, 그런 대접에 만족하여 타협하지 않는다는 것이지요. 앞서 사람들과의 시비에 시달린 끝에 돌이 되어 지내겠다는 주의식, 부귀공명을 모르고 한가해서 다행이라던 김삼현과 견주어 봅시다. 김성기는 참 당당하게도 세상 앞에 섰습니다.

앞의 240번으로 돌아가서, 잠깐 소개했던 241번 중장까지 포함해서요, 세상의 권세와 타협하지 않아 "하릴없이" 지내는 음악가가 백구와 노닐며 갖게 된 '흥'은 중인 예술가로서 자의식과 긍지에 가깝습니다. 이것이 은퇴한 관료들의 "백구야 날지 마라, 너 잡을 나 아니로다."와 똑같은 풍류일까요? 이 한가함은 부귀공명을 몰라 다행이라는 김삼현의 한가함과 완전히 같을까요? 표현은 같아도 참뜻은 달라 보입니다. 예술가로서 비타협적이었던 김성기의 자의식 덕분이겠지요.

4) 김천택의 장검, 술과 세월

마지막으로 김천택의 작품에도 조선 전기처럼 어부가 나오고 물아일체도 나옵니다. 표현은 기존 시조와 그리 다르지 않지만, 바로 앞의 김성기처럼 작가의 자의식을 고려하여 달리 볼 수도 있습니다. 작가의 신분이 작품을 대하는 유일한 기준이 되어서도 곤란하겠지만, 작가로서 중인과 양반을 분별하자니 부득이 계급에 유의할 수밖에 없었네요. 그런데 옛적 김종서나 이순신처럼 더러 무인으로서 기개를 보이려는 작품이 있어 특이합니다.

綠駬 霜蹄(녹이 상제) 櫪上(력상)에셔 늙고 龍泉 雪鍔(용천 설악) 匣裏(갑리)에 운다
丈夫(장부)의 혜온 뜻을 쇽졀업시 못이로고
귀 밋테 흰털이 놀니니 글을 셜워 ᄒᆞ노라.

          — 《청구영언》(진본), 작품번호 264

 명마는 마구간에서 늙고, 명검은 칼집에서 울고
 장부로서 품었던 뜻 속절없이 못 이루고
 귀밑에 흰 털 날리다니, 이걸 서러워하노라.

長劍(장검)을 쌔혀 들고 다시 안자 혜아리니
胸中(흉중)에 머근 뜻이 邯鄲步(한단보)ㅣ 되야괴야
두어라 이 쏘한 命(명)이여니 닐러 므슴 ᄒᆞ리오.

          — 《청구영언》(진본), 작품번호 265

> 장검을 뽑아 들고 다시 앉아 헤아리니
>
> 가슴속 머금은 뜻 남의 걸음 멋지다고 흉내 낸 꼴
>
> 두어라, 이 또한 운명이니 말한들 무엇하랴.

　이런 작품에 이어 술 마시자는 말과 "길이 막혀 통곡한다〔궁도 곡: 窮途哭, 274번〕"는 등의 표현이 연달아 나올 정도로, 이 두 작품의 "뜻"을 이루지 못했음이 정녕 큰 고뇌의 원인이었나 보네요. 이 "뜻" 은 두 작품에서 명마나 칼로 비유됩니다. 채 피어 보지도 못하고 사라진 재능, 앞서 보았던 '한가함'과 다르지 않습니다. 결국 '여항 6인'의 문제는, 양반들의 시조와 공유하고 있지만 동일시될 수 없었던 그들의 한가함에 있었지 않았나 합니다.

　그다음 작품(265번)을 좀 더 보죠. 아니, 장검을 뽑았는데 밖에 나가 뭐라도 베지 않고 "다시 앉아" 헤아립니다. 처음부터 좀 우유부단한 게 아닌가 싶은데요. 중장에서 자신이 머금은 뜻이 결국 "한단보" 였다고 고백합니다. 한단보란 《장자》에 나오는 고사인데요, 조나라 수도 한단 사람들 걸음걸이가 멋지다고 흉내 내다가, 원래 걸음걸이도 잊고 겨우 기어서 집에 돌아가는 사람 이야기입니다. 자신의 꿈이 양반들의 기준에 맞춰진 꿈이었음을 깨달았군요. 어린 시절부터 자신의 꿈인 줄 알았던 게 사실은 부모님의 꿈, 어른들의 꿈이었다는 걸 깨달았던 때를 떠올려 보세요. 자신의 꿈을 찾고 진정한 자아를 바라보는 건 말처럼 쉽지 않아요. 그러니까 김천택은 다른 꿈을 찾아 자아를 마주 보는 대신, 그것도 운명이었다고 달관해 버립니다. 위의 264

번 작품에서 보이듯, 화자가 늙은 게 이유가 될까요? 한편으로는, 자신을 냉철하게 돌아보고 떳떳이 반성할 수 있는 것 역시 다른 의미로는 강자의 한 모습이 아닐까 해요.

김성기만큼의 극적인 당당함은 느껴지지 않더라도, 김천택의 '칼'은 후대의 문학에도 이어진다고 봐요. 동학 가사《용담유사》마지막에는 〈검결〉이 있지요. 이 검이 마음입니다. 강렬한 에너지를 지니고 있답니다. 김영랑의 시 〈독(毒)을 차고〉에 나오는, 벗들이 그만 버리라고도 하고 허무하게 왜 차고 있느냐 하는 그 '독' 역시 화자의 강인한 의지를 보여준다는 점에서 김천택의 '검'과 호응합니다. 이들 작품은 양반의 차별, 외세의 핍박, 부조리한 현실을 독자들이 깨우치고 그에 대응할 수 있는 근거를 마련해 주었습니다.

끝으로 강인한 의지를 지닌 김천택이 얼마나 술을 비장하게 마시는지 보시죠.

내 부어 勸(권)ᄒᆞᄂᆞᆫ 盞(잔)을 덜 머그려 辭讓(사양) 마소
花開 鶯啼(화개 앵제)ᄒᆞ니 이 아니 됴흔 땐가
엇더타 明年 看花伴(명년 간화반)이 눌과 될 줄 알리오.

— 《청구영언》(진본), 작품번호 267

내 부어 권하는 잔, 덜 먹으려 사양 마시라.
꽃 피고 새 우니, 이 얼마나 좋은 땐가?
어쩌면 내년 피는 꽃은 나랑 못 볼 수도 있다오.

내년이면 둘 중 하나는 저승 갈지 모르니까, 엄살떨지 말고 주는 대로 마시라는 무시무시한 권주가입니다. 죽기 전에 술 잔뜩 마시자는 내용은 〈장진주사〉 이래로 더러 나오지만, 이렇게 협박과 익살이 뒤섞인 태도가 재미있네요. 조선 후기 시조의 '술'은 이렇게 '세월'이 주는 허무감과 연결되는 경우가 많아요. 여담이지만 저도 무슨 애경사(哀慶事)로 오랜만에 친구들 만나면요, 이 친구들 이생에 앞으로 열 번 볼 수 있을까? 설마 열 번이야 보겠지. 그럼 스무 번은? 음… 어떨까? 이런 청승맞은 생각을 하곤 하네요.

가족과 친구들에게 연락 자주 드리고 만나시길 바랍니다.

고전시가 수업

제9장

사랑과 세태를 비튼
사설시조

사설시조가 다른 장르와 비교해 갖는 개성은 애정 제재와 세태 풍자, 두 가지라 할 수 있습니다. 애정이야 다른 장르에도 많은데? 사설시조는 '몸'에 대한 욕망이 더 뚜렷해요. 그래서 심한 작품은 애욕이란 말을 쓰기도 합니다. 차마 욕정이라고는 할 수 없으니까요. 세태 풍자는 역시 민속극, 탈춤이 제격 아닐까? 그래도 시집살이나 가족 관계를 풍자한 내용 등은 다른 장르에서 찾기 어려운 개성이 있습니다. 이런 것은 서사 민요나 가사 같은 데서 내용을 취했을 것 같은데요. 양자를 아우르는 단서는 범속함에 관한 시선이라 하겠네요. 그래서 사설시조를 "범속한 삶의 만인보"(김흥규, 2015)라 부르기도 했습니다.

1. 애정과 애욕, 마음과 몸의 사랑

1) 혐오와 연민 사이

사설시조는 애정의 수위가 다음 시조처럼 몸에 대한 애욕에 가깝기도 합니다. 앞서 7장과 8장에서 본 시조들이 어느 정도 현실감이 있

었던 것에 비해, 여기서는 처녀 귀신도 나오고 늙은 남성의 오래 쌓인
욕망을 대하는 미묘한 태도도 나오네요.

새악시 書房(서방) 못 마자 애쓰다가 주근 靈魂(영귀)

건 삼밧 쭉삼 되야 龍門山(용문산) 開骨寺(개골사)에 니 째진 늘근 중놈

　들뵈나 되얏다가

잇다감 쫌 나 ᄀ려온 제 슬쪄겨 볼가 ᄒ노라.

— 《청구영언》(진본), 작품번호 494

　서방 못 맞아 애쓰다가 죽은 처녀 귀신

　기름진 삼밭의 뚝삼 되었다가, 용문산 개골사 이 빠진 늙은 중놈

　　삼실 속옷 되어

　이따금 그 중놈이 땀 나 가려울 때 슬쩍 건드려 볼까?

이 작품에 관하여 특별히 말씀드릴 내용은 없지만, 남녀 승려에
대한 성적 욕망은 사설시조에서 여러 차례 희화화됩니다. 그리고 가
사 중에 〈승가〉 연작도 여승을 욕망의 대상으로 삼은 남성 이야기인
데요, 가부장적 시집살이에 시달리거나 남편과 사별하여 곤궁했던
여성들이 꽤 출가를 했습니다.(장정수: 2010) 정부와 양반들은 그런 여
성들이 구심점이 되어 여성들만의 쉼터가 생기는 것을 당연히 반기
지 않고 공격했고요. 〈승가〉 연작은 여성들의 그런 입장과 트라우마
를 전혀 고려하지 않고, 욕망만을 추구하며 설득력 없는 설득을 하는
남성 화자의 이기심이 뚜렷합니다. 위 작품에서는 남녀의 역할이 뒤

바뀌기는 했지만, 당시 지배층이었던 유학자들이 배척했던 종교인 불교에 대한 혐오와 호기심이 함께 드러난다는 점은 인상적입니다.

이번엔 노골적인 애욕을 피해서, 화자와 처지가 다른 존재들에 대한 혐오와 호기심에 관하여 더 읽어보겠습니다.

> 白髮(백발)에 환양 노는 년이 져믄 書房(서방) ᄒ랴 ᄒ고
> 셴 머리에 墨漆(흑칠)ᄒ고 泰山 峻嶺(태산 준령)으로 허위허위 너머가
> 다가 과 그른 쇠나기에 흰 동졍 거머지고 검던 머리 다 희거다
> 그르사 늘근의 所望(소망)이라 일락 배락 ᄒ노매.
>
> ― 《청구영언》(진본), 작품번호 507

> 백발에 서방질하는 년이 젊은 서방 만나겠다고
> 흰머리 검게 염색해서 높은 고개 허위허위 넘어가다가 때아닌
> 소나기에 염색물이 빠져 흰 저고리 까매지고 검은 머리 다 하얘
> 졌네.
> 그러네, 늙은이 소망이 이뤄질지 말지.

"백발에 환양 노는 년이", 처음부터 굉장히 적개심을 표현하고 있어요. 나이 먹어서 젊은 남자랑 연애하겠다고? 놀랍기도 하고, 샘도 났겠지요. 그래서 혐오에 가까운 욕으로 시작합니다. 그래도 사랑하는 사람에게 젊게 보이고 싶어 흰머리를 감추려고 까맣게 염색하고 고개 넘어가다 그만 때를 잘못 맞춘 소나기에 당하네요. 까맣게 염색했던 머리는 비를 맞아서 다시 흰색이 됐어요. 그 염색약이 내려와 하

얀 저고리를 검게 물들였어요. 인간적으로 안타까운 장면이죠. 이 모습이 참 처량하니까 약간 연민하는 마음이 들었나 봐요.

종장에 "그르사", 이건 '그렇구나' 아니면 '그릇된 것일까?' 정도의 뜻일 것 같은데요. 어느 쪽으로 봐도 의미는 통하겠죠. "일락 배락"은 정철의 〈성산별곡〉에서 '흥망'이란 뜻으로 나오는 표현인데요, 흥망이라면 너무 거창하니까 '이루어질지 말지' 정도로 해 보았어요.

초장에서는 혐오감을 표현하다가, 중장에서 누구나 딱하게 여겨 연민을 느낄 만한 장면을 묘사하고, 종장에서는 저게 이루어질지 말지, 판단을 유보하며 앞으로의 상황이 어떻게 풀릴지 호기심을 드러내고 있습니다.

이 작품에 주목한 이유는 무엇보다 노인의 사랑이란 주제를 다루었기 때문입니다. 노인은 젊은이와 달리 사랑의 감정에 휘둘리지 말아야 한다는 고정관념으로부터 벗어나서, 노인도 한 인간으로서 감정을 지녔음을 보여주고 있어요. 그 감정 탓에 어려움도 겪었지만, 혐오 표현을 썼던 화자도 나중에는 앞으로의 일에 호기심을 표현할 정도로 연민과 공감을 보였지요.

노인의 사랑 이야기는 서사 민요와 설화에도 등장합니다. 한결같이 고정관념을 벗어난 모습이지요. 〈강원도 금강산 조리장사〉라는 서사 민요를 보죠.

강원도 금강산 조리야 장사, 조리팔로 들어왔네.
"조리사소, 조리사소."
해가 저물어 갈 수 없어 잘 데 없어 해갈매니,

"우리 어무이 자는 방에 하룻밤을 지내주고 가소."

날로 날로 불을 여니 천날 만날 춥다 하더니,

그날 밤을 자고 나니,

"어무니요, 오늘밤은 춥잖어요?"

"에야야! 오늘 밤은 뜨시게 잘 잣다."

그란 후에, 조리장사 떠난 후에.

천날 만날 명을 자며,

"강원도 금강산 조리장사 그믐 초승에 올라드니,

이 왜 안 오노? 왜 안 오노?"

주야장창 심려를 하니,

아들이 듣고 나서 미안하여,

"어머님요, 어머님요. 연전에 소문을 듣고 나니.

조리장사 죽었다네."

"아이구, 아야. 그케 그케 그믐 초승에 온다 드니,

그레 노니 아니온다.

메늘아야, 메늘아야. 꾸메어서

자삽찍 걸에서 살아주면,

강원도 금강산 조리장사

속주우적삼 날본 듯이 가주가소."

아들도 효자고 며느리도 효부라.

이만하면 끝이씨더.

  － 〈강원도 금강산 조리장사〉(1972.8.9. 경북 상주군 김기순[여, 58]), 조동일(1974).

과부인 어머니가 하룻밤 묵어간 강원도 금강산 조리장사를 잊지 못합니다. 매일 춥다더니 이 장사와 하룻밤을 보내고는 아주 잘 주무셨다네요. 사람의 체온은 어지간한 추위를 쫓을 수 있기도 하지만, 이 어머니는 남녀 간의 정이 고팠던 거네요. 온다던 사람이 다시 오지 않는 거로 미루어, 어머니는 차였나 봐요. 그런데 아들은 어머니의 자존심을 지켜드리기 위해 장사가 죽었다고 거짓말합니다. 그러니까 어머니는 며느리까지 시켜서, 자신의 속옷으로 장사의 장례를 지내줍니다. 속옷 하니까 아까 첫 번째로 본 작품 생각나시죠? 처녀 귀신은 늙은 중의 속옷이 되겠다고 하고, 여기서는 하룻밤 사랑한 장사의 장례식을 위해 자신의 속옷을 활용하네요. 속옷을 외로운 이들의 성욕이 모인 물건이라고 상상했던 것 같아요.

늙은 과부인 어머니의 욕망을 추하게 생각하지 않고 인간적으로 존중한 아들 부부의 마음이 아름답습니다. "늙은이 소망이 이뤄질지 말지" 운운하는 목소리보다 좀 더 따스해 보여요. 그래서 민요의 마무리 부분에 "아들도 효자고 며느리도 효부라"는 평가가 가능했겠지요. 그런데 이 '효'는 살아 계신 어머니께는 효지만 돌아가신 아버지께는 불효 아닐까요? '효불효교'라는 다리의 전설에서 이 문제를 더 파고듭니다.

신라 시대 일곱 아들을 데리고 사는 과부가 있었다. 이웃 마을에 정인(情人)이 있어서, 매일 밤 아들들이 잠든 사이 몰래 빠져나가 애정을 나누고 돌아왔다. 그런데 다니는 길 중간에 큰 냇물이 있어서 맨발로 물을 건너야 했다. 일곱 아들이 이 사실을 알고, 어머니의 고생을 덜어 드리려고 돌다리를 놓았다. 그러자 어머니는 <u>부끄러워하면서 그 좋지 못한 행동을 고쳤다고 한다.</u> 그래서 사람들이 이 다리를 '효불효교'라 일컫는다.

— 《동국여지승람》 권21, 경주 인왕동

밑줄 친 부분은 아마 훗날 윤리적 해석이 덧붙은 것이겠지만, 과부인 어머니의 사랑을 존중했던 아들들의 마음은 윤리를 넘어선 인간 존중의 따뜻함이 아닐까 합니다. 제가 어렸을 때도 어떤 아저씨가 과부가 된 어머니를 바로 재혼시켜서 큰 비난을 들었어요. 그런데 지금 생각해 보면 참 열려 있는 분이었다고 할까요? 한쪽에서는 열녀 만들겠다고 불쌍한 여인들 자살하라 압박하고 살해까지 했다는데, 이런 서사 민요나 설화를 보면 성현의 글을 읽었다는 양반들보다 못 배운 서민들이 인간을 더 존중했던 것 같네요.

사설시조의 애정 혹은 애욕은 이렇듯 승려나 노인 혹은 과부 같은 특이한 대상이나 주체를 설정하곤 합니다. 욕망이란 건 특이하고 특수한 것을 찾고 지향하는 경우가 참 많죠. 그래서 보통의 애정 문학에는 잘 등장하지 않는 인물을 다루게 되고, 사소하고 희귀한 일에 섬세한 관심을 기울입니다.

나이가 들어도 연애를 해 보지 못한 이는 '모태 솔로'라고 요즘도 희화화의 대상이 되곤 하죠. 사설시조 역시 이를 희귀한 일이라 생각해서 다음과 같이 흥미를 보였어요.

半(반) 여든에 첫 계집을 ᄒ니 어렷두렷 우벅주벅 주글 번 살 번 ᄒ다가

와당탕 드리ᄃ라 이리져리 ᄒ니 老都슈(노도령)의 ᄆ음 홍글항글

眞實(진실)로 이 滋味(자미) 아돗던들 긜 적보터 홀랏다.

― 《청구영언》(진본), 작품번호 508

이 즐거움을 알았더라면 기어 다닐 때부터 했으리라는 늙은 도령의 너스레가 해학적입니다. 풍자와 해학의 차이를 설명하자면, 누군가를 공격하면 풍자가 되고 상처 입는 사람이 없다면 해학이라고 하던데요. 이 너스레 때문에 늙은 도령이 추해지는 건 아닌 것 같지요?

2) 미추(美醜)의 다양성에 대한 존중

지금껏 읽은 세 작품에 등장한 처녀 귀신, 연애하는 노인, 40살에 첫 경험을 한 노총각 모두 화자가 공격하는 대상은 아니었습니다. 연애하는 노인은 소나기에 수난을 당하기는 했지만, 화자가 공격한 건 아니고 오히려 그 때문에 연민하게 되었지요. 이런 특별한 존재들의 애정 감정을 단순히 흥밋거리로만 생각하지 않고, 그들의 감정을 돌아보고 인간성을 존중하는 계기로 삼았어요. 개별적인 인간성을 존중하자면, 당연히 개인 각자의 개성을 존중해야 하겠지요. '아들 있는 늙은 과부가 어떻게?'라기보다, '아, 그 처지에선 그럴 만도 하다.'는 이해와 공감 말입니다. 그런 걸 다원성이라 하겠는데, 기녀의 개성과 다원성을 존중한 사설시조도 있습니다.

갓나희들이 여러 層(층)이오레 松骨(송골)미도 갓고 줄에 안즌 져비도 갓고

百花園 裡(백화원 리)에 두루미도 갓고 綠水 波瀾(녹수 파란)에 비오리도 갓고 싸히 퍽 안즌 쇼로기도 갓고 석은 등걸에 부헝이도 갓데

그려도 다 各各(각각) 님의 스랑인이 皆 一色(개 일색)인가 ᄒ노라.

– 김수장, 《해동가요》(주씨본), 작품번호 554

여인들이 여러 모습이네, 송골매 같은 사람, 줄에 앉은 제비 같은 사람,

정원에서 키우는 두루미 같은 사람, 물결 속 비오리 같은 사람, 땅에 팍 앉은 솔개 같은 사람, 썩은 등걸에 부엉이 같은 사람.

그래도 다 저마다 누군가의 사랑을 받는, 누군가에겐 최고의 미인이겠지.

사설시조는 초장과 중장에 걸쳐 사물의 이름이나 비슷한 상황을 나열하는 경우가 참 많아요. 유명한 사설시조인데, "나무도 바윗돌도 없는 산에서 매에게 쫓기는 까투리의 마음과…"라고 시작해서, 온갖 어려운 상황으로 질질 끌다가는 "엊그제 임과 이별한 내 마음을 어디다 비교할까?"(《청구영언》(진본) 572번)라고 끝냅니다. 결국 이별의 슬픔을 말하고 싶었던 건데요, 하고픈 말을 마지막에 짧게 배치하고 상관없는 말을 길게 듣는 동안 독자의 흥미를 유발하고 마지막에 짧고도 인상적인 말로 마무리합니다.

요즘처럼 바쁜 세상이야 두괄식 혹은 3줄 요약으로 용건을 간략

히 말하는 게 효과적이지만, 옛날의 명문장들은 저렇게 예를 많이 들어가며, 그 과정에서 전고나 고사성어가 많이 들어갑니다. 상대방의 공감을 유도하고, 정작 본론은 짧게 압축적으로 충격을 주는 방식을 선호하기도 했습니다. 이렇게 열거나 예시를 풍부하게 활용하는 건 과거에는 늘 좋은 수사 방식이었습니다.

여담이 길어졌군요. 여기서도 기녀들이 늘어선 모습을 다양하게 묘사하였는데 그중에는 화자가 보기에 추녀도 있고 미녀도 있었겠지요. 그러나 "다 各各(각각) 님의 스랑인이 皆 一色(개 일색)인가 ᄒ노라." 하는 다양한 기준을 긍정하는 열린 태도로 끝맺고 있습니다. 남의 사랑을 무슨 땅에 꽉 앉은 솔개, 썩은 등걸에 부엉이 그렇게 묘사하더니, 참 수습을 잘해요. 이런 글쓰기를 배워야 합니다. 이 작품을 기녀들이 처음 듣는다면, 중장까지 듣는 사이에 엄청난 욕을 먹고 무대에서 내려와야 하지 않을까 싶다가도, 마지막에 반전을 통해 이게 단순한 막말이 아니었음이 드러납니다. 못생긴 사람들을 공격하는 게 아니라, 나름대로 개성의 아름다움과 다양성을 존중하는 작품으로 보입니다.

'에이, 그런 말을 누가 못하냐? 결국 제 눈에 안경이란 소리지.' 하실지도 몰라요. 그런데 그런 것만이 아닙니다. 아름다움이란 무엇일까요? 눈과 귀로 보고 느끼는 감각적인 아름다움도 있겠지만, 저 사람들이 '일색', 각자가 으뜸가는 아름다움을 지닐 수 있는 건 사랑하는 이들과 서로 교감하고 베풀었던 시간과 기억 덕분일 겁니다. 그냥 취향이 다양하다는 게 아니라, 누군가 사랑하니까 사랑스러운 '일색'이 된 겁니다. 단 한 사람에게만 그런 거지만요.

안타깝게도 이 작품은 《해동가요》를 포함해 네 권 정도의 작품집에만 실려 있어요. 별로 호응을 얻지 못했던 것 같네요. 열거법으로 이루어진 사설시조를 볼 때도, 대개 아까 〈나무도 바윗돌도〉 아니면 〈바람도 쉬어 넘는 고개〉(《병와가곡집》 993번)를 살펴보잖아요. 당시에도 그 두 작품의 인기가 훨씬 높았어요. 그렇지만 이 작품에 담겨 있는, 못난 사람들도 누군가에겐 일색이라는 따스함을 저는 더 좋아합니다.

3) 내면 심리가 만들어내는 미래

지금까지는 등장인물이나 상황이 특이한 사례를 주로 보았습니다. 이제 화자의 내면 심리가 미묘하게 나타난 작품을 읽어 볼까요?

졋 건너 흰옷 닙은 사룸 준믭고도 양믜왜라
쟈근 돌두리 건너 큰 돌두리 너머 밥 뛰여 간다 ㄱ루 뛰여 가는고 어허
    내 書房(서방) 삼고라쟈
眞實(진실)로 내 書房(서방) 못 될진대 벗의 님이나 되고라쟈.

— 《청구영언》(진본), 작품번호 517

저 건너 흰옷 입은 남자, 잔망스럽고도 얄밉구나.
작은 돌다리 건너 큰 돌다리 넘어 바삐 뛰어간다, (나를) 가로질러
    뛰어가는구나! 아! 내 서방 삼고 싶어라.
정말로 내 서방 될 수 없다면, 벗의 임이라도 되어다오.

마치 옛날 광고 문구처럼 "그의 자전거가 내 마음으로 들어오듯" 멀리서 내게 다가오는 것 같았지만, 사실은 내게 다가오는 게 아니니까 다시 반대 방향으로 멀어져 가는 모습이 역동적으로 묘사되었습니다. 역동적인 묘사라는 게 자주 듣는 상투적인 말 같지만, 고전시가에 역동적인 묘사가 그리 흔하지 않아서 나올 때마다 강조하다 보니 자주 듣는 것 같은 착각이 들기도 하죠.

그런데 종장의 표현이 문제입니다. "벗의 임"이라도 되라는 말이, 이룰 수 없는 사랑이라면 그렇게라도 이따금 보고 싶다는 뜻이겠지요. 그렇지만 이렇게 닫힌 사회에서, '벗의 임'이라도 우연히 만나고 싶다는 마음을 어떻게 보아야 할까? 자꾸 만나다 보면 처음 먹었던 마음이나 상황도 달라질지 몰라요. 흰옷 입은 남자와 이 작품 화자의 미래는 정해지지 않았지요. 정해진 게 없다는 열린 결말이 이 작품의 매력이네요.

그런데 어떤 이들의 사랑은 집에서 키우는 개의 미래를 정해 버리기도 합니다.

개를 여라믄이나 기르되 요 개 굿치 얄믜오랴
뮈온 님 오며는 꼬리를 홰홰 치며 쮜락 나리쮜락 반겨서 내닷고 고온님
 오며는 뒷발을 버동버동 므르락 나으락 캉캉 즈져셔 도라가게 혼다
쉰 밥이 그릇 그릇 난들 너 머길 줄이 이시랴.
— 《청구영언》(진본), 작품번호 547

바독이 검동이 靑揷沙里(청삽사리) 中(중)에 죠 노랑 암키 갓치 얄믜오랴

> 뮈온 님 오면 반겨 니 닷고 고은 님 오면 캉캉 지져 못 오게 흔다
>
> 門(문) 밧긔 기장수 가거든 찬찬 동혀 주이라.
>
> — 《해동가요》(주씨본), 작품번호 543

미운 임을 반기고, 고운 임을 내쫓는 개가 나옵니다. 위 작품에선 굶기지만, 아래 작품에선 개장수에게 줘 버려서 도살당하게 한다고 하죠. 조금 벗어나지만 한번 생각해 보세요. 위와 아래는 같은 작품일까요, 다른 작품일까요? 구성과 줄거리는 크게 다르지 않지만, 초장의 표현과 중장의 길이는 꽤 다르고, 결말은 아예 달라 보입니다. 이 두 작품을 1개의 같은 작품으로 치느냐, 별개의 다른 작품으로 보느냐에 따라, 현존하는 시조가 전부 몇 작품인지 개수가 달라져요. 기계적으로 몇 % 이상 어구가 같으면 동일 작품 이렇게 따질 수밖에는 없지만, 보기에 따라 미묘하죠. 소설로 치면 〈춘향전〉 경판본과 완판본 같은 관계라 보시면 됩니다.

미묘한 부분으로 이 개는 왜 화자가 미워하는 임을 더 반길까요? 화자의 심리 이전에 개의 기준에서 생각하겠습니다. 개는 주인에게 꼬리치고 낯선 이들을 경계하겠지요. 그러니까 꼬리치는 '미운 임'이 주인, 화자의 남편이며, 짖어서 쫓는 '고운 임'은 개 입장에서는 낯선 사람, 즉 화자의 불륜 상대라고 생각할 만합니다. 그래서 화자는 개가 야속하고 미우니까 굶기거나 죽이겠다고 하는 거죠. 나름 자신의 임무에 충실했지만, 고난과 위험에 빠진 개에게 애도를 표합니다. 그런데 이게 남의 일이 아니에요. 윗사람들은 공동체를 위해 충직한 사람

보다는 자신의 취향에 맞춰 기분만 좋게 해 주는 아랫사람을 편애하기도 하거든요. 작품 내용 그대로 '개' 같은 상황이지요.

4) 다시 언어유희 혹은 희롱의 화답

애정 제재의 끝으로 '장사치와 여인의 문답'(김흥규: 1999) 유형의 작품을 보겠습니다. 이들은 정확히는 애정 제재라기보다, 성적 농담으로 볼 수도 있는 언어유희가 담긴 작품들인데요. 기녀 시조 마지막에 보았던 정철과 진옥, 임제와 한우의 화답이 연상되기도 하네요.

그런데 다음 작품의 경우 쓸데없이 "동난지이"라 현학적 표현을 썼던 게젓 장수를 풍자하는 것으로 설명되곤 합니다.

> 딕들에 동난지이 사오 져 쟝스야 네 황후 긔 무서시라 웨는다 사쟈
>
> 外骨 內肉(외골 내육) 兩目(양목)이 上天(상천) 前行 後行(전행 후행) 小
> 아리 八足(팔족) 大아리 二足(이족) 靑醬(청장) ㅇ스슥 ㅎ눈 동난지이
> 사오
>
> 쟝스야 하 거복이 웨지 말고 <u>게젓</u>이라 ㅎ렴은.
>
> — 《청구영언》(진본), 작품번호 532

그런데 왜 게젓 장수가 알아들을 사람이 없어 장사가 안 될 위험을 무릅쓰고 동난지이라는 표현을 썼을까요? "게젓"의 'ㅔ'를 'ㅗ'로 잘못 들으면 참 난감해집니다. 그래서 소심한 이 사람이 어려운 표현을 쓰니까, 그거 잘못 들을 사람 아무도 없으니 편히 말하라는 훈훈한 장면으로 볼 수 있지요. 장사치와 여인이 문답하는 사설시조가 몇 편

더 있어요. 예컨대 나무를 "사 때어 보면"(《청구영언》(진본) 535번) 할 때 "사"가 '물건 사다'도 되지만 '사타구니에 대어 보다'처럼 들릴 수 있고, 돗자리를 "사 깔아 보시면"(《해동가요》(일석본) 547번)도 마찬가지입니다. 이렇게 잘못(?) 들으면 성적인 연상 작용이 일어나는 언어 유희들입니다.

잘못 들을 사람 없으니 마음 놓고 얘기하랬더니, 왠지 선을 넘는 모습처럼 보이지요? 이렇게 여러 작품이 일종의 유형을 형성하고 있으므로, 게젓 장수의 "동난지이"도 같은 방식으로 풀이하는 게 적절해 보입니다. 그러니까 실은 중등 교과서에서 다루기에는 적절하지 않은 작품일 수도 있겠습니다.

2. 시집살이와 가족 갈등의 세태 풍자

앞서 사설시조에서 열거법을 많이 쓴다고 말씀드렸지요. 세태와 현실 이야기할 때도 그런 기법을 자주 씁니다. 병든 서방님을 위해 온갖 음식과 과일을 준비하다가 사탕 하나 빠뜨렸다고 탄식하거나(《해동가요》(주씨본) 540번), 해충의 종류를 상세하게 나열하거나(《해동가요》(주씨본) 394번), 임과 함께 어디 살지 여러 곳을 찾는 모습(《병와가곡집》 875번) 등등 별로 주제와 상관없어 보이는 내용이 너무 길고, 주제는 아주 짤막하게만 나옵니다. 아까도 전통적인 글쓰기 방식과 관련하여 말씀드렸지만, 이런 게 판소리 같은 장르에 나오는 '부분의 독자성', '장면의 극대화'와도 통합니다. 춘향이 잡으러 간 포졸들에게 월매가 차려 준 밥상에 무슨 반찬이 얼마나 놓였는지 쭉 묘사한다든지 그런 거요. 사물과 정보에 관한 관심이 높아진 시대 분위기를 반영한 것으로 볼 수도 있겠네요.

두꺼비가 송골매를 피해 죽을 고비를 넘겼다는 작품(《청구영언》(진본) 520번) 같은 게 현실 풍자의 알레고리로는 제격이겠지만, 그 작품은 이미 중등 교과서에서도 많이 다루었으니 여기서는 시집살이 혹은 가족 관계와 관련한 세태와 현실을 다룬 작품에 집중하여 보겠습니다.

싀어마님 며느라기 낫바 벽바홀 구로지 마오
빗에 바든 며느린가 갑세 쳐 온 며느린가 밤나모 서근 들걸 휘초리 니
   곳치 알살픠신 싀아바님 볏 뵌 쇳동 곳치 되죵고신 싀어마님 三年(삼
   년) 겨론 망태에 새 송곳 부리 곳치 뾰쪽ᄒ신 싀누으님 당피 가론 밧
   틔 돌피 나니 곳치 싀노란 외곳 곳튼 피똥 누는 아돌 ᄒ나 두고
건 밧틔 멋곳 곳튼 며느리를 어듸를 낫바 ᄒ시ᄂ고.

─《청구영언》(진본), 작품번호 573

시어머님, 며느리 나쁘다고 부엌 바닥에 발 구르지 마세요.
빚 대신 받은 며느린가요, 돈 주고 사 온 며느린가요? 썩은 등걸
   회초리처럼 매서운 시아버님, 햇볕에 찌든 쇠똥처럼 말라비틀
   어진 시어머님, 3년 엮은 망태에 새 송곳 부리처럼 뾰족한 시누
   이님, 좋은 밭에 안 좋은 곡식 나듯 샛노란 오이꽃처럼 누렇게
   뜬 피똥 싸는 아들 남편이라고 두고도
기름진 밭에 메꽃 같은 며느리를 어디가 나쁘다고 하세요?

배경은 흔한 그러나 흔하다는 이유로 정당화될 순 없는 고부 갈등이죠. '시-'가 붙으면 악역이 되는 경우가 많이 있었어요. 며느리는 참 당당합니다. 자신이 빚 대신 잡혀 오거나 돈에 팔려 오지 않았고, 회초리, 쇠똥, 송곳 부리, 오이꽃처럼 생명력이 떨어지는 존재도 아니었죠. 도리어 자신에게는 시집 식구들에게는 없는, "건 밧틔 멋곳 굿튼" 건강하고 튼튼한 생명력이 있다고 자랑합니다. 사설시조의 담당층인 중인들은 이런 개성적인 며느리의 모습에 흥미를 느끼고, 생각이 열린 사람들은 이에 공감하기도 했겠지요.

조선 시대 며느리의 실제 시집살이가 어땠을지 짐작해 본다면, 아마 실제로 저런 말을 하기란 쉽지 않았겠지만 마음속으로야 무슨 말이건 가능했겠지요. 마음속 상상에서는 며느리와 너무 마음이 잘 맞아서 문제인 다음과 같은 시어머니도 가능했을지 모릅니다.

어이려뇨 어이려뇨 싀어마님 어이려뇨
쇼대 남진의 밥을 담다가 놋쥬걱 잘늘 부르쳐시니 이를 어이ᄒ려뇨 싀
　　어마님아 져 아기 하 걱정 마스라
우리도 져머신 제 만히 것거 보왓노라.

— 《청구영언》(진본), 작품번호 478

"어쩌지요, 어쩌지요? 시어머님, 어쩌지요?
　샛서방 밥 담다가 놋 주걱 자루를 부러뜨렸으니, 이를 어쩌지요?
　시어머님!" "아가, 저 그거 걱정하지 마라.
　우리도 젊었을 때 많이 부러뜨려 보았단다."

샛서방 밥 담다가 살림 밑천을 망가뜨린 며느리, 이런 걱정을 시어머니와 의논하는 며느리도 비현실적이지만, 자신도 젊을 때 '많이' 그랬다는 시어머니의 고백도 어이가 없습니다. 현실성이 없는 흥미 본위의 설정이죠. 그러나 시어머니도 불륜을 많이 범했다는 말은, 바꿔 말하면 며느리의 한 번 실수를 시어머니도 젊을 때 여러 번 저질렀다는 거죠. 왜 시어머니들은 이 작품 속 시어머니처럼 자신의 젊은 시절 실수를 기억하지 않느냐? 자신의 젊은 날이 지금 며느리보다 낫다고 할 수 있겠느냐? 자신의 불륜을 고백한 이 시어머니는 그래도 며느리의 실수에 공감하고 감싸 주잖아요? 개구리 올챙이 적 모르는 세상의 많은 시어머니보다 훨씬 나은 사람입니다. 이 작품은 공연히 며느리를 혼내는 시어머니들에 대한 통렬한 풍자라 할 수도 있습니다.

그렇지만 이렇게 비현실적인 설정에서만 협력, 화해가 가능할 정도로 고부 관계는 참 어렵다는 점을 일깨워 주는 것인지도 모르겠습니다. 어디 고부 관계만 그럴까요? 사위와 장모, 어쩌면 결혼이라는 제도를 이유로 가족 되기를 강요받는 모든 이들에게 그럴지도 모릅니다. 사설시조에는 특이하게도 사위와 장모의 대립을 우스꽝스럽게 그린 사례도 있습니다.

재 너머 莫德(막덕)의 어마네 莫德(막덕)이 쟈랑 마라

내 품에 드러셔 돌겻줌 쟈다가 니 글고 코 고오고 오좀 싸고 放氣(방기)

쉬니 춤 盟誓(맹세)개지 모진 내 맛기 하 즈즐하다 어셔 다려 니거라

莫德(막덕)의 어마

莫德(막덕)의 어미년 내드라 發明(발명)하야 니르되 우리의 아기똘이 고

림症(증) 비아리와 잇다감 제症(증) 밧긔 녀나믄 雜病(잡병)은 어려셔브터 업노니.

— 《청구영언》(진본), 작품번호 567

"언덕 너머 막덕이 어머니, 막덕이 자랑 마세요.

내 품에서 잠버릇 고약하게 자다가, 이 갈고 코 골고 오줌 싸고 방

귀 뀌고…, 진짜 맹세하지, 모진 냄새 맡기 정말 찌질하네. 어서

데려가세요! 막덕이 어머니."

막덕이 어미년 서둘러 변명하여 이르되, "우리 딸아이가 신장병과 배

앓이, 이따금 여러 병 말고는 어려서부터 다른 병이라곤 없었어."

어서 데려가라는 것을 보면 자신의 아내 막덕이를 소박 놓겠다고 장모에게 으름장 놓는 상황입니다. 장모를 버릇없게 '막덕이 어머니'라 부르는 건 일단 넘어가겠습니다. 잠버릇 나쁘다고 소박 놓는 게 말이 되냐 하겠지만, 당하는 당사자에겐 나름 절박한 문제일 수 있다 치죠. 문제는 얼마나 사소한 이유로 소박맞는 며느리가 많았으면, 저런 으름장이 유머의 한 요소가 되어 이렇게 사설시조에까지 등장하느냐 하는 것입니다. 이유 없이 미움받는 건강한 며느리나, 상상 속에서만 가능한 시어머니와의 공감대, 그리고 이 작품에서 막덕이가 처한 상황은 언젠가 정철이 외쳤듯, "사람들이여, 무슨 마음으로 여자로 살아가라 하시오?"라 할 만합니다.

시대를 앞서 사위와 장모의 갈등을 다루는가 했는데, 역시 여성의 불안정한 처지를 이야기하고 있었네요. 막덕이 어머니의 '여러 병

말고 다른 병은 없다.'라는 역설적 표현도 웃음의 포인트이지만, 친정에서 딸을 감싸느라 어떻게 해명해도, 시집에선 앞뒤 안 맞는 변명으로만 생각하는 상황을 풍자한 듯합니다. "우리 딸이 병은 많지만, 잘 보살펴 달라."라고 좋게 말해도, 듣는 사돈집에서는 "여러 병 말고 다른 병 없다."라는 변명으로 곡해하는 상황이 전혀 없었다고는 할 수 없겠죠.

웃자고 하는 말을 뭐 그리 정색해서 풀이하냐 하겠지요. 20년 전 시트콤을 보면 옛날 사람들은 참 인내심이 대단했네, 할 정도로 심한 말과 행동이 많았어요. 옛날에는 웃고 넘어갈 일들의 행간에 들어 있는 혐오와 차별을 그냥 넘기지 못할 만큼 우리 인권인식이 성장했지요. 그러니 저 사위와 장모의 우스꽝스러운 대화 행간에 숨은 막덕이의 괴로움에 주목할 필요가 있지 않을까요?

억지로 가족이 된 사람들로 처와 첩만큼 기구한 사이가 없겠지요? 남편 혹은 문중의 욕망에 따라 들어온 첩인데, 돌부처도 돌아앉는다고 할 정도로 힘겹게 살아야 하고 처에게 미움도 받습니다. 다음과 같이 서로를 저주합니다.

뒤童山(동산) 月仰(월앙)바희 우의 밤중마치 부엉이 울면 녯스롬 이론 말이
져믄 년이 눔의 싀앗 되야 얏믯고 즈믜을숀 졀믄 妾(첩)이 죽는다 ㅎ데
妾(첩)이셔 나는 듯즈오니 家翁(가옹)을 박디ㅎ고 妾(첩) 새옴 심히 ㅎ는 늘근 안히님이 몬져 죽는다 ㅎ데.

— 《고금가곡》, 작품번호 284

"뒷동산 달님 보는 바위 위에 한밤중 부엉이 울면 말이야, 옛사람
    들 그러셨다더라.
    젊은 년이 남의 첩 되어, 얄밉게 굴던 젊은 첩이 죽는다고 하더라."
    첩이 하는 말, "저도 들었는데요. 가장을 푸대접하고 첩에게 심하
    게 질투하는 늙은 아내'님'이 더 먼저 죽는대요."

서로 먼저 죽으라는데, 누가 죽어야 할까요? 다시 말해 누가 가해
자일까요? 처와 첩을 맞아들인 남편의 욕망이나 아들을 낳아 대를 이
어야 한다는 가부장적인 문중이 가해자이겠지요. 그러므로 이 작품
은 가해자는 간곳없이 피해자들끼리 서로 죽어라 싸우는 상황입니
다. 비유하자면 층간 소음은 건설사 책임인데, 입주자끼리 다투는 상
황과 비슷할 수도 있습니다. 매사에 누가 진정한 가해자일지 꿰뚫어
보지 못한다면, 위 작품의 처와 첩처럼 공연히 피해자끼리 서로에게
저주를 퍼붓는 웃지 못할 상황이 됩니다.

이렇게 사설시조의 애정과 세태를 살펴봤습니다. 승려나 노인,
노총각 등 성적으로 제한된 사람들에 관한 관심과 함께, 다양한 취향
과 개성에 대한 긍정도 있었지요. 시집살이의 고난 앞에서도 건강하
고 당당한 며느리와 상상 속의 따스한 시어머니, 사위와 장모, 처와
첩 사이 갈등도 접해 보았습니다. 장르 자체가 서사성이 풍부한 덕분
에 다양한 인물 형상을 살필 수 있었네요.

제 10장

물아일체와 안빈낙도 사이의
전기 가사

수업 시간에 가사 한 편을 통째로 읽는다는 건 큰 결심을 필요로 합니다. 그래서 여기서는 필요한 부분을 발췌해서 읽도록 하겠습니다. 편의상 2개 음보씩 끊어서, 원문과 번역문을 나란히 한 줄에 놓았습니다.

1. 물아일체와 〈면앙정가〉의 사계절

초기 연구자 세대는 자연관과 정치적 갈등에 관심이 많았는데요, 그래서 그런 내용의 가사들이 많이 연구되고 교과서에도 실렸어요. 그런데 우리는 7장에서 이미 자연관과 정치적 갈등에 대해서 시조로 살펴봤지요. 이 장에서는 송순(宋純: 1493~1582)이 지은 〈면앙정가(俛仰亭歌)〉의 사계절 부분만을 살피는 것으로 정리하려고 합니다. 사계절은 앞에서 〈강호사시가〉, 〈어부사시사〉 등의 연시조로 본 적이 있으므로, 다른 장르에서는 어떻게 표현하는지 읽어 보죠.

【봄】

흰구름 브흰 煙霞(연하)	흰 구름 뿌연 안개,
프르니는 山嵐(산람)이라	푸르른 아지랑이
千巖 萬壑(천암만학)을	온 봉우리며 골짜기를
제집을 삼아두고	제집으로 삼아
나명성 들명셩	들락날락
일히도 구는지고	즐거워하네.
오르거니 느리거니	오르락내리락
長空(장공)의 쩌나거니	공중에도 떴다가,
廣野(광야)로 거너거니	너른 들도 건너
프르락 불그락 여토락 지트락	푸르락 붉으락 옅으락 짙으락
斜陽(사양)과 서거지어	지는 햇볕 뒤섞여
細雨(세우)조초 쑤리는다	가랑비 뿌려 대네.
藍輿(남여)롤 비야투고	가마를 바삐 타고
솔아뤼 구븐길노	솔 아래 굽은 길로
오며가며 흐는적의	왔다 갔다 할 때,
綠楊(녹양)의 우는 黃鶯(황앵)	푸른 버들 속 꾀꼬리 울며
嬌態(교태)겨워 흐는괴야	즐거워하는구나.

【여름】

나모새 주주지어	나무 억새 우거져
樹陰(수음)이 얼린적의	그늘 짙어지고

百尺 欄干(백척 난간)의   긴 난간에 기댔더니

긴조으름 내여펴니   긴 졸음이 드는구나.

水面 凉風(수면 양풍)이야   물 위 서늘한 바람도

긋칠줄 모르는가   그칠 줄 모르고 부네.

【가을】

즌서리 째진후의   된서리 걷히자

산(山)빗치 금슈(錦繡)로다   비단 빛깔 단풍 든 산,

黃雲(황운)은 쪼엇지   누렇게 익은 곡식

萬頃(만경)의 펀거지요   온 들판에 펼쳐졌고,

漁笛(어적)도 흥을계워   어부의 피리 소리

돌룰 쓰라 브니논다   달 따라 흥겹게도 부네.

【겨울】

草木(초목) 다 진 후의   낙엽 다 진 후에

江山(강산)이 믜몰커놀   강산이 적막한데

造物(조물)리 헌ᄉᄒᆞ야   하느님이 소란스럽게

氷雪(빙설)노 쑤며내니   얼음과 눈으로 장식해서,

瓊宮瑤臺(경궁요대)와   고드름 맺힌 집,

玉海銀山(옥해은산)이   꽁꽁 언 물이며 눈 내린 산.

眼底(안저)에 버러셰라   눈앞에 펼쳐졌네.

乾坤(건곤)도 가옴 열샤   온 세상에 가득하여

간대마다 경이로다   간 곳마다 놀랍구나!

― 《잡가》(필사본)

후대의 가사에 비하면 단락이 짧은 편이라 읽는 부담이 덜합니다. 봄, 여름, 가을, 겨울이라고 우리가 정지된 시간처럼 표현하지만, 계절은 정지되어 있지 않거든요. 그런데 아지랑이, 그늘, 익은 곡식, 얼음과 눈 이렇게 특정한 소재에 계절을 집약하여 표현한 점을 이 작품의 특징이라고 합니다. 읽다 보면 어느 계절마다 산은 나오지요? 배경이 무등산 줄기 제월봉의 면앙정이라 그래요. 지금은 여기 가사 문학관이 있어서, 전시는 물론 가사 백일장 같은 행사도 열립니다.

생략된 전반부에서는 "–닷", 그러니까 "내닫는 듯, 따르는 듯, 밤 낮으로 흐르는 듯" 이런 식으로 역동적인 묘사를 시도했고, 마지막 행에 "이몸이 이렁굼도 亦君恩(역군은)이샷다."라고 하여 자연을 누리는 게 임금님 은혜라고 한 게 특징입니다. 둘 다 다른 시가에도 나오는 내용이라서, 〈면앙정가〉에 담긴 시가 문학의 전통을 확인할 수 있습니다.

이렇게 해서 시조에서부터 시작했던 자연에 관한 이야기를 마칩니다. 다음의 〈누항사〉에도 자연에 관한 이야기는 약간 나와요. 그렇지만 가난한 삶 속에서 현실적 욕망 대신에, 대안으로 자연을 누리자는 '안빈낙도(安貧樂道)'의 주제거든요. 가난이라는 화두가 개입하다 보니, 지금껏 살핀 물아일체의 자연관과는 약간 거리가 있어요.

한편 자연이라는 주제는 현대 이후로 '고향'이란 공간에 밀착합니다. 일제 강점기에는 이주와 징용, 6·25의 피난과 실향(失鄕), 산업화 시대에는 일자리를 찾아 도시로 떠나는 등 20세기 한국인은 여러 세대에 걸쳐 고향을 등져야 했어요. 고향의 산과 물, 두고 온 자연의 풍경을 20세기에 태어난 사람은 각자 크고 작게 지니고 있었어요. 산업화 이후 개발과 이농 현상으로 황폐해진 자연, 그런 자연을 지키며 '흙에 살리라.' 외치는 농민, 고향을 지키는 어르신과 소꿉친구를 명절 때만 잠깐 겨우 만나는 도시 소시민 등등, 고향은 1970년대까지 대중가요의 주제로서 우리 현대사와 함께 울고 웃었답니다.

2. 안빈낙도와 〈누항사〉의 가난

박인로(朴仁盧: 1561~1642)가 지은 〈누항사(陋巷詞)〉 제목에 쓰인 '누항'은 도시락 먹고 누추한 골목에서 살아간다는 뜻의 '단표누항(簞瓢陋巷)'에서 왔어요. 이 말은 청렴결백한 선비의 삶을 상징하며, 〈상춘곡〉이라는 초기 가사의 마지막 단락에도 나옵니다. 가난을 편안하게 생각하고 즐겁게 누린다는 '안빈낙도' 역시 '가난 = 청렴'으로 생각했던 삶의 방식입니다.

단표누항이니 안빈낙도니 이런 것은 선비로서 삶의 강령이고 원칙이었어요. 그러다가 박인로가 〈누항사〉를 통해 현실적 가난의 문제를 제기하고, 다음 장에서 볼 〈우부가〉 같은 조선 후기 교훈 가사에서 차츰 가난을 무능과 죄악으로 생각하는 흐름으로 이어집니다. 그런 점에서 박인로는 후대 가사의 흐름을 연 중요한 작가인데, 예전의 원칙이었던 안빈낙도를 여전히 굳건히 지키므로 조선 전기의 특징도 고스란히 갖고 있습니다. 이렇게 둘이 섞인 걸 과도기적 양상이라고 하죠. 박인로뿐만 아니라 17세기 시가 문학의 흐름 자체가 예전 세대와 후대의 흐름이 뒤섞여 정리하기 어렵습니다(이상원: 2000, 최현재: 2006).

이웃에 소 빌리러 갔다가 거절당하는 장면이 현실적 문제로서 가난을 나타냈다면, 집에 돌아와 안빈낙도를 다짐하는 모습은 선비로서 현실과의 비타협을 상징합니다. 각각을 발췌하여 읽어 봅니다.

旱旣(한기) 太甚(태심)ᄒ야	가뭄 너무 심해서
時節(시절)이 다 느즌졔	때를 놓치고,
西疇(서주) 놉흔 논애	서쪽 높은 논밭
잠깐긘 녈비예	지나는 비 잠간 내리자,
道上(도상) 無源水(무원수)을	근원 없이 고인 물
반만깐 디혀두고	절반만 채워 놓고,
쇼 ᄒ젹 듀마ᄒ고	"소 한번 빌려주마."
엄섬이 ᄒᄂ말삼	인사치레하던 말씀,
親切(친절)호라 너긴집의	친절하다고 생각한 집에
달업슨 黃昏(황혼)의	달도 안 뜬 저녁에,
허위허위 다라가셔	허위허위 달려가
구디 다든 門(문)밧긔	굳이 닫은 문밖,
어득히 혼자서셔	우두커니 혼자 서서
큰기춤 아함이를	큰기침 "어흠. 어흠."
良久(양구)토록 ᄒ온後(후)에	오랫동안 하고 나서,
어화 긔뉘신고	"어, 누구신고?"
廉恥(염치)업산 ᄂ옵노라	"염치없는 접니다."
初更(초경)도 거읜ᄃ	"저녁 다 지났구면.
긔엇지 와겨신고	늦게 왜 오셨소?"

年年(년년)에 이러ᄒ기	"해마다 이러기
苟且(구차)혼줄 알건만논	구차하지만
쇼업슨 窮家(궁가)애	소 없는 가난뱅이
혜염만하 왓삽노라	고민 많아 왔지요."
공ᄒ니나 갑시나	"그냥이건 값을 받건
주엄즉도 ᄒ다마논	빌려드리면 좋을 텐데,
다만 어제밤의	근데 어젯밤
거녠집 져사람이	건넌 집 사는 분이
목불근 수기雉(치)을	붉은 목 장끼를
玉脂泣(옥지읍)게 ᄭ우어늬고	기름지게 구워서
간이근 三亥酒(삼해주)을	갓 익은 술까지
醉(취)토록 勸(권)ᄒ거든	취하도록 대접해 줬어요.
이러혼 恩惠(은혜)을	이런 은혜를
어이 아니 갑흘넌고	안 갚을 수 있나요?
來日(내일)로 주마ᄒ고	내일 소 빌려준다고,
큰 言約(언약) ᄒ야거든	단단히 약속해서,
失約(실약)이 未便(미편)ᄒ니	어기기가 어려워
사셜이 어려왜라	말하기 곤란하다오."
實爲(실위) 그러ᄒ면	"정녕 그렇다면
혈마 어이홀고	어쩔 수 없죠."
헌먼덕 수기스고	헌 갓 쓴 고개 숙이고
측 업슨 집신에	축 없는 짚신에

설픠설픠 믈너오니	힘없이 돌아오니,
風采(풍채)저근 形容(형용)애	초라한 모습 보고
기즈칠 쑨이로다	개 짖는구나.

　박인로가 경북 영천의 대지주였다는 설도 있습니다. 사실이라면 정말 위 이야기처럼 소 한 마리가 없어 고생했을까요? 19세기 때 위백규(魏伯珪: 1727~1798)도 시조만 보면 직접 농사짓고 가난했을 것 같은데, 지금 유적을 가 보면 그렇게까지 곤궁해 보이지는 않아요. 양반은 가난한 척을 많이 하죠. "십 년을 경영하여 초가삼간 지었다."라고 해서, 꼭 실제로 자그마한 초가집을 겨우 마련했다는 뜻은 아닐 수도 있어요. 이런 게 어쩌면 '도둑맞은 가난'과 비슷한 류의 과장이겠지만, 박인로의 경우 실체적 진실을 알기가 참 어려워요.

　여기서 인용하진 않았지만, 첫머리에서 화자는 자신을 "어리고 迂闊(우활)홀산 이니 우희 더니 업다.", 어리석고 세상 물정 모르기로는 자신보다 더한 사람이 없다고 했어요. 세상 물정 모르는 게 맞습니다. 소를 빌리러 간다면서 빈손으로 가니까, 소 주인이 넌지시 이웃에서 꿩고기와 술을 대접하고는 소를 빌려 갔다며 눈치를 줍니다. 저 같으면 작게나마 뭐라도 준비해서 다시 찾아가 성의를 표시했을 텐데, 박인로는 그냥 그만둡니다.

　박인로는 먹고살기 위한 노력을 탐욕이라고 생각하는 것 같아요. 작품 시작할 때는 밀려드는 아이들 생각해서 일한다더니, 아버지로서 책임감이나 일하지 않는 아버지에 대한 아이들의 반응은 더는 나오지도 않아요. 그 대신 자신은 부귀를 바라지 않았다고 되풀이합니다. 먹고살기 위한 최소한의 노력과 부자가 되어 부귀를 누리자는 결심은 구별해야 할 것 같은데요.

이제야 쇼비리	이제 맹세한다.
盟誓(맹세)코 다시마쟈	다시는 소 안 빌린다.
無狀(무장)훈 이몸애	보잘것없는 내게
무슨 志趣(지취) 이스리마논	거창한 뜻도 없지만
두세 이렁 밧논을	두세 이랑 논밭
다 무겨 더뎌두고	다 묵혀 던져두고
이시면 粥(죽)이오	있으면 죽이요,
업시면 굴물망졍	없으면 굶을망정
남의 집 남의 거슨	남의 집, 남의 것은
견혀 부러 말럇노라	절대 부러워 말자.
니 貧賤(빈천) 슬히너겨	내 가난 싫다고
손을 헤다 물너가며	손사래 치면 물러갈까?
남의 富貴(부귀) 불리너겨	남의 부귀 부럽다고
손을 치다 나아오랴	손짓하면 다가올까?
人間(인간) 어늬 일이	인간사 어떤 일이
命(명)밧긔 삼겨시리	팔자에 없이 생겨나리?
가난타 이제 죽으며	가난하면 금세 죽고,
가오며다 百年(백년)살냐	부자 되면 백 년 사냐?
原憲(원헌)이눈 몃날 살고	가난한 선비는 며칠 살고

石崇(석숭)이는 몃히 산고	갑부는 몇 해 살았나?
貧而無怨(빈이무원)을	'가난해도 원망하지 않기'
어렵다 ᄒᆞ건마는	어렵다고 하지만,
니 生涯(생애) 이러호ᄃᆡ	내 삶이 이러니
설온뜻은 업노왜라	설움은 없다.
簞食瓢飮(단사표음)을	도시락밥 표주박물
이도 足(족)히 너기로라	그것도 감지덕지하지.
平生(평생) 혼뜻이	평생토록 이어 온 뜻,
溫飽(온포)애는 업노왜라	따듯하고 배부르기는 바라지 않았다.
太平天下(태평천하)애	태평천하에
忠孝(충효)를 일을삼아	충효를 일삼고
和兄弟 信朋友(화형제 신붕우)	가족과 벗들과 잘 지내길
외다 ᄒᆞ리 뉘이시리	누가 틀리다 하랴?
그 밧긔 남은 일이야	그 밖의 다른 일은
삼긴 ᄃᆡ로 살렷노라.	생긴 대로 살리라.

— 《노계집》(필사본)

이 부분에 앞서 덕 있는 군자들에게 낚싯대를 빌려 어부가 되겠다고도 하고, 여느 사대부처럼 백구(흰 갈매기)와의 물아일체를 노래하기도 했어요. 조선 전기 시가 문학의 소재를 다시 선택하여 과거로 돌아가자는 거죠. 그러나 '빌린' 낚싯대는 남의 것이고, 벽에 걸린 호미처럼 멍한 느낌만 들지요. 기본적인 생계 문제를 해결하려는 노력과 부귀영화에 대한 탐욕을 구별하지 않는 현실 인식의 왜곡 때문일까요?

물론 박인로의 의식 세계를 더 캐고 들면 이런 왜곡의 정당한 근거를 찾을 수도 있을 겁니다. 그러나 일단 작품 안에서는 충효와 형제, 친구를 포함한 오륜을 근거로 내세웠지요. 박인로의 말처럼 이걸 틀리다 할 사람은 없겠지요. 하지만 정당하다는 게 꼭 이런 문제 상황의 정답도 아니겠지요. 그래서 "그밧긔 남은 일이야 삼긴 디로 살렷노라."가 '없으면 굶지.'와 같은 체념이나 포기처럼 비치는지도 모르겠네요. 먼 옛날부터 그랬듯이 가난이 청렴결백이고 아름다운 일이라면, '틀렸다 할 사람 없다.', '생긴 대로 살겠다.'라는 소극적인 결론에 도달하지는 않았겠지요. 가난이라는 현실의 영향을 받았기에 이렇게 된 겁니다.

〈누항사〉 속의 박인로는 자신의 인식과 현실 사이의 괴리를 조화시키지는 못했어요. 그러나 이는 작가의 한계라기보다는 17세기라는 시대의 과도기적 양상 때문이라 생각합니다. 오히려 '가난'이라는 문제를 추상적으로 청렴결백과 연결하지 않고, 나름 현실적으로 진지하게 고민한 점은 후대의 문학사적 지향을 분명하게 예고한 성과였습니다. 그런 점에서 박인로는 일종의 선구자라고도 하겠습니다.

고전시가 수업

제 11 장

서사와 결합한
후기 가사

1. 악당들의 교훈적 일대기, 〈우부가〉

　　교훈을 주제로 한 작품은 재미있는 경우가 드뭅니다. 주제가 교훈이니까 어쩔 수 없지요. 그래서 조선 후기 가사 작가들이 생각한 게 교훈과 서사를 결합하자는 겁니다. 어떻게 결합할까? 훌륭한 사람 또는 어리석은 사람의 삶의 모습을 등장시킵니다. 그런데 글쓰기를 배울 때도 좋은 문장을 흉내 내기보다는 문법에 맞지 않는 문장을 비판하고 고치는 편이 효과적이듯, 어리석은 사람을 보며 저러지 말아야겠다는 생각을 더 뚜렷이 하게 됩니다. 혹은 '에이, 내가 저 정도까지는 아니겠지.' 하며 안심하기도 하고요. 〈우부가(愚夫歌)〉에 나오는 어리석은 인물들을 보며 독자들이 그런 생각을 했겠죠.

　　교훈의 성격 자체도 좀 달라집니다. 바로 앞에서 본 〈누항사〉까지도 교훈이라면 대체로 '삼강오륜' 같은 유학의 윤리였어요. 그러나 〈우부가〉를 비롯한 교훈 가사들은 윤리적인 문제보다는, '노름하지 마라.', '색주가 가지 마라.' 이렇게 사치와 낭비를 경계하는 쪽입니다. 이 책에서는 읽지 않지만 〈복선화음가(福善禍淫歌)〉라는 작품이 있습니다. '복선화음'은 권선징악과 비슷한 뜻인데요. '복선', 선하게 살면 복이 오고, '화음', 음란하게 살면 화 곧 재앙이 온다는 뜻입니다. 작품을 보면 재산을 늘린 성과를 선, 재산을 탕진한 결말을 악으로 규정하고 있습니다. 이것은 양반 지주의 자산을 개인만의 것이 아니고, 마치 향토기업처럼 향촌이라는 공동체의 모든 구성원이 살아갈 기반으로 생각했기 때문이기도 합니다.

〈우부가〉에는 세 남성이 등장합니다. 자매편인 〈용부가〉는 두 여성이 등장하고요. 이들 작품은 모두 〈초당문답가〉라는 연작의 한 부분입니다. 이렇게 비슷한 인물을 반복 등장시켜 캐릭터 유형의 보편성을 강조하려 했다는 설도 있고, 각각을 특정 신분을 대표하는 인물로 보기도 합니다. 특정 신분으로 볼 때는 보통 처음 나오는 가장 긴 분량의 개똥이를 양반, 꼼생원을 중인, 마지막 꾕생원을 평민으로 봅니다. 개똥이가 압도적으로 욕을 많이 먹은 것은, 아까도 말씀드렸듯 양반의 재산은 향촌 사회 구성원의 삶의 기반이기도 했고, 개똥이의 행실이 다른 구성원들의 삶에 큰 영향을 끼쳤기 때문입니다. 역시 띄엄띄엄 발췌하며 보겠습니다.

妓生妾(기생첩) 寘家(치가)ᄒᆞ고	기생 첩 살림 차리고
誤入(오입)장이 친구로셔	오입쟁이 친구 삼아
舍廊(사랑)의논 죠방군이	사랑에는 심부름꾼
안방에눈 老嫗(노구)할미	안방에는 뚜쟁이
名祖上(명조상)을 쪄셰ᄒᆞ고	조상 자랑하며
世道(세도) 구멍 기웃기웃	세도가 기웃기웃

炎凉(염량)보아 進奉(진봉)ᄒ기	눈치 보아 뇌물 바쳐
祖上之業(조상지업) 짜불니기	조상 재산 탕진하기
虛慾(허욕)으로 장ᄉᄒ기	허영으로 장사하니
남의 빗시 泰山(태산)이라	남의 빚이 태산 같다.
니 無識(무식)은 싱각 안코	내 무식은 생각 않고
착호 行實(행실) 妒忌(시기)ᄒ니	착한 행실 시샘하며
賤(천)호 ᄉᄅᆷ 업시 보고	천한 사람 업신여기고
어진 ᄉᄅᆷ 미워ᄒ며	어진 사람 미워하며
厚(후)호 ᄃᆡᄂᆞᆫ 薄(박)ᄒ여셔	후할 데는 박하게도
호 푼 돈의 쌈이 나고	돈 한 푼에 땀이 나고
薄(박)호 ᄃᆡᄂᆞᆫ 厚(후)ᄒ여셔	박할 데는 후하게도
數百兩(수백냥)이 헛거시라	수백 냥이 헛것이라.
친구벗슨 조와ᄒ여	나쁜 친구 어울리며
졔 집안에 不睦(불목)ᄒ고	집안은 화목하지 않고
勝己者(승기자)을 厭之(염지)ᄒ며	자신보다 나은 사람 꺼리고
反覆小人(반복소인) 허긔진다	변덕스러운 소인배를 좋아한다.
니 몸이 편홀 ᄃᆡ로	내 몸이 편하자고
남의 말을 탄치 안코	남의 말에 거리낌 없고
病(병)날 노릇 모다 ᄒ며	병날 노릇 모두 하며
仁蔘(인삼) 鹿茸(녹용) 몸보긔라	인삼 녹용 몸보신
酒色雜技(색주잡기) 모도 ᄒ며	주색잡기 모두 하며
돈 걱졍은 모도 호다	돈 걱정도 모두 한다.

개똥이의 행실을 한마디로 정리하면 밑줄 친 부분처럼, 돈을 써야 할 곳에 베풀지 않고 쓰지 말아야 할 곳에 펑펑 낭비하는 것입니다. 자신의 쾌락을 위해 성매매를 일삼고, 조상 팔아 세도가에 뇌물을 바치며, 건강 관리를 하는 대신 비싼 건강식품을 섭취해요. 이렇게 주색잡기에 슬슬 재산을 탕진하였는지 돈 걱정도 합니다. 돈을 써야 할 곳은 어딜까요? 가족 간의 화목이나 선한 사람, 힘겹게 살아가는 사람들을 위해서 써야겠죠. 다 개똥이가 미워하고 업신여긴 이들입니다. 개똥이는 주위 사람들을 배려하기는커녕 착취하고 학대합니다.

田畓(전답) 파라 貨利(화리)돈의	논밭 팔아 마련한 돈
종 파라셔 月收(월수)중이	종 팔아 돈놀이.
利(이)구멍니 第一(제일)리라	이익이 제일이지
돈 날 일을 ᄒ여보셔	돈 될 일을 하여 보자.
舊木(구목) 버혀 즁ᄉᄒ기	선산 나무 베어 팔고,
칙 파라셔 빗쥬기며	책 팔아 돈놀이.
동늬 상놈 ᄌ바오기	동네 상놈 잡아 오고
먼 데 百姓(백성) 行惡(행악)질노	먼 데 백성 괴롭히기.
ᄌ바오라 ᄭ물여라	잡아 와라! 꿇려라!
自杖擊之(자장격지) 몽둥이요	몸소 몽둥이질.
典當(전당)으로 셰간 잡기	살림살이 담보로 잡고
계집 문셔 종 ᄲᅦ지와	여자, 집문서, 종 다 뺏자.
私結縛(사결박)의 소 ᄭ을기와	꽁꽁 묶어 소 끌고

불호령의 솟 쩨면셔	불호령에 솥 떼며
여긔 져긔 간 곳마다	여기저기 가는 족족
赤失人心(적실인심) 홀것구나	인심 다 잃겠네.

논밭을 소작하는 농민이 있었겠죠. 알 게 뭐냐? 땅을 다 팔아 버려요. 종도 팔고, 선산의 나무도 베어다 팔고, 양반으로서 읽어야 할 책까지 모두 팝니다. 그 돈으로 돈놀이해서, 재산 뺏고 폭력을 행사하여 인심을 다 잃습니다. 박지원의 〈양반전〉 한 장면과도 다르지 않은 횡포입니다. 향촌 사회의 버팀목이 되어야 할 양반이 돈놀이로 향촌 사회 해체에 앞장서고 있네요.

결국 몰락하죠. 책력 보아 가며 날짜 확인해서 밥 먹을 정도로 가난해집니다. 그래도 "洞內(동내) 소곰 반춘이라"는 내용을 보면, 괴롭힘 받던 동네 사람들이 소금이라도 나누어 주었나 봅니다. 하지만 역시 "野俗호다 洞內 人心."이라며 끝맺는 걸 보면, 개똥이는 아직도 정신을 못 차렸나 봐요.

궁동이난 울근불근	궁둥이는 울긋불긋
엽거름의 기 쫏치며	옆걸음에 개가 쫓고
담베 업난 빈 듸통은	담배 없는 빈 대통을
消日(소일)쪼로 손의 들고	하릴없이 손에 들어
빗슥빗슥 단니면셔	비실비실 다니면서
혼 되 곡식 슈숨결을	곡식 한 되, 돈 몇 푼을

疫疾(역질) 핑계 祭祀(제사) 핑계	병과 제사 핑계로 구걸하다가
野俗(야속)ᄒ다 洞內 人心(동내 인심)	'야속하다, 동네 인심.'

다음으로 꼼생원은, 곰생원이라고 나오기도 하는데요. 처음부터 팔자를 원망해요. 가난하게 태어났나? 그건 아니고 아버지가 재산을 물려주었지만, 다 탕진한 뒤에 팔자 탓을 한 것 같아요. 미신에 빠져 이장, 이사하느라 재산을 탕진하고 팔자 탓을 하는 게 웃깁니다. 그래서 가족은 흩어지고 자신은 사기꾼이 됩니다. 개똥이처럼 쾌락 지향적이거나 경제적으로 남을 수탈하여 향촌 사회를 해체하는 정도는 아니었지만, 그 대신 자신의 가정을 파괴한 셈입니다.

져 건너 곰生員(생원)은	저 건너 곰생원은
怨(원)ᄒ느니 八字(팔자)로다	팔자를 원망하네.
제 아비 德分(덕분)으로	아버지 덕분에
돈쳔이나 가졋더니	재산은 있었지만
슐 ᄒ 盞(잔) 밥 ᄒ 슐을	술 한 잔 밥 한 술
친구 디졉 ᄒ엿던가	친구 대접했던가?
쥬졔 넘게 아ᄂ 체로	주제넘게 아는 체
陰陽術數(음양술수) 苦惑(고혹)ᄒ여	음양 술수에 빠져서
遷葬(이장)도 ᄌ로 ᄒ며	조상 묘를 자꾸 옮기며
移舍(이사)도 힘을 쓰고	이사에도 힘쓰던데,
當代發福(당대발복) 예 안이면	"바로 복 받거나

避亂(피난)곳지 여긔로다	피난할 곳 여기로다."
올 젹 갈 젹 行路上(행로상)의	여기저기 다니느라
妻子息(처자식)을 훗터 노고	처자식은 흩어지고
有無相關(유무상관) 안이ᄒ고	있건 없건 상관없이
공혼 거슬 ᄇ라거다	공짜를 바라느라
欺人取物(기인취물) ᄒ즈 ᄒ니	사기 쳐 재물 뺏자,
두번지는 아니 쇽고	두 번째는 속지 않고
公納犯用(공납범용) ᄒ즈 ᄒ니	공납을 함부로 쓰다 보니
일가집의 부즈 업고	일가에 부자가 남아나지 않고

마지막 줄에서 '공납을 함부로 쓰다 보니, 일가에 부자가 없었다.' 라고 했습니다. 원문 그대로 본다면 공납이란 미명으로 부자들의 재산을 빼앗으려던 것처럼 보이는데요. 그럴 만한 부자가 일가 중에는 없었다고 합니다. 수탈할 때 꼭 일가친척만 수탈해야 할까요? 일가에 부자가 없는 게 어떻게 공납을 함부로 못 쓰는 이유가 될까요?

여기서 "ᄒ즈 ᄒ니"는 그렇게 하려고 의도했다기보다 이미 그렇게 해 버렸다는 뜻으로 봅니다. 공납을 함부로 써 버렸기 때문에, 그 돈 갚아 주느라 일가에 부자가 남아나지 않게 되었다는 의미로요. 이렇게 횡령한 비용 갚느라 일가가 몰락하는 장면은 마지막 장에서 볼 〈덴동어미화전가〉에도 나옵니다. 바로 위 문장에도 "ᄒ즈 ᄒ니"가 있지요? 사기 쳐서 재물을 빼앗았기 때문에, 두 번째는 속지 않았다는 말이 되지요. 이 부분의 문맥은 그렇게 정리하고요. 공납을 관리해서 장난을 쳤던 것을 보면 꼼생원은 중인 신분이었던 듯합니다.

곰생원 가정의 이산(離散)은 다음을 보면 머지않아 가정 파괴로 이어집니다. 곰생원의 종적도 끊어지고요. 개똥이보다 악행의 규모는 작았지만, 처벌은 혹심합니다.

혼인 핑계 어린 똘이	혼인한다던 어린 딸
百兩(백냥)쓰리 되얏구나	백 냥에 팔렸구나.
大宗孫(대종손) 兩班自揚(양반자양)	종손이라 양반인 척하더니
山所(산소)ㄴ 파라 볼가	조상 묘도 팔아먹고
안악은 친庭(정)스리	아내는 친정살이
子息(자식)은 雇工(고공)스리	자식은 머슴살이
일가의게 獨步(독보) 되고	일가에 홀아비 소리 듣고
친구의게 손꼬락질	친구들 손가락질
不知去處(부지거처) 나간 후의	간 곳을 모르겠네.
所聞(소문)이ㄴ 들어든가	소문이나 들어 보셨소?

중인 가족의 몰락은 〈덴동어미화전가〉에도 나옵니다만, 거기서는 남편들이 모두 악착같이 살아 보려는 의지와 생활력이 강했지요. 반면에 곰생원은 이 앞 장면에서도 노름과 사냥 등 쭉 게으르며 경제적으로 무능한 모습을 보여주었습니다.

끝으로 꾕생원인데요. 꾕생원은 '하우(下愚)'란 말처럼 기본적인 예절조차 없는 모습입니다. 동네 어른이나 남의 과부를 욕보이는가 하면, 이간질이나 돈놀이 등으로 인간관계를 해칩니다. 역시 자신의 가정을 파괴하는 한편, 가족까지 착취합니다.

제 妻子(처자)는 몰나보고	제 처자는 몰라라 하고
남의 계집 情標(정표)ᄒ기	남의 여자와 정분나기
子息(자식) 노릇 못 ᄒ면셔	자식 노릇 못하면서
졔 子息(자식)을 귀히 알며	제 자식은 귀하다고
며나리을 들복그며	며느리를 들볶으며
욕ᄒ면셔 ᄒ난 말리	욕하면서 하는 말이
先殺人(선살인) 나기구나	"살인 먼저 나고서는.
기동 쎼고 벽 쩔어라	집안 망하겠다."

(중략)

늘근 父母(부모) 病(병)든 妻子(처자)	늙은 부모 병든 처자
손톱 발톱 졔쳬지고	손발톱 다쳐가며
누에 치고 길솜ᄒ 걸	누에 치고 길쌈한 것,
슐닉기로 즁긔 두세	술 내기로 장기 두세.
責忘(책망) 업고 버린 몸이	이왕 버린 몸 혼낼 사람도 없는데,
무슴 싱의 못홀손야	뭔 생각인들 못 하랴?
누의 同生(동생) 족하딸을	누이동생 조카딸을
色酒家(색주가)로 換賣(환매)ᄒ셰	색주가에 팔아먹자.
父母(부모)가 걱졍ᄒ면	부모가 걱정하면
頑惡(완악)키 말對畓(대답)과	사납게 말대답
안악이 스셜ᄒ면	아내가 잔소리한다고
밥床(상) 치며 계집 치기	밥상 치고 아내 치기
젼녁 먹고 나간 후의	저녁 먹고 나가서는

논두렁을 버엿는지	논두렁을 베었는지
捕廳 鬼神(포청 귀신) 되얏는지	포도청 귀신 되었나?
듯도 보도 못홀너라	듣도 보도 못하였네.

―《초당문답가》

　곰생원은 친척들이 공납을 함께 무느라 몰락하고 존속이 해체된 정도였지요. 꾕생원은 존비속 골고루 괴롭힙니다. 불륜에다가 자기 자식 편들며 며느리 협박하기, 가족의 노동 보수를 도박으로 허비하고, 여성 가족 구성원에게 성매매를 시키며 가정 폭력은 아예 일상입니다. 가족들이 누에를 먹이고 길쌈을 했던 것을 보면, 꾕생원은 농민이었던 것 같죠? 가족에게는 다행이랄지, 결국 실종됩니다.

　개똥이는 향촌 사회 구성원을 모두 괴롭혔고, 곰생원은 존속의 해체, 꾕생원은 존비속을 모두 괴롭히고 인신매매와 신체적 폭력까지 행사했습니다. 향촌과 가정의 파괴가 이들의 악행인데요. 사치와 낭비로 인한 경제적 몰락의 과정은 개똥이, 곰생원에게 더 구체적으로 드러나 있었네요. 꾕생원은 그 대신 예의가 없었다고 비난한 점 등은 이들의 신분에 차이가 있었음을 반영하기도 합니다. 이렇게 살지 말아야지 하는 교훈도 주지만, 이런 인물 형상 자체가 흥미로운 것이기도 해요. 그래서 이렇게 만들어진 캐릭터는 놀부를 비롯한 여러 사례에 원용되기도 했어요. 이런 이들의 정반대에 놓인 인물이 제주도의 여성 경제 영웅 김만덕(金萬德: 1739~1812)이라 할 수 있겠습니다.

2. 변덕스러운 암행어사의 함경도 여행기, 〈북새곡〉

〈우부가〉에서 교훈과 서사의 결합 양상을 보았고요. 구강(具康: 1759~1832)의 〈북새곡(北塞曲)〉에서 낯선 지역에 관한 견문과 서사의 결합 양상을 살피겠습니다. 각종 유배 가사와 〈관동별곡〉 등의 작품 이래 여행을 소재로 한 가사는 많이 있는데요, 이 작품은 작가 구강이 함경도 암행어사라는 상당히 특이한 경험을 기록한 것입니다. 그리 고 구강은 평생에 걸쳐 가사를 13편이나 지을 정도로 가사 문학의 숨 은 거인인데, 작품집 이름이 《북새곡》일 정도로 이 작품이 중요해요.

'북새'란 북쪽 변방이라는 뜻입니다. 상당히 길어서 앞부분 약간 만 읽겠지만, 두어 가지 특징을 먼저 말씀드리겠습니다.

첫째로 함경도민에 대한 애증이 묘하게 뒤섞여 있습니다. 밉살맞 은 중이나 물건값 안 깎아 주는 장사꾼을 비난하고 있지만, 한편으로 는 역시 암행어사답게 어렵게 살아가는 백성들에게 책임감을 느끼고 잘못된 정책을 비판하기도 합니다. 긴 작품 분량에서 애증이 오락가 락하는 모습이 인간적입니다. 우리도 기분 좋을 때와 나쁠 때 사람을 대하는 게 다른 것처럼요. 함경도민에 대한 적개심과 동정심이 참 오 락가락합니다.

둘째로 자기 자신까지 희화화의 대상에 포함하고 있습니다. 희화 화나 조롱을 할 때면 보통 화자는 먼발치에서 지켜보곤 하는데, 이 작 품에서는 귀신을 무서워하는 자신의 모습마저 익살스럽게 표현합니 다. 구강도 조선 시대 벼슬을 했다면 유학자인데, 유학은 공식적으로 괴력난신(怪力亂神)을 부정하잖아요? 괴력난신을 부정하는 유학자의 귀신 타령. 그리고 그 유학자는 자기 자신이에요. 작가의 자기 풍자랄까요? 자신을 망가뜨리며 남을 웃기는 개그맨의 연기처럼 보이기도 합니다.

이 두 가지 내용을 중심으로 〈북새곡〉 초반부 일부를 함께 읽어 봅시다. 더러 훼손된 내용을 건너뛰면 이렇게 함경도에 대한 첫인상이 나옵니다. 어이쿠, 웬 중이 구강의 겉옷을 빼앗으려고 합니다. 첫인상 별로네요.

반 남아 기른 털억	털투성이 얼굴로
완증훈 취훈 즁이	술 취한 밉살맞은 중이
손의 모양 걸직이라	내 모습 거지꼴인데,
걸직ᄃ려 달ᄂᆞᆫ말이	거지한테 옷 달란 말,
소승 댱삼 낡아 ……	"소승 장삼 낡아 (원문 훼손)
여벌이 잇습거든	여벌이 있으면
빈승의게 시쥬ᄒᆞ오	제게 시주하시오.
오ᄇᆡᆨ이십나한님과	520나한님과
부귀공명 비오리다	부귀공명 빌겠소."
내 ᄃᆡ답 들어 보소	내 대답 들어 보소.
내 본ᄃᆡ 간난ᄒᆞ야	"내 본디 가난하여
영흥 고을 걸퇴가니	영흥 고을 거쳐 갈 때
단벌 큰 옷버셔 니고	단벌 큰옷 벗어 내고
동돌지만 입고 가면	홑옷만 입고 가면
가면 관문엔들 들일손가	관문에 못 들어가오.

관가의 드러가셔	관가에 가서
옷가지나 엇게 되면	옷가지나 얻게 되면
오올 적 다시 츠자	올 적 다시 찾아
두루막이 버셔 줌시	두루마리 벗어 줄게요."

　　절터라고 찾아왔더니 거지꼴을 한 사람이 그나마 지닌 겉옷을 내놓으라고 합니다. 기분이 상했지만, 빈말로 약속하며 점잖게 물러납니다. 구강은 앞으로도 옷 때문에 고생을 많이 하는데요, 복선으로 보여요. 계속 북으로 가서 남관이란 곳에 다다라, 이번에는 구강이 장난으로 장사꾼에게 무리한 흥정을 요구합니다.

져 건너 다리 아릐	저 건너 다리 아래
사룸들이 못거셧늬	사람들이 모였으니
벌거벗고 물의 드러	벌거벗고 물에 들어
연어 잡기 흔다커늘	연어 잡기 한다고 하거늘,
돈 서푼 손의 쥐고	돈 서푼 손에 쥐고
<u>거즛 소라 건너가니</u>	거짓 사러 건너가니
슈쳑 은린 잡아 늬야	몇 쳑 월쳑 잡아
풀망틔의 드리치니	풀 망태에 들이치니
보기도 장ㅎ거니	보기도 장하거니!
져 사룸들 시험ㅎ여	저 사람들 시험하여
그 듕의 뮈운 놈긔	그중에 미운 놈에게,

이분네 고기 ᄉ시	"여보, 고기 살게요."
ᄉ랴거든 ᄉ 가시오	"사려거든 사가시오.
두돈팔푼 니랴시나	두 돈 여덟 푼 내시려오?"
흥정의 에누리를	"흥정에는 에누리라고
이젼의 들엇거니	예전에 들었소.
이분네 욕심만타	형씨 욕심 많네.
흔흔 고기 과흔 갑시	흔한 생선 과한 값이요.
내 소견과 엉똥ᄒ니	내 소견과 다른데,
서푼 밧고 팔냐시나	서푼 받고 파시려오?"
어듸 잇ᄂ 킈 큰 냥반	"이런 싱거운 양반이?
열 업슨 말 다시 마샤	헛소리 다시 마소.
아모 철도 모로면셔	철딱서니도 없이
고기 ᄉ쟈 ᄒ눈고나	생선 사려 하시오?"
그져 ᄒ나 건네올가	"그저 하나만."
이 냥반 어셔 가시	"이 양반 어서 가셔!"
이스라면 아니 갈가	있으라면 안 갈까?
가라 ᄒ니 가노메라	가라니까 가야지.

　〈관동별곡〉이나 다른 기행 가사에는 화자 자신의 이런 행패가 나오지 않습니다. 이어서 이빨 없이 간식 먹느라 쩔쩔매는 자신의 모습도 나옵니다. 아까 말씀드렸듯 이렇게 장난도 치고, 다른 양반 작가들과 달리 자신의 약점을 포장하거나 꾸미지 않고 솔직하게 말해요.

그렇게 이상한 사람들도 만나고 때로는 우스꽝스러워지지만, 목적지가 갈린 일행들과 이별하여 아쉬운 발걸음을 옮기면서도 암행어사로서 사명감은 잊지 않고 있습니다.

헌 누더기 입은
뉴가 남진인지 계집인지
어린 자식 등의 업고
즈란 즈식 손의 셜고
울면서 눈물 뻣고
업더지며 오는 모양
츠마 보지 못홀너라
나즉이 뭇넌 말솜
어듸로셔 죠추 오며
어듸러로 가랴논고
쥬려들 가논인가
가게 되면 어더 먹나
아모 데도 혼가지라
날 짜라 도로 가면
즈니 원님 가셔 보고
안졉호게 호야 줍시
겨우 겨우 디답호되
우리 곳은 댱진이라

헌 누더기 입고서,
누가 남편인지 아내인지
어린 자식 등에 업고
자란 자식 손에 잡고
울면서 눈물 씻고
엎어지며 오는 모양
차마 보지 못할러라.
나직이 묻는 말씀
"어디서 와서
 어디로 가는 길이시오?
 굶주려서 떠났다면,
 어디 간들 얻어먹소?
 아무 데나 마찬가지라.
 날 따라 도로 가면
 당신들 고을 원님 통해
 무사히 데려다줄게요."
겨우겨우 대답하되,
"우린 장진에서 왔소.

고전시가 수업

여러 히 흉년 들어

살 길이 업노 듕의

도망훈 이 신구환을

잇노 쟈의 물너라니

졔것도 못 바치며

남의 곡식 엇디 홀고

못 바치면 미마즈니

미맛고 더욱 살가

졍쳐 업시 가게 되면

죽을 쥴 알건 마노

아니 가고 엇디호리

굼고 맛고 죽을 디경

츌하리 구렁의나

념녀 업시 뭇치이면

도로혀 편홀지라

이런고로 가노메라

급히 급히 넘어가쟈

이 빅셩들 살녀보셰

여러 해 흉년 들어

살길 없던 중에

도망친 사람 묵은 빚을

남은 자들이 물라니,

내 것도 못 낼 지경에

남의 것은 어쩔까?

못 바치면 매 맞으니,

매 맞으면 죽는 목숨.

정처 없이 가게 되면

죽을 줄 알지만,

안 가고 어쩌리?

굶어 죽으나, 맞아 죽으나.

차라리 구덩이에 묻혀

고통 없이 죽게 되면

도리어 편할지라.

그래서 떠났지요."

어서 빨리 넘어가자.

이 백성들 살려보세.

나라에 진 빚인 환곡을 갚지 못하고, 도주한 이들 몫까지 더 부담
해야만 하니 그야말로 '죽음의 행군'을 하는 백성을 만났어요. 돌아가
라 설득한들 소용이 없자, 이 백성들 살리겠다고 어사 출두하러 움직

245

입니다. 암행어사답지요? 아까 장난치던 표정은 싹 사라지고 진지해졌습니다. 이 책임감은 미약하나마 정책 자체에 대한 비판으로 이어집니다. 한문 문학이나 고전소설에는 이런 식의 현실 비판의식이 제법 나오는데, 고전시가의 경우 일부 현실 비판 가사 등을 제외하면 19세기까지는 찾아보기 어려운 장면입니다.

둘지녕을 올나셔셔	둘째 고개 올라가서
고을 디경 바라보니	고을 지경 바라보니
열 집의 닐곱 집은	열 집에 일곱 집은
휑그러니 뷔엿더라	휑하니 비었더라.
읍듕으로 드러가니	읍내로 들어가니
남은 집의 곡셩이라	남은 집에 통곡 소리
젼년의 이쳔여 호	작년에 이천여 호,
금년의 칠빅 호라	올해는 칠백 호라.
미혹훈 뉴부ᄉ와	어리석고 답답한
답답훈 니도호ᄂ	고을 수령들은
국곡도 즁커니와	나라 살림 중하지만
인명인들 아니 볼가	사람 목숨 왜 못 보나?
빅셩 업ᄂ 곡식 바다	백성 없는 곡식 받아
그 무어셰 쓰랴ᄒ노	무엇에 쓰려느냐?
츌도훈 후 젼녕ᄒ야	출두한 후 명령 내려
니징 쪽징 업시ᄒ고	남의 세금 못 옮기게

허두잡이 호역들을	집집마다 허튼 세금
태반이나 더러쥬고	반 넘게 떨어 주고
신구환 칠만 셕은	밀린 환곡 칠만 석
탕감ᄒᆞ쟈 알외짓네	탕감하자 아뢰었네.
디력은 다 진ᄒᆞ고	땅의 힘 떨어지고
텬긔ᄂᆞᆫ 일치워셔	하늘 날씨 추워서
만각 곡이 아니 되니	모든 농사 다 안 되니
그 빅셩이 이슬소냐	백성이 남아날까?
진으로 읍 되기ᄂᆞᆫ	진이 읍으로 성장하긴
혜마련 그릇ᄒᆞ고	애초에 글렀고,
읍으로 진이 되면	읍이 진으로만 떨어져도
도로혀 다힝ᄒᆞᆯ네	그나마 다행이겠다.

그래서 장진에 갔더니 인구 감소가 엄청납니다. 밑줄 친 부분은 백성 없이 나라의 재정만 늘려 무엇하겠느냐는 아주 의미심장한 표현이죠. 농사가 안 되니까 인구가 주는데, 가혹한 환곡이 민생을 더 어지럽힌다고 합니다. 그러나 이런 의젓한 모습은 필요할 때만 보이고요. 다른 지역 관가의 초라함을 불편해하고 비웃던 끝에, 결국 "못 살너라 못 살너라 눅진서는 못 살너라."라고 선언합니다. 이 선언은 "이러한 사람들이 손 대접 알가 보냐?"라는, 함경도 민심에 대한 조롱으로 이어집니다.

졀도ᄒ다 너희 인스	훌륭하다. 함경도 인사
세 번지논 엇던턴고	세 번째는 어떨까?
이리로 들논 말이	이리로 들어오란 말을
안으로 붓ᄒ라데	안으로 붙으라네.
아모리 붓ᄒ랴니	아무리 붙으라나
ᄂᆡ외가 각별ᄒ다	내외가 각별한데.

밖은 추우니까 안으로 들어오라는 말을 함경도에서 "안으로 붓ᄒ라."고 하나 봅니다. 언어문화의 차이를 고려하더라도 "붙으라."는 성관계를 연상시키는 표현이니 괴이하다는 것이지요. 그렇게 함경도의 풍속에 거리를 두지만, 생계를 위해 험난한 허항령(虛項嶺)을 오르다 목숨을 잃는 이들을 생각하며 안타까운 시선을 보이기도 해요. 조롱은 그냥 장난일 뿐이고, 낯설고 어려운 함경도 백성들일지언정 위험한 상황에서는 마음을 같이합니다.

이 고기 넘어가면	이 고개 넘어가면
허항녕이 거긔로다	허항령에 다다른다.
이 고기 넘으랴니	이 고개 넘으려니
사룸마다 눈물이라	사람마다 눈물이라.
허항녕 어렵기논	허항령 어렵기는
북관의 유명ᄒ니	함경도에 유명하니
열 사룸 오르다가	열 사람 오르다가

다삿 여삿 죽는다데	다섯 여섯 죽는다네.
산신이 지악ᄒ여	산신령이 사악해서,
과긱이 죠곰ᄒ면	과객이 좀 실수하면
목이 공연 ᄲᅡ지기의	목이 괜히 빠지기에
녕 일홈이 허황일네	고개 이름 '허항'이네.
그러ᄒ기 이 녕의논	그러므로 이 고개에
왕닉인이 업다ᄒ데	오가는 이 없다 하네.
수쳔니 타향 긱이	수천 리 타향에서 온 손님
사싱을 모로거니	죽고 살 줄 모르는데
져 사름들 우는 뜻이	저 사람들 우는 뜻이
뮙지 아닌 이 늙은이	밉지 않은 이 늙은이
죽으라 가ᄂ 일이	죽으러 가는 길이
ᄌᆞ연이 불샹ᄒ니	자연히 불쌍하니
아모리 북인인들	아무리 함경도 사람들이라도
측은지심 업슬소냐	측은지심 없을쏘냐?

구강은 허항령에서 많은 이들이 죽었다는 것을 알고는 숙연해져요. 그러자 함경도 사람들은, 악명 높은 허항령을 수천 리 밖에서 온 늙은 구강이 넘는다니까, "죽으라 가ᄂ 일이 ᄌᆞ연이 불샹ᄒ니" 하고 측은지심을 발휘합니다. 구강 역시 "아모리 북인인들 측은지심 업슬소냐?"하며 그 마음을 밉지 않다고 하며 함경도 사람과 공감하지요. 죽음에 대한 공포로 함경도민과 하나가 되었지요? 그리고 죽음 앞에서 더 솔직한 모습을 보이기도 해요.

죽은들 엇디 ᄒ리   죽은들 어떠리?

혈마 엇더ᄒ올손가   설마, 어떨까?

                         (중략)

내 경샹 위급ᄒ니   내 신세 위급하니

ᄉ지가 동히ᄂ 듯   사지가 굳는 듯.

말ᄒ랴니 홀 길 업고   말하려니 할 길 없고

얼골이 검푸르니   얼굴이 검푸르니

방인이 황급ᄒ야   옆 사람이 황급히

봉셔 마픠 거두면서   봉서, 마패 거두면서

눈물이 방방ᄒ니   눈물을 흘리는데

속으로 한심ᄒ데   속으로 한심하더라.

졍신을 가다듬아   정신을 가다듬어

궐연이 이러셔며   힘내서 일어서며

슐 혼 쟌 마신 후의   술 한 잔 마시고

강개히 속의 말이   비장하게 한 말씀.

디신들은 호위ᄒ여   "토지신들, 호위하여

악긔를 쑈ᄎ 쥬소   악귀를 쫓아 주소.

왕명으로 오ᄂ 샤쟈   왕명으로 오는 사자

디신인들 모를소냐   신들도 아실 테죠?

봉니 산쳔 신령들이   금강산 신령님들도

쏘혼 우리 왕신이라   우리 임금님 신하니까

아니 돕고 엇디 ᄒ리   안 도우면 안 되오.

흐리 급히 급히 보옵쇼셔   어서어서 살펴주오."

(이하 생략)

　말씀드렸듯 괴력난신을 부정하는 유학자가 슬김이기는 하지만 공포에 질려 토지신과 산신령들에게 빌고 있어요. 그러면서 당신들도 우리 임금님 신하니까, 왕명으로 온 우리를 돕지 않을 수 없다고 충성심에 호소하네요. 엉뚱하지만 참 인간적입니다.

　〈북새곡〉의 채 1/10도 못 보았네요. 그렇지만 낯선 함경도의 사람과 문화에 대한 작가의 애증과 복합적 시선, 그러면서도 백성의 처지에 대한 연민과 부당한 정책을 비판하는 암행어사로서의 책임감을 엿볼 수 있었습니다. 기행 가사는 분량도 길고 가독성이 떨어지는 경우가 많지만, 〈북새곡〉은 솔직하고 친근한 화자 덕분에 비교적 편안히 볼 수 있어요. 다른 기회에 더 자세히 말씀드릴 수 있길 바랍니다.

고전시가 수업

제 12장

여성화자의 목소리와
근대적 가사

1. 〈노처녀가〉, 장애는 극복 대상인가

한때 혼인은 인간 존엄성의 문제이기도 했습니다. 자신이 원하는 대로 혼인해야 한다는 문제의식이 고전소설 〈춘향전〉을 통해 적극적으로 표현된 적도 있지요. 이 문제를 나이 많은 장애인 여성의 문제로까지 확장한 작품이 《삼설기》의 〈노처녀가〉입니다.

〈노처녀가〉는 두 종류가 있습니다. 《조선신구잡가》에 수록된 작품은 몰락 양반인 부모 탓에 혼인하지 못한 여성의 한탄이, 《삼설기》라는 소설집에 실린 작품은 장애인 여성이 자신의 장애를 딛고 혼인에 이르는 과정이 대조적으로 드러나 있어요. 혼인 문제에 국한되었다는 한계는 있지만, 가족 관계 안에서 빚어지는 불만과 갈등을 드러낸 점은 효 윤리에 따른 순종을 미덕으로 보았던 태도와는 구별되는 요소겠죠. 특히 《삼설기》 수록 〈노처녀가〉는 장애인의 인권 문제를 본격적으로 다룬, 고전시가에서 매우 드문 사례입니다. 약간 희화화된 면은 없지 않지만, 사설시조와 같은 수위의 공격적인 풍자보다는 해학에 가까워 보여요. 여기서는 《삼설기》에 실린 작품을 읽습니다.

발췌하여 읽을 거라서 정리를 먼저 하겠습니다. 말씀드렸듯 이 작품의 화자는 장애인입니다. 그런데 자신이 한 사람 몫을 충분히 할 수 있다며 떳떳해 합니다. 그리고 자신의 혼인은 자신이 선택하지, 가족이 정해 주는 게 아니라는 점을 자각하고 있습니다. 자아를 발견한 셈이지요. 장애인의 떳떳한 자아 발견과 혼인이라는 제재는 다른 시가 작품에서 흔하지 않은 소중한 겁니다. 그런데 후반부에서는 신기하게 장애가 사라지고 부귀영화를 누리네요.

〈노처녀가〉의 화자는 장애인으로서 자아를 발견하고, 자신도 남들과 평등하다는 가치를 항변하고 있습니다. 그런데 이 문제를 자신의 자아에 한정하고, 모든 장애인이 겪는 제약으로까지 인식을 확장하지는 못했습니다. 첫술에 배부를 수 없듯, 장애의 문제를 제기한 초기 작품에 너무 많은 것을 바라면 무리이겠죠. 그러나 2절에서 볼 〈덴동어미화전가〉는 주인공의 경험과 상황을 누구나 겪고 공감할 수 있는 보편적인 문제로 다루고 있거든요. 〈노처녀가〉의 문제 제기는 훌륭했지만, 다른 장애인들도 이 작품의 화자처럼 장애를 극복할 수 있을까요? 결국 장애를 개인의 노력으로 극복해야 할 대상으로 결론 내린 것처럼 보여서 조금 아쉽습니다.

녜젹의 흔 녀지 잇스되 **일신니 가즌 병신이라** 나히 사십이 넘도록 츌가치 못ᄒᆞ여 그져 쳐녀로 잇쓰니 옥빈홍안이 스스로 늙어가고 셜부화용이 공연니 업셔쓰니 셔름이 골슈의 밋치고 분함이 심즁의 가득ᄒᆞ여 밋친듯 취ᄒᆞᆫ듯 좌불안셕ᄒᆞ여 셰월를 보니더니 일 〃은 가만니 탄식왈 하나리 음양를 니시미 다 각기 졍ᄒᆞ미 잇거늘 나는 엇지ᄒᆞ여 이러ᄒᆞ고 셟

기도 층양업고 분ᄒ기도 그지 업닉 이쳐로 방황ᄒ더니 믄득 노릭를 지어 화창ᄒ니 갈와시되

옛적에 한 여자 있으되 일신이 갖은 병신이라. 나이 40이 넘도록 출가하지 못하여 그저 처녀로 있으니, 곱던 얼굴 스스로 늙어 가고 피부도 속절없이 허물어져 시름이 골수에 사무치고 분한 마음 그득하여 미친 듯 취한 듯 어쩔 줄 모르며 세월을 보내더니, 하루는 가만히 탄식하여 말한다. "하늘이 음양을 내심에 다 각기 짝이 있거늘, 나는 어찌하여 이러할꼬? 서럽기 헤아릴 수 없고 분하기도 그지없네." 이처럼 방황하더니 문득 노래를 지어 부르니, 다음과 같다.

도입부에 짤막하게 들어가는 내용이에요. 본문의 시작 부분과 겹치는 내용도 있는데요. 장애인이라는 문제를 나이 40살 노처녀라는 것보다 먼저 내세웠네요. 그런데 이 나이는 본문에서는 50살이라고 해요. 나이야 아무래도 좋고, 장애인이라는 문제 상황에 더 관심 있나 보네요. 겹치는 부분을 빼고 보면, 부모님에 대한 원망부터 본격적으로 시작합니다.

부모님도 야속ᄒ고	부모님도 야속하고
친척들도 무졍ᄒ다	친척들도 무정하다.
닉 본시 둘짓 쫄노	내 본디 둘째 딸로
쓸딕업다 ᄒ려니와	쓸데없다 하려니와

니 나흘 혜여보니	내 나이 헤아리니
오십 줄에 드러고나	50줄에 들었구나.
먼져 누흔 우리 형님	먼저 나온 우리 형님
십구 셰의 시집가고	19살에 시집가고
셋지의 아오년는	셋째 아우 년은
이십의 셔방 마즈	20살에 서방 맞아
틱평으로 지니는디	태평으로 지내는데,
불상흔 이 니 몸은	불쌍한 이내 몸은
엇지 그리 이러호고	어찌 그리 어려운고?
어니덧 늙어지고	어느덧 늙었고
츠릉군이 되거고나	처량꾼(?)이 되었구나!
시집이 엇더훈지	시집이 어떠한지
셔방 맞시 엇더훈지	서방 맞이 어떠한지
싱각호면 싱승상승	생각하면 싱숭생숭
쓴지 단지 니 몰니라	쓴지 단지 내 몰라라.

　가족이라는 공동체가 자신의 문제를 해결해 주길 바라지만, 그들은 장애인인 자신의 처지에 전혀 공감해 주지 않습니다. 그렇다면 비슷한 처지의 장애인 주체를 찾아 공감하면 좋았을 텐데, 그 대신 혼자서 해결해 보려고 합니다. 이렇게 개인 차원의 주체가 노력하는 것 자체만으로도 의미는 있어요. 남과 다른 자신의 몸이 '다름'이지, '틀림'이 아님을 분명히 자각하고 있기 때문이죠.

<table>
<tr><td>늬 비록 병신이나</td><td>내 비록 병신이나</td></tr>
<tr><td>남과 갓치 못할숀냐</td><td>남처럼 못할쏘냐?</td></tr>
<tr><td>늬 얼골 얽다 마쇼</td><td>내 얼굴 얽다 마소,</td></tr>
<tr><td>얽은 궁게 슬긔 들고</td><td>얽은 구멍에 슬기 들고</td></tr>
<tr><td>늬 얼골 검다 마쇼</td><td>내 얼굴 검다 마소,</td></tr>
<tr><td>분칠ᄒ면 아니 흴가</td><td>분칠하면 아니 흴까?</td></tr>
<tr><td>ᄒ편 눈니 머러쓰나</td><td>한쪽 눈이 멀었지만</td></tr>
<tr><td>ᄒ편 눈은 밝아잇늬</td><td>한쪽 눈은 밝았네.</td></tr>
<tr><td>바늘귀를 능히 쮜니</td><td>바늘귀를 능히 꿰니</td></tr>
<tr><td>보션볼를 못 바드며</td><td>버선볼을 못 다룰까?</td></tr>
<tr><td>귀먹어다 나무러나</td><td>귀먹었다 나무라나</td></tr>
<tr><td>크게 ᄒ면 아라 듯고</td><td>크게 하면 알아듣고</td></tr>
<tr><td>쳔동쇼리 능 듯늬</td><td>천둥소리 능히 듣네.</td></tr>
<tr><td>오른숀으로 밥 먹으니</td><td>오른손으로 밥 먹으니</td></tr>
<tr><td>왼숀ᄒ여 무엇할고</td><td>왼손 있어 무엇할꼬?</td></tr>
<tr><td>왼편 다리 병신이나</td><td>왼쪽 다리 병신이나</td></tr>
<tr><td>뒤간 츌닙 능히 ᄒ고</td><td>뒷간 출입 능히 하고</td></tr>
<tr><td>코구멍이 믹〃 하나</td><td>콧구멍이 먹먹하나</td></tr>
<tr><td>늬음시는 일슈 만늬</td><td>냄새는 그런대로 맡네.</td></tr>
<tr><td>닙살리 푸르기는</td><td>입술이 푸르다면</td></tr>
<tr><td>연지빗흘 발나보시</td><td>연지 빛깔 발라 보세.</td></tr>
</table>

엉덩쌔가 너르기는　　　　골반이 넓기는

히산 잘헐 징본이오　　　　출산 잘할 증거이고,

가삼이 뒤앗기는　　　　　가슴이 뒤에 있어

즌일 줄헐 괴골일시　　　　궂은일 잘할 뼈대일세.

턱 아리 거문 혹은　　　　턱 아래 검은 혹은

츄어 보면 귀격이오　　　　치켜 보면 귀한 느낌

목이 비록 옴쳐시나　　　　목이 비록 움츠렸지만

만져보면 업슬손가　　　　만져 보면 없겠나?

　　화자는 자신의 장애를 자각한 끝에, 남과 같지 못할 이유가 없다고 해요. 질병과 장애를 호기롭게 무시하죠. 얽은 얼굴에 슬기가 들고, 검은 얼굴을 분칠하면 된다는 것, 나름대로 차이의 가치를 항변하고 있어요. 설득력도 있고요. 다음 내용은 어떨까요? 그러다가 한쪽 눈만 뜨고 있으므로 도리어 바늘귀를 잘 꿴다거나, 뒤쪽에서는 가슴이 뒤에 있는 척추 장애인이라서 궂은일 더 잘한다는 등, 다시 자신감을 되찾고 장애를 익살스럽게 표현하고 있네요. 하지만 어떤 내용은 좀 달라요. 귀먹었어도 천둥소리는 알아듣는다? 목이 움츠러들었지만 만져 보면 없지 않다? 해학적인 여유보다는 어쩐지 소극적 변명에 가까워요. 같은 단락 안에서도 진지함과 해학, 소극적 변명과 자기 희화화 등이 뒤섞여 있습니다. 자신의 장애를 바라보는 태도가 시시각각 달라지고 있다는 것이지요.

니 얼골 볼작시면	내 얼굴 볼작시면
곱든 비록 아니ᄒ나	비록 곱진 않더라도
일등 슈모 불너다가	1등 도우미 불러
헌거롭게 단장ᄒ며	화려하게 화장하면
남디ᄃ 맛는 셔방	남들 다 맞는 서방
닌들 혈마 못 마즐가	설마 못 맞을까?
얼골 모냥 그만두고	얼굴 모양 그만두고
시족 힝실 웃듬이니	양반다운 행실도 으뜸이니
니 본시 춍명키로	내 본디 총명하니
무슨 노릇 못할숀냐	무슨 일인들 못할쏘냐?
기억 ᄌ 나냐 ᄌ를	기억나냐 한글을
십 년 만의 ᄶ쳐니니	10살 만에 깨쳤으니
효힝녹 열녀젼을	효행록 열녀전을
무슈히 슉독ᄒ미	무수히 열심히 읽어
모를 힝실 바이 업고	모를 행실 하나 없으니
구고 보양 못홀숀가	시부모 봉양 못 하겠냐?
즁인니 모힌 곳의	사람들 모인 곳에
방구 쒸여 본 일 업고	방귀 뀌어 본 일 없고
밥쥬걱 업허노와	밥주걱 엎어 놓아
니를 죽여 본 일 업니	이를 죽여 본 적 없네.
장독쇼리 볏겨니여	장독 뚜껑 벗겨서
뒤몰그릇흔 일 업고	뒷물 그릇으로 쓴 일 없고

양치되를 집어닉여	칫솔을 집어내어
측목허여 보 일 업닉	밑 닦은 일도 없다네.
이닉 힝실 이만ㅎ면	이내 행실 이만하면
어듸 가셔 못 살숀가	어디 가서 못 살쏘냐?

자신이 남과 다를 게 없다는, 실은 다를 게 없어야 한다는 희망은 계속 이어져요. 그러나 희망 못지않게 현실에 대한 자각도 비교적 냉철하게 이루어지고 있네요. 자신이 곱지 않다는 현실을 인지하는 한편(장애 때문에 곱지 못하다고 느낀 것일 수도 있음), 자신의 총명함을 통해 앞의 장애를 포함한 여러 난관을 극복하리라 전망하고 있어요.

익살과 자기 희화화도 계속 이어집니다. 밥주걱을 엎어서 이를 잡은 적 없다거나, 장독 뚜껑을 뒷물 그릇으로 쓰지 않았다고 자랑하는데, 칫솔로 밑을 닦는다?! 보통은 저런 도구를 저렇게 활용할 상상 자체를 하기가 더 어렵지 않을까요? 역시 발상이 예사롭지 않네요. 마음의 여유를 부리자고, 그래서 웃자고 한 표현으로 생각해 봅시다.

이 내용 다음으로 생활의 지혜 비슷한 것들이 나열돼요. 규방 가사 가운데 시집살이의 지침을 가르쳐 주는 '계녀가' 유형에 이런 정보가 흔히 실려 있곤 합니다. 참고로 규방 가사는 시집살이의 팁을 알려 주는 계녀가, 고된 시집살이를 한탄하는 자탄가, 시집살이에서 잠깐 해방되어 봄에 화전놀이 가는 즐거움을 노래한 화전가 등의 유형이 있습니다. 이 작품 읽고서 마지막으로 살펴볼 〈덴동어미화전가〉는 이 중에 화전가 계열에 속해요.

그러고 나서 정말 일에 대해 잘 알고, 일을 잘하는 모습이 묘사됩니다. 장애인은 그저 '다른' 사람일 뿐이구나 하는 생각이 절로 듭니다. 그래서 "늬 얼골 이만ᄒ고 늬 행실 이만ᄒ면 무슨 일의 막힐손가"라는 뚜렷한 자긍심과 구체적인 삶의 의지를 지니게 되죠. 이렇게 자신의 약점까지 인정, 긍정할 사람은 흔치 않을 거에요. 그러니까 나중에는 있는 그대로 자신의 모습을 사랑할 수 있는 사람을 찾아 나설 자격이 생기지요.

이와는 달리 〈박씨전〉이나 〈금방울전〉 같은 고전소설의 여주인공은 변신, 변장을 비롯한 다른 장치를 통해 자신의 외모를 고치거나 외면의 약점을 극복하곤 하죠. 그렇다면 이 노처녀는 천편일률적인 '재자가인' 유형의 주인공을 대체하는 캐릭터라 할 수도 있지 않을까요?

그러나 장애를 의식하지 않는 자존감과 일 잘하는 능력을 갖춘 주인공도 어쩌지 못할 제약이 등장합니다. 바로 나이를 먹어 간다는 것이죠.

뒤 귀 밋히 흰털 나고	두 귀밑에 흰털 나고
이마 우희 살 잡히니	이마 위에 살 잡히네.
운빈회안이	젊디젊던 얼굴
어늬덧 어디 가고	어느덧 어디 가고
쇽졀업시 되거고나	속절없이 되었구나!
긴 한슘의 쯔른 한슘	긴 한숨 짧은 한숨,
먹는 것도 귀치 안코	먹기도 귀찮고
닙는 것도 죠치 안타	입기도 안 좋다.

어룬인 체 ᄒᆞᄌᆞ ᄒᆞ니	어른 행세 하자 하니,
머리 짜흔 어룬 업고	머리 땋은 어른 없고
ᄂᆡ인이라 ᄒᆞᄌᆞ ᄒᆞ니	내인이라 하자 하니,
귀밑머리 그져 잇ᄂᆡ	귀밑머리 남아 있네.

앞에서 장애 문제는 의연하게 인식하고 떳떳이 자아를 발견했지만 세월의 흐름은 어쩔 수 없나 봅니다. '운빈화안(雲鬢花顔)'은 중국 시인 백거이(白居易: 772~846)의 〈장한가(長恨歌)〉에 나온 표현인데요, 구름 같은 머릿결과 꽃 같은 혈색 좋은 젊은 얼굴을 뜻합니다. 어쩔 수 없는 시간의 흔적을 한탄하다가 돌연 언니의 혼인을 회상해요.

얼시고 죠흘시고	얼씨구 좋을씨고!
우리 형님 혼일헐 졔	우리 언니 혼인할 때
슉슈 안쳐 음식 ᄒᆞ며	요리사 음식하며
지의 쌀고 추일 치며	자리 깔고 양산 쳐서
모란 병풍 둘너치고	모란 병풍 둘러치고
교쥬상의 와룡쵸디 셰워노코	교자상에 용틀임 촛대 세워 놓고
부용향 퓌우면셔	연꽃 향 띄우면서
<u>나쥬불</u> 질너 노코	심지에 불 켜 놓고
신낭 온다 왁ᄌᆞᄒᆞ고	신랑 온다, 왁자지껄
젼안ᄒᆞ다 쵸례ᄒᆞ다	기러기 놓고 맞절한다.
왼집안 그러헐졔	온 집안 그럴 적에

빈방 안의 혼주 이셔	빈방 안에 혼자서
창틈으로 여어 보니	창틈으로 엿보니
신낭 풍신 죠코	신랑 풍채 좋고
스모풍딩 더옥 죠타	옷차림 더욱 좋다.
형님도 져러ᄒᆞ니	언니도 저랬으니
나도 아니 져러ᄒᆞ랴	나도 저렇지 않을까?
ᄎᆞ례로 할작시며	차례로 하다 보면
늬 안니 둘지런가	내 순서 둘째 아닐까?
형님을 치워시니	언니를 보냈으니,
나도 져러할 거시라	나도 그럴 것이라.
이쳐로 졍훈 마음	이렇게 정한 마음
〃〃딘로 안이 되어	마음대로 아니 되어
괴약훈 아오년이	고약한 아우년이
먼져 츌가훈단 말가	먼저 출가한단 말인가?
ᄭᅩᆷ결에나 싱각ᄒᆞ며	꿈결에나 생각하며
의심이나 잇슬숀가	의심이나 했던가?
	(중략)
손님 보기 붓그럽고	손님 보기 부끄럽고
일가 보기 더옥 실타	일가 보기 더욱 싫다.
늬 신셰 어이할고	내 신세 어이할꼬?
익고〃〃 셔른지고	애고, 애고. 서러워라.
셜쑤도 셔룬지고	서럽기도 서러워라!
살고 시푼 뜻지 업늬	살고 싶은 뜻이 없네.

"나쥬불"은 '나조대'에 달린 불인데요, 나조대란 예식에서 신붓집에서 불 켤 때 쓰는 물건으로, 갈대나 새나무를 잘라 기름 붓고 종이로 싼다고 해요. 정확하지 않지만, 그냥 심지라고 의역해 보았네요.

주인공은 혼자 빈방에 숨어 잔치를 봅니다. 상대적으로 고독하죠. 그런데 다음은 내 차례인 줄 알았는데, 동생이 먼저 시집갑니다. 자신의 장애 탓일까요? 상대적인 박탈감이 더해집니다. 혼자서는 자신의 가치를 얼마든지 발견하고 자존감을 키웠던 주인공이지만요. 가족들이 주는 고독과 박탈감은 마지막 줄에서 "살고 시푼 뜻지 업니."라고 할 정도의 설움을 느끼게 합니다. 첫 장면의 당당함은 사라지고, 주인공은 조바심과 억울함 탓에 죽고 싶다고도 해요. 늙어 가는 조바심과 아우에 대한 박탈감 탓이지요.

그러나 죽는 대신 가족이 주는 차별과 박탈감을 벗어나기 위해, 주인공은 자기 배우자는 스스로 골라야겠다는 결심을 합니다. 다시 전환이 이루어지는 셈이지요.

돌통디를 닙의 물고	담뱃대를 입에 물고
고기를 끄덕이며 궁니ᄒ되	고개를 끄덕이며 궁리하되
닉 셔방를 닉 갈희지	내 서방을 내가 뽑지
남다려 부탁할가	남에게 부탁할까?
닉 엇지 미련ᄒ여	내 얼마나 미련하면
이 의ᄉ을 못닉쎤고	이 생각 못 했을까?
마일 발셔 씨쳐더면	만약 진작 깨우쳤다면
이 모양이 되어실가	이 모양이 되었을까?

쳥각 먹고 싱각ㅎ니	바로 깨닫고 생각하니
아죠 쉬운 일이로다	아주 쉬운 일이로다.

밑줄 친 부분이 바로 전환의 시작입니다. 이제부터 장애 문제의 비중은 대폭 줄어 거의 나타나지 않게 돼요. 그래서 점을 친 끝에 김 도령과 권수재라는 두 명의 신랑감 후보가 등장하는군요.

져 건너 김도령이	저 건너 김도령이
날과 셔로 년갑이오	나와 서로 동갑이오.
뒤골목의 권슈ㅈ는	뒷골목 권수재는
늬 나 보덤 더흔지라	내 나이보다 많다.
<u>인물 죠코 쥴기추니</u>	인물 좋고 기운차서
슈망의논 김도령이오	1순위는 김도령이고
부망의논 권슈지라	2순위는 권수재라.
각〃 셩명 쎠가지고	각각 이름 써서
쇠침통을 흔들면셔	쇠침통을 흔들면서
숀 고쵸와 비는 말이	손 모양 고쳐 빌기를,
모년 모월 모일 야의	오늘 밤에
스십 너문 노쳐녀는	40 넘은 노처녀는
업디여 뭇잡나니	공손히 여쭙습니다.
	(중략)
흔들〃〃 놉히 들어	흔들흔들 높이 들어

쇼침 호나 쌔혀니니	쇠침 하나 빼내니
슈망치던 김도령이	1순위 김도령이
쳣가락의 나단 말가	첫 가락에 났단 말인가!

"인물 죠코 쥴기츠니"라고 나오지요? 결국 이 주인공도 인물과 건강 상태를 봅니다. 나이도 김도령은 동갑이고 권수재는 연상인데, 동갑을 더 선호하죠. 조건이나 환경을 따지는 건 현실적이지요.

자신과 같은 장애를 지닌 사람들을 주인공은 어떻게 생각했을까요? 나중에 장애가 다 사라지는 장면이 나오는 걸 보면, 결국 주인공은 장애인을 자신과 연대해야 할 동료 혹은 동류로는 생각하지 않았던 것 같아요. 그리고 결국 혼인을 위해 가족 공동체의 도움을 받습니다. 장애라는 문제 제기가 갈수록 희석되고, 결국 사라지는 느낌은 시대적 한계를 짐작케 합니다. 오늘날의 시점에서는 조금 아쉬움이 있지요. 여하튼 듬직하고 건강한 동갑 배우자가 생긴다는 생각에 너무나 기뻐합니다. 그러다가 정신을 진정하고 잠이 들어요. 꿈속 세계로 가 혼인합니다. 어째 깨어난 뒤가 좀 불안해지는데요. 현실도 꿈대로 이루어지길 빌어 봅니다.

평싱의 미친 이년	평생에 맺힌 인연
<u>오날밤 츈몽 즁의</u>	오늘 봄날 밤 꿈속에
혼이니 되거고나	혼인이 되었구나.
압쓸의 초일 치고	앞뜰에 양산 펴고

뒤쯸의 숙슈 안고	뒤뜰에 요리사 앉아
화문방셕 만화방셕	꽃무늬 방석
안팟 업시 포셜ᄒ고	안팎 없이 차려 놓고
일가권쇽 가득 모혀	일가친척 가득 모여

(중략)

늬 몸을 구버 보니	내 몸을 굽어보니
어이 그리 잘낫던고	어찌 그리 잘났던지
큰 머리 쓰는 잠에	큰 머리 끼운 비녀
쥰쥬투심 갓쵸 ᄎ고	진주 장식 갖추었고
귀의고리 룡잠이며	귀고리 용비녀
속 〃 드리 비단옷과	속속들이 비단옷과
진홍디단 치마 닙고	붉은 비단 치마 입고
닙고 옷골음의 노기을	옷고름에 노리개를
엇지 이로 다 이루랴	어찌 말로 다 묘사할까?

언니의 혼례 못지않게 많은 이들이 축하해 주고, 자신의 아름다운 모습에 자신이 놀랄 정도로 꿈만 같습니다. 꿈만 같으니까 꿈이겠지요. 잠깐의 기쁨 뒤에, 다음 장면에서 개와 닭이 합세해서 주인공을 깨웁니다. 나중에 보면 이 여성이 개밥을 열심히 챙겨 줬건만, 참 야속하죠.

그러나 편안한 꿈속에서만 안주하기보다는 그 편안함을 떨치고 나와야 뭐가 되도 되는 법입니다. 그래서인지 계몽기의 글에는 꿈에서 깨라는 얘기가 여러 번 나오기도 하는데요. 꿈에서 올라갔다가 현실로 돌아와 떨어지는 주인공의 모습을 한번 보시죠.

이쳐로 노일다가	이렇게 노닐다가
즛독의 바람 드러	지독히 바람 불어
이연을 못 일우고	인연을 못 이루고
기 쇼리의 놀나 끼니	개 짖는 소리에 놀라 깨니
침상 일몽이라	한바탕 꿈이구나.
심신이 황홀ᄒ여	몸과 맘이 황당하여
셤거이 안져보니	기운 없이 앉아 보니
등불은 희미ᄒ고	등불은 희미하고
월식은 만졍ᄒ디	달빛은 뜨락에 그득.
원근의 계명셩은	멀고도 가까이 닭 우는 소리,
시벽을 지쵹ᄒ고	새벽을 재촉하고
창밧게 기 쇼리ᄂ	창밖의 개 소리는
단잠을 끼는고나	단잠을 깨우누나.
앗가올ᄉ 이니 꿈을	아까워라! 이런 꿈을
엇지 다시 어더보리	어찌하면 다시 꿀 수 있나?

이런 꿈을 꾼 걸 부끄러워합니다. 그런데 이제 한계가 왔는지, 다음 장면에서 홍두깨에 옷을 입히고 신랑 대신으로 생각하는 등 뭔가 기괴해져요. 그러다가 드디어 이런 자기 연민이 가족들의 마음도 움직여서, 이제 정말로 김도령과 혼담이 오갑니다.

이런 모양 이 거동을	이런 모양 이 거동을
신영은 알 쩌시니	천지신명 알 것이니
지성이면 감쳔이라	지성이면 감천이라.
부모들도 의논ᄒ고	부모들과 언니 동생
동ᄉᆡᆼ들도 의논ᄒ여	여러 차례 의논하여
김도령과 의혼ᄒ니	김도령과 혼인 얘기
쳣마디의 되는고나	첫 마디에 되는구나.
혼인퇵일 갓가오니	혼인 날짜 가까우니
엉덩츔이 졀노 난다	엉덩춤이 절로 난다.

일이 되려면 저렇게 쓱 되는데, 안 되는 일은 갖은 노력해도 안 되지요. 일이 잘 풀리니, 주인공은 예전과는 아예 '다른' 사람이 됩니다.

이젼의 잇던 ᄉᆞ암	예전에 했던 시름
이졔록 ᄉᆡᆼ각ᄒ니	이제야 생각하니
<u>도로혀 츌몽갓고</u>	도리어 꿈만 같고,
<u>늬가 혈마 그러ᄒ랴</u>	내가 설마 그랬으랴?
이졔는 괴탄 업다	이제는 거리낄 게 없다.
먹은 귀 발아지고	먹은 귀 밝아지고
병신 팔을 능히 쓰니	병신 팔을 쓰게 되니
이 안니 희혼 〃 가	이 아니 희한한가?
혼닌ᄒᆞᆫ 지 십삭만의	혼인한 지 열 달 만에

옥동주를 슌순ᄒ니	옥동자를 순산하니
쌍틔를 어니 알니	쌍둥이인 줄 어찌 알았을까?
즐겁기 층양업늬	즐겁기 이루 말할 수 없네.
긔 〃이 영쥰이오	둘 다 영특하고
문지가 비상ᄒ다	문장력도 좋더라.
부 〃의 금슬 죳코	부부의 금실 좋고
주손이 만당ᄒ며	자손이 집에 가득.
가산니 부요ᄒ고	재산이 부유하고
공명이 〃름ᄎ니	명예가 높아지니
이 안니 무던훈가	이 아니 무던할까?

내가 설마 그랬을까? 하고 과거의 자신을 극복하게 되었어요. 그렇게 마음이 달라지니, 몸의 장애도 없어지네요. 전반부에서 장애가 별것 아니라고 자위(自慰)했지만, 실상은 당연하게도 그렇지 않았어요. 장애를 벗어나 아이를 낳고 가문이 번창하는 영웅 소설과도 같은 결말을 선물받았네요. 축하합니다!

마지막으로 도입부의 서술자가 다시 한번 나와서, "이 말리 가장 우습고 희한ᄒ기로 긔록ᄒ노라."라는 평까지 덧붙입니다. '신해년'이라는 기록 덕분에 작품의 정착 연대를 1851년 또는 1911년으로 추정하곤 했습니다. 그런데 이 작품은 1823년에 필사된 것으로 추정되는 가사집 《기사총록》에 수록된 〈노처녀가〉를 확장한 모습이라서(신희경, 2011), 원작의 형성 연대는 이보다 더 올라갈 수도 있습니다.

내용이 꽤 길죠? 이 작품은 주인공의 과거와 미래가 다음과 같이 대조를 이루고 있습니다. 표를 보면서 다시 한번 내용을 정리할게요.

[노처녀가 화자 내면의 과거와 미래]

화자의 과거에 대한 내면		화자의 미래에 대한 희망
① 병신이나 남과 같이 못 할쏘냐. ② 총명키로 무슨 노릇 못할쏘냐. ③ 내 서방을 내가 선택한다.	⇔ 전·후반부에서 마주 보지만 서로 단절	① 인물 좋고 재능 있는 신랑감 ② 먹은 귀 밝아지고 병신 팔 능히 쓰니 ③ 가산이 부유하고 공명이 늠름하니
– 장애는 장애가 아님 – 편견을 용납하지 않는, 한 주체로서 의지		– 영웅 소설에 가까운 결말 – 장애인도 평등하다는 인식 대신 개인적 구원에 머묾

내 서방을 내가 찾겠다고 선언하기 이전까지의 문제의식은 의미심장해요. 장애와 정상, 결혼한 동생과 자신을 나란히 배치하고 대조하여, 장애를 배척하거나 동정하기만 하는 단순한 시각을 벗어나라고 합니다. 육체적 약점의 저편에 자리한 자신의 장점과 진정한 매력을 봐 달라고, 한 인간으로서 공평한 기회를 누리고 싶다고 외치잖아요? 화자의 이런 목소리는 근대적 인간의 목소리라 해도 손색이 없어 보여요.

그러나 후반부 줄거리에서 장애에 대한 문제의식이 더욱 심화하지 못한 점은 아쉬워요. 자신의 배우자에게 기대하는 거야 인지상정이겠지요. 결혼하니 장애가 사라지는 비과학적인 결말도, 화자의 과거에 대한 보상으로서 받아들일 만해요. 그러나 이런 처리는 결국 '재자가인' 유형의 주인공이 가문을 번창하게 하는 상투성을 모방한 게 아닐까 해요. 이건 〈노처녀가〉라는 작품의 한계라기보다는, 여전히 당시 사회가 장애를 가진 한 개인을 오롯이 존중하지 못한 탓이 아닐까 싶네요. 〈노처녀가〉에서 장애가 극복되는 모습은 분명히 감동적이지만, 아직은 실감 나는 현실이라기보다 낭만적·관용적 처리에 가까워요.

화자는 자신의 장애 문제가 모든 장애인의 보편적 고통이라고 깨닫는 대신, 소설 속 재자가인같은 행복을 자신도 누리리라는 개인적 차원의 해결 방안을 선택했어요. 그렇지만 다음에 볼 〈뎬동어미화전가〉는 결혼과 비혼의 문제를 모든 여성에게 해당하는 보편적인 문제로 확장합니다. 과연 개인 차원의 행복이 공동체 차원의 공감으로 전환될 수 있을까요?

2. 〈뎬동어미화전가〉, 그대는 결혼하지 마오

〈뎬동어미화전가〉는 《소백산대관록(小白山大觀錄)》 경북대본에 다른 한문 및 언해 작품과 함께 수록되었으며, 작자는 '석창(石窓)'이라는 호를 쓴 영주 농암촌의 구 향촌 사족 남성일 가능성이 제기되기도 했어요.(박혜숙, 2018) 남성 작가가 여성들의 처지에 이런 공감을 보였다면, 그것대로 대단해 보이네요. 긴 작품이니까 줄거리와 구성을 먼저 소개할게요.

과거에 여러 차례 혼인했던 여성이 재혼할지 말지 고민하는 다른 여성을 만납니다. 과거의 자신을 마주한 느낌이 들었겠죠? 재혼하지 말고 비혼으로 남으라고 설득합니다. 자신이 여러 차례 혼인해서 운명에 맞섰지만, 그렇게도 착한 남편과 이웃을 만났어도 경제력의 제약과 운명의 폭압 앞에 무너질 수밖에 없었다는 겁니다. 이렇게 보면 우리 시대를 포함하여, 어느 시기에나 있을 법한 보편적인 문제를 냉철하게 짚었다고 하겠네요.

여기서 정신을 번쩍 들게 하는 건요, 여러 번 결혼할 때마다 착한 남편을 연거푸 만날 가능성이 얼마나 될까요? 우연히 만난 사람들이 다 착할 확률은요? 어쩌면 저 불행했던 부부들도 우리 현실보다는 큰 행운을 만나며 살았다고 볼 수도 있다는 거에요. 우리 실제 현실보다 이 작품 속 사람들과 세상이 더 따스하고 낭만적으로 보입니다. 아마 이런 게 〈운수 좋은 날〉 식의 아이러니겠지요.

다시 원래 이야기로 돌아와서, 재혼할지 말지 고민했던 여성은 경험에서 우러난 설득력 있는 조언을 듣고는 재혼을 포기합니다. 이어서 여러 지역의 또 다른 여성들이 재혼했다가 불행해진 삶을 쭉 돌아보는 내용을 추가하고 나서요. 결국 봄날의 화전놀이에서 만난 모든 이들이 '봄'과 '꽃'으로 소통하고, 이들의 문제에 공감하게 됩니다.

여기서 '재혼'과 '비혼'을 '개가'와 '수절'이란 말로 바꿔 봅시다. 느낌이 확 달라지지 않나요? 아까 보편적인 문제라고 생각했던 게, '아! 결국 개가하지 말고 수절하라는 뜻이잖아?' 실망하게 됩니다. 그래서 말은 '아' 다르고 '어' 다르다고 했나 봐요. 〈덴동어미화전가〉는 양이나 질로나 고전시가의 대표작인데 주인공이 개가를 금지했다면 가치가 떨어지는 것 같죠? 그래서 개가와 수절 대신 재혼과 비혼이라는 말을 써 봤습니다.

이렇게 액자 바깥에 해당하는 줄거리를 말씀드렸고, 액자 안쪽 주인공 덴동어미의 남편들 이야기를 정리해 봅니다.

① 순흥 임이방의 딸로 태어남
② 예천 장이방 아들에게 시집감
③ 상주 이이방의 아들 이승발: 횡령 문제 때문에 몰락함 / 군노 경영하는 객주의 중노미, 부엌 어미, 1886년 괴질에 남편 죽고 울산으로 걸식
④ 황도령 만나 도부장수로 나서지만, 산사태로 남편 죽음
⑤ 엿장수 조서방을 만났지만 화재로 죽고, 만득자(晩得子)는 덴동이가 됨
⑥ 담살이(더부살이, 머슴) 처지로 전락

①~⑥의 과정에 걸쳐 덴동어미의 신분과 경제력은 차츰 하락해요. 1886년의 괴질이 둘째 남편의 죽음과 얽힌 고난의 하나로 등장하며, 다른 남편 모두 자연사하지 못하고 사고로 죽었지요. 주인공 덴동어미는 마지막 남편의 죽음 이후, 화상을 입고 살아남은 아들 덴동이를 보살피며 살아갑니다.

이제 작품의 주요 부분을 골라 읽어 보죠. 봄이 되자 여인들은 각자 형편껏 준비해서, 다음 장면 마지막 줄처럼 "일자 행차 장관"을 만들어 화전놀이를 떠납니다. 아까 말씀드렸듯 시집살이에서 잠깐이나마 해방되는 소중한 시간이었지요. 화전놀이를 준비하는 도입부에 이어서, 작품의 두 주인공인 청춘과부와 덴동어미가 나옵니다.

열일곱 살 청춘과여	열일곱 살 청춘과부
나도 갓치 놀너가지	나도 같이 놀러 가지.
나도 인물 죳컨마난	나도 인물 좋건마는
단장홀 마음 전여 읍니	단장할 마음 전혀 없어.

(중략)

건넌 집의 된동어미	건넛집에 덴동어미
엿 혼 고리 이고 가셔	엿 한 고리 이고 가서,
가지가지 가고 말고	가지, 가지. 가고 말고.
닌들 웃지 안 가릿가	낸들 어찌 안 갈까?
늘근 부여 졀문 부여	늙은 부녀 젊은 부녀,
늘근 과부 졀문 과부	늙은 과부 젊은 과부,
압셔거니 뒤셔거니	앞서거니 뒤서거니
일자힝차 장관이라	일자(一字) 행차 장관이라.

　　가난한 덴동어미는 엿 한 고리만 이고 가는데, 비용을 많이 들이지 않았다고 타박할 사람도 없어요. 그리고 모르긴 몰라도, 매년 이렇게 자기 이야기를 〈덴동어미화전가〉처럼 길게 했을까요? 만약 이런 이야기를 매년 듣고도 변함없이 공감해 주었다면 정말 좋은 이웃입니다. 앞의 〈노처녀가〉의 무정한 가족보다 훨씬 낫습니다.

　　다음으로 화전놀이의 목적지인 순흥 비봉산이 나오고요. 아까 화장도 하지 않았던 청춘과부를 꽃처럼 아름답다고 묘사합니다. 이렇게 꽃을 닮은 사람으로부터 노래가 시작되었는데요, 거의 마지막 부분에도 꽃 화 자를 엄청나게 늘어놓으며 같은 구성을 반복합니다. 이

아름다운 청춘과부가 재혼할지 고민하던 중이었고, 힘겹던 과거를
잊고 열심히 놀던 덴동어미가 인생에 훈수를 둡니다.

그즁의도 뎬동어미	그중에도 덴동어미
먼나계도 잘도 노라	멋 나게도 잘도 놀아.
츔도 츄며 노뤼도 ᄒ니	춤도 추면 노래도 하니
우슴소리 낭자ᄒ듸	웃음소리 낭자한데,
그즁의도 쳥츈과여	그중에도 청춘과부
눈물콧물 귀쥬ᄒ다	눈물 콧물 구지레하다.
흔 부인이 이른 마리	한 부인이 이른 말이
조은 풍경 존 노름의	좋은 풍경 좋은 놀음에,
무슨 근심 듸단히셔	무슨 근심 대단해서
낙누한심 원 일이요	눈물 한숨 웬일이요?
나건으로 눈물 싹고	수건으로 눈물 닦고
늬 사졍乙 드러보소	내 사정을 들어 보소.
열네 살의 시집올 ᄶ	열네 살에 시집올 때
쳥실홍실 느린 인졍	청실홍실 늘인 인정,
원불상니(遠不相離) 밍셰ᄒ고	이별 말자 맹세하고
빅연이나 사짓더니	백 년이나 살자 했더니,
겨우 삼연 동거ᄒ고	겨우 삼 년 동거하고
영결죵쳔 이별ᄒ니	끝내 영영 이별하니,
임은 겨우 十六이요	임은 겨우 십육이요,
나눈 겨우 十七이라	나는 겨우 십칠이라.

션풍도골 우리낭군	신선 같던 우리 낭군
어느 씨나 다시 볼고	어느 때나 다시 볼까?
방정맞고 가련ᄒ지	방정맞고 가련하지.
이고 이고 답답ᄒ다	애고, 애고. 답답하다.
十六셰 요사 임쑨이요	십육세 요절 임뿐이요,
十七셰 과부 나쑨이지	십칠세 과부 나뿐이지.
삼사연乙 지니시나	삼사 년을 지냈으나
마음의논 온 죽어니	마음에는 안 죽었네.

과부는 17세 청상과부는 자기뿐이라며, 자신의 고통을 특별화합니다. 그렇지만 이미 그런 단계를 거쳤던 덴동어미는 단호하게도 개가하지 말라고 해요. 개가할지 말지는 당시 기준에서는 곧 열녀가 될지 말지의 문제와 연결되겠지요. 그러면 개가하지 말라는 덴동어미는 전근대적인 인물처럼 보이나요? 그러나 덴동어미의 충고는 유학자들의 윤리보다는 자신의 체험을 뿌리 삼았기에 설득력이 커요. 경제적 준비 없는 막연한 결혼 시도의 위험성을 경고하는 쪽이지요. 이것은 개가를 금지한다기보다는 비혼 상태의 지속을 권장하는 쪽에 더 가까워요. 재혼에 대한 낭만적 시각 대신에 현실적 선택을 하라는 뜻입니다.

여기서 미리 정리해 보면, 덴동어미가 재혼했던 남편들은 모두 책임감이 강한 선량한 사람들이었어요. 첫 남편이야 어린 나이에 사고사했으니 논외로 하죠. 두 번째 남편 이승발은 덴동어미의 말을 따라 해 보지 않은 사환 일을 성심껏 했고요, 세 번째 남편 황도령도 덴 동어미와 함께 도부장수(행상) 일을 열심히 다녔어요. 마지막, 네 번 째 남편 조서방은 늦게 얻은 가족에 대한 책임감 때문에 무리하다 결국 화재 사고로 죽었지요. 개인의 노력만으로는 괴질과 우연한 사고 등의 '운명 = 팔자'에 저항할 수 없었어요.

앞서도 말했듯 덴동어미가 사는 세상은 악인을 찾기 어려울 정도로 선인이 많아 도움을 받기도 했고, 착한 배우자들을 연거푸 만난다는 것도 실제 현실에서는 일어나기 어려운 행운에 가까워요. 착한 남편들을 계속 만났던 행운 탓에 생긴 미련인지, 덴동어미는 자꾸만 거듭하여 결혼하지요. 잠깐은 망설이기도 했지만, 끝내 인생의 꽃을 피우겠다는 열망을 꺾으려 들지 않았습니다. 그래서 마지막 결혼 역시 자식이라는 '꽃'을 피우리라는 궁극적인 목적을 향합니다. 그러나 그 꽃인 아들 덴동이마저 화상을 입고 불행해졌어요.

덴동어미 듯다가셔
셕 나셔며 ᄒᄂ 마리
<u>가지 마요 가지 말오</u>
졔발 젹션 가지 말셰
팔자훈탄 읍실가마ᄂ
가단 말이 웬 말이요
잘 만나도 늬 팔자요
못 만나도 늬 팔자지

덴동어미 듣다가는
썩 나서며 하는 말이,
가지 마오 가지 마오!
제발 부디 가지 마세.
팔자 한탄 없을까마는
간단 말이 웬 말이요?
잘 만나도 내 팔자요,
못 만나도 내 팔자지.

百연희로도 니 팔자요	백년해로도 내 팔자요,
十七셰 청상도 내 팔자요	십칠 세 청상도 내 팔자요.
팔자가 조乙 량이면	팔자가 좋을 양이면
十七셰의 청상 될가	십칠 세에 청상될까?
신명 도망 못 홀디라	신명으로부터 도망 못 할지라.
이늬 말乙 드러보소	이내 말을 들어 보소.
나도 본디 슌흥읍늬	나도 본디 순흥 읍내
임이방의 똘일너니	임이방의 딸일러니,
우리부모 사랑ᄒ사	우리 부모 사랑하사
어리장 고리장 키우다가	어리장 고리장 키우다가
열여셧셰 시집가니	열여섯에 시집가니
예쳔읍늬 그중 큰집의	예천 읍내 그중 큰집에,
치힝차려 드러가니	행장 차려 들어가니
장늬방의 집일너라	장이방의 집일러라.
셔방임을 잠간 보니	서방님을 잠깐 보니
쥰슈비볌 풍후ᄒ고	준수비범 풍후하고,
구고임게 현알ᄒ니	시부모님 뵈었더니
사랑혼 맘 거룩ᄒ디	사랑한 맘 거룩하더라.
그 이듬히 쳐가 오니	그 이듬해 처가 오니
쯔밋참 단오려라	때마침 단오려라.
삼빅장 놉푼 가지	삼백 장 높은 가지

츄쳔乙 쮜다가서	그네를 뛰다가,
츈쳔줄리 쎠러지며	그넷줄이 떨어지며
공즁디긔 메바그니	공중에 메쳐 박으니,
그만의 박살이라	그만에 박살이라.

(중략)

시부모임 ᄒ신 말삼	시부모님 하신 말씀
친졍 가셔 잘 잇거라	친정 가서 잘 있거라.
<u>나논 아니 갈나 ᄒ니</u>	나는 아니 가려 하니
<u>달닉면셔 기유ᄒ니</u>	달래면서 타이르니,
홀 슈 읍셔 허락ᄒ고	할 수 없어 허락하고
친졍이라고 도라오니	친정이라고 돌아오니,
三빅장이나 놉푼 남기	삼백 장이나 높은 나무
날乙 보고 늣기논 듯	나를 보고 흐느끼는 듯.
쎠러지든 곳 임의 넉시	떨어지던 곳 임의 넋이
날乙 보고 우니논 듯	나를 보고 우는 듯.
너무 답답 못 살깃니	너무 답답 못 살겠네.

　　첫 남편은 그네에서 떨어져 사고로 죽습니다. 훗날 이 그네를 맸던 장소에 다시 돌아와 그때 수절하지 못한 걸 후회하는데요, 여기서는 그런 내적 갈등은 드러나지 않았지만 남편에 대한 그리움은 "답답"이라는 정서 표현에 모여 있습니다. 아까 청춘과부와 같은 나이에 첫 남편을 잃은 거에요.

그러다가 친정 부모와 시부모가 함께 의논하여, 이승발이라는 사람과 재혼합니다. 부부 모두 재혼이었는데, 새 시집은 공납을 함부로 써서 빚이 많다고 걱정하는 게 걸려요. 공납을 제멋대로 썼다가 난감해진 상황은 예전에 〈우부가〉 곰생원 부분에서도 나왔지요.

밤낮즈로 통곡ᄒ니	밤낮으로 통곡하니
양곳부모 의논ᄒ고	양친 부모 의논하고,
상쥬읍의 즁ᄆᆡᄒ니	상주읍에 중매하니
이상찰의 며나리 되여	이상찰의 며느리 되어
이승발 후쥬로 드러가니	이승발 후취로 들어가니,
가셔도 웅장ᄒ고	가세도 웅장하고
시부모임도 자록ᄒ고	시부모님도 자애롭고,
낭군도 츌둥ᄒ고	낭군도 출중하고
인심도 거룩ᄒ되	인심도 거룩한데,
ᄆᆡ양 안자 ᄒᄂ 마리	매양 앉아서 하는 말이
포가 마나 걱정ᄒ더니	빚이 많아 걱정하더니,
ᄒᆡ로삼연이 못 다가셔	해로 삼 년이 못다 가서
셩 쑷든 조등니 도임ᄒ고	성 쌓던 조사또 도임(到任)하고,
엄혐즁장 슈금ᄒ고	엄중히 벌을 내려 수금하고
슈만양 이포乙 츄어닌니	수만 냥 돈닢을 추심하니,
	(중략)
아조 췰젹 다 파라도	아주 훌쩍 다 팔아도,

슈쳔 양 돈이 모지릐셔	수천 냥 돈이 모자라서
일가친쳑의 일족ᄒᆞ니	일가친척까지 물어내게 하니,
三百 兩 二百 兩 一百 兩의	삼백 냥 이백 냥 일백 냥에
ᄒᆞ지ᄒᆞ가 쉰 양이라	제일 아래가 쉰 냥이라.
어너 친쳑이 좃타ᄒᆞ며	어느 친척이 좋다 하며
어너 일가가 좃타ᄒᆞ리	어느 일가가 좋다 하리?
사오만 양乙 츌판ᄒᆞ여	사오만 냥을 쏟아부어
공치필납乙 ᄒᆞ고나니	공채필납(公債畢納)을 하고 나니,
시아바임은 장독이 나셔	시아버님은 장독이 나서
일곱 달만의 상사나고	일곱 달 만에 상사 나고,
시어머임이 잇병 나셔	시어머님이 화병 나서
초종 후의 ᄯᅩ 상사나니	초상 치른 후 또 상사 나니,

(중략)

이 집의 가 밥乙 빌고	이 집에 가 밥을 빌고
져 집의 가 장乙 비러	저 집에 가 장을 빌어,
증한 소혈도 읍시	정해진 거처도 없이
그리져리 지닉가니	그럭저럭 지내더니,
일가친쳑은 날가ᄒᆞ고	일가친척은 나을까 하고
한번 가고 두 번 가고 셰번 가니	한두 번 가고 세 번 가니,
두 번ᄌᆞ눈 눈치가 다르고	두 번째는 눈치가 다르고
셰번ᄌᆞ눈 말乙 ᄒᆞ니	세 번째는 말을 하네.
우리 덕의 사든 사룸	우리 덕에 살던 사람

그 친구乙 차자가니	그 친구를 찾아가니,
그리 여러 번 온 왔건만	그리 여러 번 안 왔건만
안면박디 바로 ᄒ니	안면박대 바로 하네.
무삼 신셰乙 마니 져셔	무슨 신세를 많이 졌다고
그젹게 오고 쏘 오는가	그저께 오고 또 오는가?
우리 셔방임 울젹ᄒ여	우리 서방님 울적하여
이역스럼乙 못 이겨셔	울화를 못 이겨서,
그 방 안의 궁글면서	그 방안에 뒹굴면서
가삼乙 치며 토곡ᄒ니	가슴을 치며 통곡하네.
셔방임야 셔방임야	서방님아, 서방님아!
우지 말고 우리 두리 가다보셔	울지 말고 우리 둘이 가 보세.
이게 다 읍는 타시로다	이게 다 없는 탓이로다.
어드로 가던지 버러보셔	어디로 가든지 벌어 보세.

다른 친척에게도 피해가 갑니다. 〈우부가〉에서는 일가에 부자가 남지 않게 되었다고 했지요. 여기서는 어떤 재물을 빼앗겼고 주위로부터 어떤 취급을 받는지, 그 정황이 한결 구체적으로 나와 있네요. 인심을 다 잃었으니 일자리를 찾아 도시로 떠난다고 합니다.

젼젼걸식 가로라니	전전걸식 가노라니
경쥬읍닉 당두ᄒ여	경주 읍내 당도하여,
쥬人 불너 차자드니	주인 불러 찾아드니

손굴노의 집이로다

둘너보니 큰 여긱의

남늬북거 분쥬ᄒ다

부엌으로 드리달나

셜거지을 걸신ᄒ니

모은 밥乙 마니 준다

양쥬 온자 실컨 먹고

아궁의나 자랴 ᄒ니

쥬人마누라 후ᄒ기로

아궁의 읏지 자랴는가

방의 드려와 자고 가게

손군노(孫軍牢)의 집이로다.

둘러보니 큰 객주에

오가는 사람 분주하다.

부엌으로 들이 달아

설거지를 조금 하니,

모은 밥을 많이 준다.

부부 앉아 실컷 먹고

아궁이에서나 자려 하니,

주인 마누라 후하기로

아궁이에서 어찌 자려는가?

방에 들어와 자고 가게.

(중략)

사롭乙 보ᄋ도 슌직ᄒ니

안팍 담사리 잇셔쥬면

밧사롭은 一百五十 냥 쥬고

자니 사견은 빅양 즁셔

늬외 사젼을 홉ᄒ고 보면

二百쉰 양 아니 되나

신명은 조곰 고되나마

의식이야 걱정인가

니 맘대로 읏지 ᄒ오릿가

가장과 의논ᄒ사이다

사람을 보아도 순직하니

내외 더부살이 있어 주면,

남편은 150냥 주고

자네 새경은 100냥 줌세.

내외 새경을 합하고 보면

250냥 아니 되나?

몸은 조금 고되나마

먹고 입기 걱정인가?

내 맘대로 어찌할까요?

가장과 의논할게요.

우리 사환 홀 거시니	우리 사환 할 것이니
이빅 양은 우션 쥬고	200냥은 우선 주고
쉰 양乙낭 갈 제 쥬오	50냥일랑 월말에 주오.
主人이 우스며 ᄒᆞ눈 마리	주인이 웃으며 하는 말이,
심바람만 잘ᄒᆞ고 보면	심부름만 잘하고 보면
七月버리 잘된 후의	가을걷이 잘 된 후에
쉰양 돈乙 더 쥬오리	50냥 돈을 더 주오리.
힝쥬치마 털트리고	행주치마 떨쳐입고
부역으로 드리달나	부엌으로 들이 달아,
사발듸졉 용지졉시	사발, 대접, 종지, 접시,
몃쥭몃기 셰아려셔	몇십 개 몇 개 헤아려서,
날마다 증구하며	날마다 정돈하여
솜씨 나게 잘도 ᄒᆞ다	솜씨 나게 잘도 한다.
우리 셔방임 거동 보소	우리 서방님 거동 보소?
돈 二百 냥 바다노코	돈 이백 냥 받아 놓고
日슈月슈 체게 노이	일수 월수 돈놀이,
늬 손으로 셔긔ᄒᆞ여	제 손으로 서기를 하여
낭 쥬의다 간슈ᄒᆞ고	주머니 속에 간수하고,
석자 슈건 골 동이고	석 자 수건 머리에 두르고
마쥭 쓔기 소쥭 쓔기	마죽 쑤기, 소죽 쑤기,
마당 실기 봉당 실기	마당 쓸기, 봉당 쓸기,

상 드리기 상 닉기와	상 들이기, 상 내기,
오면가면 거드친다	오며가며 걷어치운다.
평싱의도 아니 흐든 일	평생에도 안 하던 일
눈치 보와 잘도 흐니	눈치 보아 잘도 하네.
三연乙 나고 보니	삼 년을 나고 보니
만여 금 돈 되어고나	만여 금 돈 되었구나.
우리 닉외 마음 조와	우리 내외 마음 좋아
다섯 히거지 갈 것 읍시	다섯 해까지 갈 것 없이,
돈츄심乙 알드리 히여	돈 추심을 알뜰히 하여
닉연의논 도라가셔	내년에는 돌아가세.

다행히 이들 부부의 인품을 알아본 객주 주인의 눈에 띄어 좋은
조건으로 취직합니다. 그러나 더부살이 머슴이니, 나름 중인으로서
중간 계급이었던 신분은 많이도 떨어졌습니다. 주인은 임시 지급도
해 주고, 성과급도 챙겨 줍니다. 주는 만큼 업무량은 엄청났지만요.
경력도 없던 이 사람들이 대단한 적응력을 보여주고, 5년 안에 고향
에 돌아가리라 결심합니다. 고리대금업으로 돈을 잘 굴려서 3년이 지
나자, 이제 귀향이 눈앞에 보이지만….

이제 1886년 콜레라가 창궐합니다. 이게 이 작품의 형성 배경을
파악할 수 있는 단서인데요. 덴동어미의 화전놀이를 이로부터 대략
30년 정도나 좀 더 지난 시점으로 추정할 수 있습니다. 알고 보니 그
렇게 옛날 이야기도 아니었네요.

병슐연 괴질 닥쳐고나	1886년 콜레라 닥쳤구나.
안팎 소실 삼십여 명이	안팎 식솔 삼십여 명이
홈박 모도 병이 드려	함빡 모두 병이 들어,
사을마니 끼나보니	사흘 만에 깨어나 보니
三十名 소슬 다 죽고셔	30명 식솔 다 죽고서
主人 혼나 나 ᄒ나뿐이라	주인 하나 나 하나뿐이라.

(중략)

이니 말만 빙심ᄒ고	이내 말만 명심하고
삼사연 근사 헌일이시	삼사 년 노력 헛일일세!
귀흔 몸이 쳔인 되여	귀한 몸이 천인 되어
만여금 돈乙 버리더니	만여 금 돈을 벌었더니,
일슈월슈 장변체게	일수 월수 돈놀이 이자
돈 씬 사람이 다 죽어니	돈 쓴 사람이 다 죽었네
죽은 낭군이 돈 달나	죽은 낭군이 돈 달라나?
죽은 사람이 돈乙 쥬나	죽은 사람이 돈을 주나?
돈 닐 놈도 읍거니와	돈 낼 놈도 없거니와
돈 바든들 무엇 홀고	돈 받은들 무엇할꼬?
돈은 가치 버러시나	돈은 같이 벌었으나
셔방임 읍시 씰디 읍니	서방님 없이 쓸데없네.
이고이고 셔방임아	애고, 애고! 서방님아!
살드리도 불상ᄒ다	살뜰히도 불쌍하다.

남편을 비롯한 많은 사람이 죽고, 채무자가 사라져 빌려주었던 돈도 되돌려 받지 못하게 되었네요. 대다수 도시 빈민처럼 구걸해서, 울산까지 흘러 들어가 세 번째 남편이 될 황도령을 만납니다. 황도령은 단언컨대 자신이 세상에서 제일 불행하다는데요. 3살에 어머니, 4살에 아버지를 잃고 외가에서 자랐는데 14살과 15살에 외할머니, 외할아버지를 차례로 잃습니다. 외사촌도 실종 상태고, 자신도 죽을 고비를 한 번 넘겼어요. 덴동어미는 죽을 고비를 넘긴 사람은 쉽게 죽지 않으리라 짐작하지만요.

<table>
<tr><td>이집 가고 져집 가나</td><td>이 집 가고 저 집 가나</td></tr>
<tr><td>임자 읍눈 사람이라</td><td>임자 없는 사람이라.</td></tr>
<tr><td>울산읍뉘 황도령이</td><td>울산 읍내 황도령이</td></tr>
<tr><td>날다려 ᄒᆞ눈 마리</td><td>나에게 하는 말이,</td></tr>
<tr><td>여보시오 져 마로라</td><td>여보시오, 저 마누라.</td></tr>
<tr><td>웃지 져리 스러ᄒᆞ오</td><td>어찌 저리 슬퍼하오?</td></tr>
<tr><td>ᄒᆞ도 나 신셰 곤궁키로</td><td>하도 내 신세 곤궁키로</td></tr>
<tr><td>이뉘 마암 비창ᄒᆞ오</td><td>이내 마음 비창하오.</td></tr>
<tr><td>아무리 곤궁ᄒᆞᆫ들</td><td>아무리 곤궁한들</td></tr>
<tr><td>날과 갓치 곤궁ᄒᆞᆯ가</td><td>나와 같이 곤궁할까?</td></tr>
<tr><td>우리 집이 자손 귀히</td><td>우리 집이 자손 귀해</td></tr>
<tr><td>오ᄃᆡ독신 우리 부친</td><td>5대 독자 우리 부친,</td></tr>
<tr><td>五十이 늠도록 자식 읍셔</td><td>오십이 넘도록 자식 없어</td></tr>
</table>

일싱 혼탄 무궁타가	일생 한탄 끝없다가
쉰다섯셰 놀 나은니	쉰다섯에 날 낳으니
六代독자 나 ᄒ나라	6대 독자 나 하나라.
장중보옥 으듬갓치	손바닥 안에 보물처럼, 으뜸같이
안고지고 케유더니	안고 업고 키우더니,
셰살 먹어 모친 죽고	세 살 먹어 모친 죽고
네 살 먹어 부친 죽니	네 살 먹어 부친 죽네.
강근지족 본디 읍셔	가까운 친척 본디 없어
외조모손의 커나더니	외조모 손에 자라다가,
열네살 먹어 외조모 죽고	열네 살 먹어 외조모 죽고
열다섯셰 외조부 죽고	열다섯에 외조부 죽고,
외사촌형제 갓치 잇셔	외사촌 형제 같이 있어
삼연초토乙 지나더니	삼년상을 지나더니,
남의 빗데 못 견듸셔	남의 빚에 못 견뎌서
외사촌형제 도망ᄒ고	외사촌 형제 도망하고,
의툭홀 곳지 젼여 읍셔	의탁할 곳이 전혀 없어
남의 집의 머셤 드러	남의 집에 머슴 들어,
십여연乙 고싱ᄒ니	십여 년을 고생하니
장기 미쳔이 될너니만	장가 밑천이 되더니만,
셔울장사 남는다고	서울장사 남는다고
사경돈 말장 츄심ᄒ여	새경 받은 돈 다 긁어모아,
참씨 열통 무역ᄒ여	참깨 열 통 무역하여

디동션의 부쳐싯고	대동선에 부쳐 싣고,
	(중략)
풍낭소리 벽역 되고	풍랑소리 벼락 되고
물사품이 운이 되니	물거품이 구름 언덕 되네.
물귀신의 우름소리	물귀신의 울음소리
응열응열 귀 믹킨다	응얼응얼 귀 막힌다.
어는 씨나 되어던지	어느 때나 되었던지
풍낭소리 읍셔지고	풍랑소리 없어지고,
만경창파 잠乙 자고	만경창파 잠을 자고
가마귀 소리 들이거눌	까마귀 소리 들리거늘,
눈乙 드러 살펴보니	눈을 들어 살펴보니
빅사장이 뵈눈고나	백사장이 보이는구나.
두 발노 박차며 손으로 혀여	두 발로 박차며 손으로 헤쳐
빅사장가의 단눈고나	백사장 가에 닿는구나.

새경으로 받은 목돈으로 장사를 하려다가 물건 실은 배가 침몰했군요. 원금 보장이 안 되는 투자란 게 대개 이렇죠. 무인도에서 조난된 줄 알고 울었는데, 이어지는 장면에서 알고 보니 제주도였습니다. 제주 어민들과 수령은 황도령을 잘 챙겨서 무사히 돌아가게 해 줍니다. 덴동어미의 세상에서는 이렇게 우연히 만난 이들도 착한 경우가 대부분입니다.

원님이 준 여비 남은 것으로 행상을 시작했지만, 이제 삶의 목표를 상실하고 자신이 가장 불행하다는 생각에 빠져 살아갑니다. 그러나 자신 못지않게 불행한 덴동어미를 만나서, 가련한 인생끼리 같이 늙어 가자 합니다. 고작 서른 넘은 젊은이들이 같이 늙어 가자는 말이 어색하지만, 부부의 '백년해로'할 때 해로(偕老)가 함께 늙자는 뜻이거든요. 그런데 불행한 사람들끼리 만난 이 혼인, 행복할까요? 음수에 음수를 곱하면 양수가 된다지만, 인생도 그럴까요?

여보시오 말슴 듯소	여보시오, 말씀 듣소.
우리 사졍乙 논지컨디	우리 사정을 말하자면
三十 너문 노총각과	삼십 넘은 노총각과
三十 너문 홀과부라	삼십 넘은 홀 과부라.
총각의 신셰도 가련ᄒ고	총각의 신세도 가련하고
마노라 신셰도 가련ᄒ니	마누라 신세도 가련하니,
가련ᄒᆫ 사람 셔로 만나	가련한 사람 서로 만나
갓치 늘그면 웃더ᄒ오	같이 늙으면 어떠하오?
가마니 솜솜 싱각ᄒ니	가만히 곰곰 생각하니,
먼저 어든 두 낭군은	먼저 얻은 두 낭군은
홍문 온의 사디부요	홍문 안에 사대부요,
큰 부자의 셰간사리	큰 부자의 세간살이
픠가망신 ᄒ여시니	패가망신하였으니
홍진비뢰 그러ᄒᆫ가	홍진비래 그러한가?
져 총각의 말 드르니	저 총각의 말 들으니
육디독자 나려오다가	6대 독자 내려오다가,

죽을 목슴 사라시니
고진감ᄂᆡ 홀가부다

조셕이면 밥乙 비러
혼 그릇셰 둘이 먹고
남촌북춘의 다니면셔
부즈러니 도부ᄒ니
돈 빅이나 될만 ᄒ면
둘중의 하나 병이 난다
병구려 약시셰 ᄒ다보면
남의 신셰乙 지고나고
다시 다니며 근사 모와
쏘 돈 빅이 될 만ᄒ면
쏘 ᄒ나이 탈이 나셔
한 푼 읍시 다 씨고나니
도부장사 혼 십연 ᄒ니
장바군ᄂᆡ의 털이 읍고
모가지 자리목 되고
발가락이 무지러쳔니

산 밋퇴 쥬막의 쥬人ᄒ고
구진비 실실 오난 놀의
건넌 동ᄂᆡ 도부가셔

죽을 목숨 살았으니
고진감래할까 보다.

(중략)

조석이면 밥을 빌어
한 그릇에 둘이 먹고,
남촌 북촌에 다니면서
부지런히 행상을 다니니,
돈 백이나 될 만하면
둘 중에 하나 병이 난다.
병구완 약치레 하다 보면
남의 신세를 지고 나고,
다시 다니며 근근이 모아
또 돈 백이 될 만하면,
또 하나가 탈이 나서
한 푼 없이 다 쓰고 나네.
행상 일을 한 십 년 하니
장딴지에 털이 없고,
모가지가 자라목 되고
발가락이 무지러졌네.

산 밑에 주막에 묵으며
굳은비 실실 오는 날에,
건너 동네 행상 일 가서

혼 집 건너 두 집 가니	한 집 건너 두 집 가니,
쳔동소리 복가치며	천둥소리 볶아치며
소낙이비가 쏘다진다	소낙비가 쏟아진다.
쥬막 뒤 산니 무너지며	주막 뒷산이 무너지며
쥬막터乙 쎄가지고	주막터를 빼서,
동희슈로 다라나니	동해로 달아나니
사라나 리 뉘궐고넌	살아날 이 있을까?
건너다가 바라보니	건너다가 바라보니
망망디히쑌이로다	망망대해뿐이로다.
망칙ᄒ고 긔막킨다	망측하고 기막히다.
이른 팔자 쏘 잇는가	이런 팔자 또 있는가?
남희슈의 죽乙 목슘	남해에서 죽을 목숨
동희슈의 죽눈고나	동해에서 죽었구나!

　　돈을 모을 만하면, 이제 젊지 않아서 병이 듭니다. 옛날 사람들은 영양 상태를 관리해서 챙기기 훨씬 어려웠을 테니 금세 늙고 병듭니다. 그리고 결국 산사태가 나서 황도령은 남해에서 죽을 목숨 살아남아 동해안에서 죽게 됩니다. 덴동어미의 예상은 슬프게도 맞지 않았네요. 남편(들)을 진작 따라 죽지 못해서 자꾸 사별의 슬픔을 겪어야 한다는 걸 깨닫고는, 덴동어미는 굶어서 죽으려고 합니다. 그러나 팔자 한 번 더 고치라는 권유를 받습니다.

主人되이 ᄒᆞᆫ 마리

팔자 ᄒᆞᆫ 번 ᄯᅩ 곤치게

셰 번 곤쳐 곤ᄒᆞᆫ 팔자

네 번 곤쳐 잘 살넌지

셰상일은 모로나니

그런디로 사다보게

다른 말 ᄒᆞᆯ 것 읍시

져 ᄭᅩᆺ나무 두고보지

二三月의 츈풍 불면

ᄭᅩᆺ봉오리 고은 빗틀

버리ᄂᆞᆫ 잉잉 노릐하며

나부ᄒᆞᆫ 펄펄 츔乙 추고

유직은 왕왕 노다 가고

산조ᄂᆞᆫ 영영 홍낙이라

오유月 더운 날의

ᄭᅩᆺ쳔지고 입만 나모

녹음이 만지ᄒᆞ여

조흔 경이 별노 읍다

八九月의 츄풍 부러

입싸귀조차 ᄶᅥ러진다

동지슷달 셜ᄒᆞᆫ풍의

찬 긔운乙 못 견디다가

주인댁이 하는 말이,

팔자 한 번 또 고치게.

세 번 고쳐 곤한 팔자,

네 번 고쳐 잘 사는지?

세상일은 모르나니

그런대로 살다 보게.

다른 말 할 것 없이

저 꽃나무 두고 보지.

이삼월에 춘풍 불면

꽃봉오리 고운 빛을,

벌은 앵앵 노래하며

나비는 펄펄 춤을 추고,

나그네는 자주 놀다 가고

산새는 즐겨 노래하네.

오뉴월 더운 날에

꽃은 지고 잎만 남아,

녹음이 우거지면

좋은 경치 별로 없다.

팔구월에 추풍 불어

잎사귀조차 떨어진다.

동지섣달 설한풍에

찬 기운을 못 견디다가,

다시 츈풍 드리불면

부귀春花 우후紅乙

자니 신셰 싱각ㅎ면

셜ᄒ풍乙 만나미라

홍진비릭 ᄒ은 후의

고진감닉 홀 거시니

팔자 ᄒ 번 다시 곤쳐

조흔 바람乙 지다리게

ᄭ곳나무갓치 츈풍 만나

가지가지 만발홀 제

향긔 나고 빗치 난다

ᄭ곳 ᄶ러지자 열믹 여러

그 열믹가 종자 되여

千만연乙 전ᄒ나니

귀동자 하나 나아시면

슈부귀 다자손 ᄒ오리라

여보시오 그 말마오

이十 三十의 못 둔 자식

四十 五十의 아들 나아

뉘 본단 말 못 드런니

아들의 뉘乙 볼터니면

二十 三十의 아들 나아

다시 춘풍 불어오면

봄비 내리고 온갖 꽃핀다.

자네 신세 생각하면

겨울바람 만나서 그렇네.

흥진비래한 후에

고진감래할 것이니,

팔자 한 번 다시 고쳐

좋은 바람을 기다리게.

꽃나무같이 춘풍 만나

가지가지 만발할 제,

향기 나고 빛이 난다.

꽃 떨어지자 열매 열어,

그 열매가 종자 되어

천만년을 전하나니,

귀동자 하나 낳았으면

부귀를 누리고 자손이 번영하리라.

여보시오, 그 말 마오.

이십 삼십에 못 둔 자식,

사십 오십에 아들 낳아

자식 덕 본단 말 못 들었네.

아들 덕을 볼 테면

이십 삼십에 아들을 낳아,

四十 五十의 뉘 보지만	사십 오십에 덕 보지만
늬 팔자는 그뿐이요	내 팔자는 그뿐이요.
이 사룸아 그말 말고	이 사람아 그 말 말고,
이늬 말乙 자셰 듯게	이내 말을 자세히 듣게.
셜혼풍의도 奚피던가	겨울바람에 꽃 피던가?
츈풍이 부러야 奚치 피지	봄바람 불어야 꽃이 피지.
씨 아인 젼의 奚 피던가	때 아닐 적에 꽃 피던가?
씨乙 만나야 奚치 피늬	때를 만나야 꽃이 피네.
<u>奚 필 씨라야 奚치 피지</u>	꽃 필 때라야 꽃이 피지.
<u>奚 아니 필 씨 奚 피던가</u>	꽃 아니 필 때 꽃 피던가?
제가 졀노 奚치 필 씨	제가 절로 꽃이 필 때,
뉘가 마가셔 못 필넌가	누가 막아서 못 피던가?
고은 奚치 피고 보면	고운 꽃이 피고 보면
귀흔 열믹 쏘 여나니	귀한 열매 또 여나니,
이 뒷집의 죠셔방이	이 뒷집에 조서방이
다먼 늬외 잇다가셔	다만 내외 있다가,
먼져 달의 상쳐ᄒ고	먼저 달에 상처하고
지금 혼다 살임ᄒ니	지금 혼자 살림하니,
져 먹기는 틱평이나	저 먹기는 태평이나
그도 쏘흔 가련ᄒ듸	그 또한 가련하다네.

어느 아주머니가 또 중매를 서며 팔자 고치라고 합니다. 팔자 한 번 더 고치면 아들을 낳으리라는 축복(?)까지 듣고 솔깃하지요. 이 예 언은 이루어지긴 해요. 그리고 이들의 대사를 보면, '꽃'이라는 소재 가 덴동어미의 인생에서 아직 찾아오지 않은 결실로 등장합니다.

기어이 꽃, 결실을 보겠다고 재혼하는 덴동어미가 어리석어 보이 나요? 덴동어미는 아주 강한 사람입니다. 여러 차례 운명에 농락당하 면서도, 저렇게 다시 일어서고 있잖아요. 귀가 얇아서 중매쟁이와 내 키지 않는 걸음을 옮긴다고 하지만, 이런 상황에서 내키지 않는 걸음 이라도 옮기기 위해서는 얼마나 큰 의지가 필요할지 상상하기도 어 렵지요. 한 번 더 의지를 세운 덕분에, 이번에는 꽃 같은 아들을 낳았 어요.

그러나 덴동어미의 꽃이 되어야 할 아들은 어린 나이에 사고를 당해 덴동이가 되었고, 덴동어미는 자식의 고통과 장애를 자신의 것 으로 감당하며 이제는 비혼의 길을 선택하게 되었지요. 덴동이는 대 사나 행동이 뚜렷하게 묘사되지는 않았지만, 덴동어미의 결혼 생활 에서 귀착점으로서 의미가 큽니다. 덴동이가 태어나 잠깐 사랑받고 행복을 누리는 장면입니다.

엿장사 죠첨지 별호 되니	엿장사 조첨지 별호 됐네.
혼달 두달 잇튀 삼연 사노라니	한 달 두 달 이 년 삼 년 사노라니
웃지ᄒ다가 틱긔잇셔	어쩌다가 태기 있어,
열달 비슐너 ᄒᆡ복ᄒ니	열 달 배에서 키워 해산하니

참말노 일기 옥동자라 참말로 일개 옥동자라.

영감도 오십의 첫 아덜 보고 영감도 오십에 첫아들 보고

나도 오십의 첫 아의라 나도 오십에 첫아이라.

영감 홀미 마음 조와 영감 할미 마음 좋아

어리장 고리장 사랑ᄒ다 어리장 고리장 사랑한다.

졀머셔 웃지 아니 나고 젊어서 어찌 아니 나고

늘거셔 웃지 싱견는고 늙어서 어찌 생겼는고?

흥진비닉 졕근 나도 흥진비래 겪은 나도

고진감닉 홀나는가 고진감래 할려는가?

희한ᄒ고 이상ᄒ다 희한하고 이상하다.

둥긔둥둥 이리로다 둥기둥둥 이렇구나.

(중략)

궁덩이 툭툭 쳐도 보고 궁둥이 툭툭 쳐도 보고

입도 쪽쪽 마쳐보고 입도 쪽쪽 맞춰 보고,

그 자식이 잘도 난니 그 자식이 잘도 났네.

인지야 한번 사라보지 인제야 한 번 살아 보지.

혼창 이리 놀리다가 한창 이리 놀리다가

웃던 친구 오더니만 어떤 친구 오더니만,

슈동별신 큰별신乙 수동별신 큰 별신굿

아무 날부텀 시작ᄒ니 아무 날부터 시작하니,

밋쳔이 즉거뎔낭아 밑천이 적거들랑

뒷돈은 늬 두줌셰	뒷돈은 내 대 줌세.
호두약엿 마니 곡고	호두약엿 많이 고고
가진 박산 마니 ᄒ게	갖은 박산 많이 하게.
이번의논 슈가 나리	이번에는 수가 나리.
영감임이 올케 듯고	영감님이 옳게 듣고,
찹살 사고 지름 사고	찹쌀 사고 기름 사고
호두 사고 츄자 사고	호두 사고 추자 사고
참ᄶᅦ 사고 밤도 사고	참깨 사고 밤도 사고
七八十 兩 미쳔이라	칠팔십 냥 밑천이라.
닷동의 드리 큰 솟퇴다	닷 동이들이 큰 솥에다
三四日乙 꼼노라니	삼사일을 고노라니
한밤중의 바람 이자	한밤중에 바람 일자
이자 굴둑으로 불이는늬	굴뚝으로 불이 났네.

　쉰 넘어 겨우 얻은 자식과 자신의 가정을 위해, 마지막 남편 엿장수 조첨지는 무리해서 대목 준비를 합니다. 그러다가 화재로 참변을 겪고, 살아남은 아들도 화상을 입습니다. 정말 해도 해도 너무하죠? 덴동어미도 얼마나 시달렸으면, 비극적 상황에서 농담 비슷한 섬뜩한 말을 합니다. 아까 황도령의 죽음을 남해에 죽을 목숨 동해에서 죽었다고 하더니, 이번엔 조첨지의 시신을 두고 포수가 불고기하듯 타버렸다고 합니다. 어떻게 죄 없는 한 사람의 인생이 이럴 수 있을까요?

일촌사룸 달여드려
부헛치고 차자보니
<u>표슈놈의 불고기ᄒᆞ듯</u>
<u>아조 흠박 쑤어고나</u>
요련 망혼 일 쏘 잇눈가
나도 갓치 쥬그랴고
불덩이로 달여드니
동늬 사룸이 붓드러셔
아모리 몸부림ᄒᆞ나
아조 죽지도 못ᄒᆞ고셔
온몸이 콩과질 되야고나
요런 연의 팔ᄌ 잇나
감짝 시이예 영감 죽어
삼혼구빅이 불꼿 되야
불틔와 가치 동힝ᄒᆞ여
아조 펼펼 나라가고
귀혼 아덜도 불의 듸셔
죽눈다고 소리치니
엄아엄아 우눈 소리
니늬 창자가 쯔녀진다

이웃 사람 달려들어
부딪치고 찾아보니,
포수놈이 불고기하듯
아주 함빡 구웠구나.
요런 망한 일 또 있는가?
나도 같이 죽으려고
불더미로 달려드니,
동네 사람이 붙들어서
아무리 몸부림하나,
아주 죽지도 못하고서
온몸이 콩 약과처럼 되었구나.
요런 년의 팔자 있나?
깜짝 사이에 영감 죽어
영혼까지 불꽃 되어,
불티와 동행하여
아주 펄펄 날아가고,
귀한 아들도 불에 데서
죽는다고 소리치네.
엄마, 엄마! 우는 소리
이내 창자가 끊어진다.

여러 차례 나왔던 '흥진비래'며 '고진감래'는 뎬동어미에게는 허튼소리였어요. 더 이상 재혼도 없습니다. 망연자실하여 자식 젖은 먹여 무엇하나 하며 드러눕지만, 그래도 자식을 살려야 부모도 죽지 않는 거라는 이웃의 설득에 간신히 마음을 돌렸어요. 그렇게 덴동이를 데리고 고향으로 돌아갑니다. 흔적도 없이 망해 버린 친정 집터에서, 진작 수절할 걸 후회합니다. 눈에 띈 두견새가 죽은 첫 남편의 영혼이 아닐까 한탄도 하다가, 우연히 오촌 친척집의 언니를 만납니다. 그런데 얼마나 오랜만이면, 혹은 고생 끝에 인상이 달라졌는지 서로 통 알아보지 못하네요. 언니와 지내면서 이제 '고생할 팔자'는 고칠 수 없다는 깨달음을 얻습니다. 너무 슬픈 체념이지만 경험에서 우러나온 것이므로 부정하기도 어렵습니다. 덴동어미는 좋은 사람을 많이 만났고, 원래는 유복한 집 딸이었잖아요? 그래도 운명과 우연의 폭압 앞에는 무력했네요.

다음과 같이 개가했던 여성들의 불행한 운명을 나열하며 덴동어미는 이게 자신만의 문제가 아니라 대개의 기혼 여성이 겪는 일반적인 삶의 모습이 아닐까 떠올립니다. 그러면서 화전놀이 친구들과 공유의식, 연대감을 쌓아 가지요.

고약훈 신명도 못 곤치고	고약한 신명도 못 고치고
고싱홀 팔자는 못 곤칠니	고생할 팔자는 못 고칠래.
고약훈 신명은 고약후고	고약한 신명은 고약하고
고싱홀 팔자는 고싱후지	고생할 팔자는 고생하지.
(중략)	
아못 마실의 안동되도	아무 마을에 안동댁도

열아홉의 상부ᄒ고

져가 공연니 발광나셔

ᄂᆡ셩으로 간다더니

셔방놈의계 ᄆᆡ乙 마자

골병이 드러셔 죽어다디

아모집의 월동되도

시물들의 과부 되어

제 집 소실乙 모홈ᄒ고

예쳔으로 가더니만

젼쳐 자식乙 몹시 하다가

셔방의게 쪽겨나고

아무 곳디 단양이니

갓 시물의 가장 죽고

남의 쳡으로 가더니만

큰어미가 사무라워

삼시사시 싸우다가

비상乙 먹고 죽어다디

이 사람니 이리 된 쥴

온 셰상이 아는 비라

그 사람니 기가홀 졔

잘 되자고 갓지마난

팔자ᄂᆞᆫ 곤쳐시나

고싱은 못 곤치디

열아홉에 남편 잃고,

제가 공연히 발광 나서

내성으로 간다더니,

서방 놈에게 매를 맞아

골병이 들어서 죽었다데.

아무 집의 월동댁도

스물둘에 과부 되어,

자기 집 소실을 모함하고

예천으로 가더니만,

전처 자식을 몹시 (학대)하다가

서방에게 쫓겨나고,

아무 곳에 단양이네

갓 스물에 가장 죽고,

남의 첩으로 가더니만

큰어미가 사나워서,

삼시 사시 싸우다가

비상을 먹고 죽었다네.

이 사람네 이리된 줄

온 세상이 아는 바라.

그 사람네 개가할 때

잘 되자고 갔지마는,

팔자는 고쳤으나

고생은 못 고치데.

현실은 가혹하고 개인의 노력으로 바꿀 수 없었어요. 그러나 다음 부분부터 봄철 만난 꽃 같은 선량한 이웃들이 기나긴 '봄 춘 자', '꽃 화 자' 노래와 더불어 한껏 함께 어울리고 있어요. 이렇게 극단적인 고난을 평생 겪었음에도 작품 서두에서 "그중의도 뎬동어미 먼나 계도 잘도 노다"는 평을 뎬동어미가 들을 수 있을 만큼 흥겨웠던 이유는 여기에 있겠습니다.(박혜숙: 2017) 자신의 처지에 공감하고 결혼 제도, 기혼자의 삶에 대한 문제의식을 공유하고 있는 선량한 이웃들이 함께했기 때문이지요.

안자 우던 쳥츈과부	앉아 울던 청춘과부
황연듸각 씨달나셔	크게 활짝 깨달아서,
뎬동어미 말 드르니	뎬동어미 말 들으니
말슴마다 기기 오릐	말씀마다 개개 옳네.
이늬 슈심 풀러늬여	이내 수심 풀어내어
이리져리 부쳐보셔	이리저리 부쳐 보세.
이팔쳥츈 이늬 마음	이팔청춘 이내 마음
봄 츈짜로 부쳐보고	봄 춘 자로 부쳐 두고,
화용월틱 이늬 얼골	곱디고운 이내 얼굴
꼿 화짜로 부쳐두고	꽃 화 자로 부쳐 두고,
슐슐 나는 진 흔슘은	술술 나는 긴 한숨은
셰우츈풍 부쳐두고	가랑비 봄바람에 맡겨 두고,
밤이나 낫지나 슛흔 슈심	밤이나 낮이나 숱한 수심
우눈 시나 가져가긔	우는 새나 가져가게.

고전시가 수업

이어서 덴동어미는 자신과 청춘과부의 공감(말과 생각)을 각각 봄과 꽃에 비유합니다. 결혼이 봄이고 자식이 꽃이 되는 게 아니라, 곁에 있는 벗들이 곧 봄과 꽃이었다는 말이네요. 가난과 시집살이를 비롯한 가혹한 운명이 달라지지는 않겠지만, 잠깐의 화전놀이에서 만난 사람들이 주는 위안이 힘겨운 하루하루를 버티게 합니다. 우리를 버티게 하는 건 어림없는 미래의 꿈이 아니라, 마음 맞는 친구와 큰맘 먹고 시켜 먹는 치킨의 맛이 아닐까요? 그 잠깐의 행복이 바로 봄과 꽃의 화전놀이라는 것입니다.

이어지는 봄 춘 자 노래에서는 〈구운몽〉도 나오고 중국 역사도 나오더니, 화전놀이 나온 여러 '-댁'들이 곧 봄 춘 자라고 해요. 이렇게 함께하는 이웃들이 곧 봄 춘 자였다는 깨달음은 꽃 화 자 부분에도 쭉 이어지고, 이런 꽃 중에서도 참꽃 화 자를 이야기하자고 합니다. 그 참꽃 화 자의 정체는 가족이랍니다. 덴동어미에게도 역시 덴동이가 가족으로 남아 있지요. 그리고 마지막으로 시간의 아쉬움을 이야기하지만, 내년을 기약하고 다시 일상으로 돌아가자고 합니다. 화전가 계열의 일반적인 마무리 모습입니다.

화젼 흥이 미진ᄒ여	화전 흥이 미진하여
히가 ᄒ마 셕양일셰	해가 벌써 석양일 제,
사월 히가 디다더니	사월 해가 길다더니
오날 히논 쪄르도다	오늘 해는 짧도다.
하나임이 감동ᄒ사	하느님이 감동하사
사흘 히만 겸히 쥬소	사흘 해만 더해 주소.

사乙 히乙 겸ᄒ여도	사흘 해를 더한들,
ᄒ로ᄒᆡ눈 맛창이지	하루해는 마찬가지지.
히도 히도 질고 보면	해도 해도 길고 보면
실컨 놀고 가지만은	실컷 놀고 가지만은,
히도 히도 자를시고	해도 해도 짧을시고.
이니 그만 히가 가니	이내 그만 해가 가네.
산그늘은 물 건너고	산그늘은 물 건너고
가막 갓치 자라 든니	까마귀 까치 자러 드네.
각귀 귀가 ᄒ리로다	각기 귀가하리로다.
언제 다시 노라볼고	언제 다시 놀아 볼꼬?
ᄭᅩᆺ 읍시난 ᄌᆡ미 읍서	꽃 없이는 재미없어,
밍년 삼월 노라보셰	내년 삼월 놀아보세.

—《소백산대관록》

덴동어미 내면의 체험과 화전놀이 공동체의 마주보기

덴동어미의 과거와 사고 (청춘과부의 현재에 대응)		덴동어미의 현재와 화전놀이 (청춘과부의 미래에 대응)
① 새 남편을 찾았지만 사별과 사고 반복 ② 결혼을 봄에, 출산을 꽃에 비유했지만 파국에 이름 ③ 개인의 노력으로 팔자를 고칠 수 있다는 믿음 좌절	⟺ 남편들과 아들에게 일어난 사고를 통한 깨달음과 공동체 전반의 공감대 형성	① 화전놀이 참석자 + 모든 시기 독자들의 공감 ② 비혼 결심과 아들의 장애 공유 + 봄 춘 자, 꽃 화 자 노래 ③ 선량한 사람들이 많은 세계지만, 개인의 의지로 넘을 수 없는 부조리함 마주 보기

덴동어미와 화전놀이 공동체의 관계를 앞쪽 표와 같이 정리해 보았어요.

작품을 읽기 전에 말씀드렸듯, 〈덴동어미화전가〉는 주위 사람들과의 공감을 얻었습니다. 그 결론 역시 현실적이었지요. 팔자를 바꿀수는 없지만 마음 맞는 이들과 함께하는 잠깐의 즐거움이 우리를 버티게 하는 삶의 원동력이라고 했지요. 앞서 보았던 〈노처녀가〉는 개인 차원의 행복을 지향했습니다. 장애에 대한 문제 제기를 줄여 가면서요. 그러나 장애가 사라지는 결말은 비현실적이며, 고전소설의 재자가인이 누리는 행복은 낭만적입니다. 두 작품 가운데 무엇이 더 좋은 결론이라 단정하기는 어렵지만 각자 타당해 보이는 면이 있네요. 이것도 표로 대비해 보겠습니다.

〈노처녀가〉와 〈덴동어미화전가〉

작품	마주 보기 대상	대상과의 관계
노처녀가	노처녀(과거) vs. 노처녀(현재)	과거: 정상과 차이 없다는 문제의식
		현재: 개인만의 행복에 한정
덴동어미화전가	덴동어미(과거의 사고) – 덴동어미(현재의 화전놀이)	사고: 개가의 노력에 대한 장애물
		화전놀이: 공동체 안에서의 공감과 행복
	덴동어미 = 청춘과부	과거와 현재, 현재와 미래의 앞선 체험

이제 비교하며 마무리할게요. 〈노처녀가〉 화자는 장애인으로서 자신의 과거를 마주 보며, 그런 제약을 벗어나 행복해지는 미래를 꿈꾸었습니다. 〈덴동어미화전가〉의 화자 또한 여러 차례 결혼에 실패

했던 경험을 마주하며 돌아보고, 결혼이 행복의 길이 아님을 절감하며 청춘과부를 비롯한 다른 여성들에게 공감을 얻었지요. 결국 두 작품의 화자는 자기 자신의 어두운 과거를 회피하거나 외면하는 대신에 적극적으로 마주 보면서 미래를 준비할 단서를 마련했다는 공통점이 있었습니다. 돌이켜 보면 〈정읍사〉 이래로, 여성화자는 참 긴 여정을 거쳐 대상이 아닌 주체로서 목소리를 뚜렷이 낼 수 있었네요.

맺는 글

앞으로 생각할 점

　향가, 속요, 시조와 사설시조, 가사 등 여러 작품을 읽어 보았습니다. 지금까지의 내용을 단순 요약하기보다는, 실제 수업에서 그렇듯 더 생각할 문제들을 말씀드리며 마무리하겠습니다.

　첫째, 독자와의 공감은 고전시가의 중요한 화두였습니다. 초엽에 읽었던 〈황조가〉에서 소박한 민요를 통해 상하가 교섭하고, 그 정서가 오늘날 우리에게까지 공감을 주는 과정이 기억나실까요? 그리고 마지막에 보았던 〈덴동어미화전가〉에서도 화전놀이 공동체가 덴동어미의 고통에 함께 공감하였습니다. 이 밖에 공동체 안에서의 정서 공유로 자연을 향한 양반들의 마음이라거나, 기녀와 중인들이 각각 양반 문화에 대응하여 자신들끼리 소통했던 모습 등도 떠올릴 만합니다. 이렇게 비슷한 상황에 놓인 사람들을 어떻게 '나'에게 공감하게 할 것이냐 하는 문제는, 지금 우리가 남들과 어떻게 소통하며, 그들을 설득할지에 관한 고민과 맞닿아 있지 않을까요? 고전시가의 기법을 그대로 쓸 수야 없겠지만, 나름의 시사점이 있으리라 생각합니다.

둘째, 각자의 시대적 과제에 부응하는 화자와 인물 형상이 있었습니다. 이를테면 향가에서는 선화공주와 처용이라는 수수께끼 캐릭터를 말씀드렸지요? 선화공주는 피의 역사를 씻는가 하면, 처용은 시대의 관심사에 따라 무당도 됐다가 지방 세력가의 아들도 되었다가 외국인도 됐다가 했지요. 조선 후기에는 서사 문학과의 교섭을 통해, 특이한 개성을 지닌 화자와 인물이 여럿 나타났습니다. 시집살이시키는 이들을 공격하고, 자신의 생명력에 우월감을 느끼는 며느리가 사설시조에 있었지요. 그리고 〈노처녀가〉 화자나 덴동어미 역시 주체적인 주인공이었네요. 이들은 자신의 한계와 문제를 극복하기 위해 끊임없이 노력했지요. 누구는 성공하고 누구는 실패했다지만, 성패와 상관없이 감동적이었어요. 고전시가에 이름이 명백하게 남은 작가는 아주 적지만, 이렇게 매력적인 화자와 주인공들이 있었다는 걸 기억해 주세요.

셋째, 당시의 가치와 오늘날의 가치는 같을 수 없다는 점에 유의하시길 바랍니다. 몇 차례 말씀드렸듯이 고전시가의 자연이란 주제, 특히 자연과 정치의 관계, 은퇴한 노 재상의 자연 사랑 등은 요즘은 실감 나지 않을 수도 있습니다. 그래서 생태학적인 생각에서 우리의 주변 환경으로서 자연을 아끼고 사랑하자는 말씀도 있었지만, 교훈이 주는 아름다움, 심지어 황진이처럼 애정 관계를 산과 물의 속성에 비유하는 친근함까지 학생들이 그대로 느끼기는 어렵지 않을까요? 자연관의 교육적 가치와 역할은 앞으로도 많이 고민할 필요가 있어 보입니다.

이 문제는 향가를 제외한 대부분의 장르에 나타났던 애정 주제

역시 그렇습니다. 예전에는 사랑과 이별 소재가 수업에서 반응이 참 좋았는데, 근래에는 애정 주제보다는 '여성화자'에 더 관심이 많으신 듯해요. 그 관심에 부응하고자, 백제가요에 기원을 두고 속요를 거쳐 기녀 시조, 〈노처녀가〉와 〈덴동어미화전가〉에 이르는 여성화자의 유구한 흐름을 몇몇 작품으로 보여드렸습니다. 띄엄띄엄 읽다 보니 혹시 앞뒤가 안 맞는 부분이 있었을지도 모르겠네요.

한 가지 아쉬운 점은 이번에는 현실 비판 가사나 계몽기의 신문 소재 시가를 포함하지 못했단 거네요. 고전시가의 사회의식이나 계몽기 지식인들의 작품 등 흥미로운 게 많거든요. 언젠가 다른 자리에서 다시 이야기할 수 있길 희망하고 기대하며, 소중한 시간 함께해 주셔서 진심으로 감사합니다.

고미숙(1998). 《19세기 시조의 예술사적 의미》. 태학사.

고순희(2017). 《고전 시가요의 시학과 활용》. 박문사.

고정희(2009). 《한국 고전시가의 서정시적 탐구》. 월인.

구사회(2021). 《한국 고전시가의 작품 발굴과 문중 교육》. 보고사.

권오경 외(2021). 《작가로 읽는 고전시가》. 보고사.

권정은(2009). 《자연시조: 자연미의 실현양상》. 보고사.

길진숙(2002). 《조선 전기 시가 예술론의 형성과 전개》. 소명.

김대행(1998). 《시조유형론》. 이화여자대학교출판부.

김명준(2008a). 《개정 고려속요집성》. 다운샘.

김명준(2008b). 《한국 고전시가의 모색》. 보고사.

김명준(2018). 《생각하며 읽는 한국 고전시가》. 다운샘.

김문기(2015). 《한국 고전시가의 지속과 변모》. 태학사.

김병국 외(2005). 《조선후기 시가와 여성》. 월인.

김석회(2003). 《조선 후기 시가 연구》. 월인.

김승우(2017). 《조선시대 시가의 현상과 변모》. 보고사.

김영운(2016). 〈정읍과 수제천의 제문제〉. 《한국음악연구》 60. 한국국악
   학회.

김완진(1980). 《향가해독법연구》. 서울대학교출판부.

김완진(2000). 《향가와 고려가요》. 서울대학교출판부.

김용찬(2019). 《조선의 영혼을 훔친 노래들》. 한티재.

김윤희(2012).《조선후기 사행가사의 문학적 흐름》. 소명출판.

김진영 외(2012).《한국시조감상》. 보고사.

김진희(2016).《송강가사의 수용과 맥락》. 새문사.

김창원(2018).《고전시가의 지역성과 심상지리》. 한국문화사.

김천택 편, 권순회, 이상원, 신경숙 주해(2017).《청구영언》영인편·주해
　　편. 국립한글박물관(누리집 제공).

김학성(2009).《한국 고전시가의 전통과 계승》. 성균관대학교출판부.

김학성·권두환 편(2002).《신편 고전시가론》. 새문사.

김흥규(1999).《욕망과 형식의 시학》. 태학사.

김흥규(2015).《사설시조의 세계》. 세창서관.

나경수(2004).《마한신화》. 한얼미디어.

려증동(1997).《배달문학통사》1. 형설출판사.

류해춘(2019).《한국시가의 맥락과 소통》. 역락.

민족문학사연구소 편(2018).《한국 고전문학 작품론 3: 고전시가》. 휴머
　　니스트.

박경주(2007).《규방가사의 양성성》. 월인.

박경주(2009).《한국 시가문학의 흐름》. 월인.

박노준(1990).《고려가요의 연구》. 새문사.

박노준 편(2003).《고전시가 엮어 읽기(상)·(하)》. 태학사.

박노준(2014).《향가여요 종횡론》. 보고사.

박상영(2015).《고전. 담론. 그리고 미학》. 아세아문화사.

박애경(2000).《가요 어떻게 읽을 것인가》. 책세상문고.

박연호(2003).《가사문학 장르론》. 다운샘.

박요순(1992).《한국고전문학신자료연구》. 한남대학교출판부.

박재민(2013).《신라 향가 변증》. 태학사.

박진태(2018).《고전시가와 창의, 융합 문화》. 태학사.

박혜숙(2017).《한국 고전문학의 여성적 시각》. 소명출판.

박혜숙(2018). 〈덴동어미화전가의 작자 문제〉.《국문학연구》38. 국문학회.

백순철(2017).《규방가사의 전통성과 근대성》. 고려대학교 민족문화연구원.

서철원(2013).《향가의 유산과 고려시가의 단서》. 새문사.

성무경(2004).《조선후기 시가문학의 문화담론 탐색》. 보고사.

성호경(2016).《한국 고전시가 총론》. 태학사.

신경숙(2011).《조선 후기 시가사와 가곡연행》. 고려대학교 민족문화연구원.

신동흔(1992). 〈모죽지랑가〉. 공저.《한국고전시가작품론》1. 집문당.

신영명(2012).《월명과 충담의 향가》. 넷북스.

신재홍(2000).《향가의 해석》. 집문당.

신형식(2011).《삼국사기의 종합적 연구》. 경인문화사.

신희경(2011). 〈삼설기 소재 노처녀가의 영웅 서사적 연구〉.《한국고전여성문학연구》22. 한국고전여성문학회.

양주동(1965).《증정 고가 연구》. 일조각.

양희철(1997).《삼국유사 향가연구》. 태학사

양희철(2020).《향가 문학론 일반》. 보고사.

염은열 외(2019).《문학교육을 위한 고전시가작품론》. 사회평론.

윤덕진(2008).《조선조 장가 가사의 연원과 맥락》. 보고사.

윤성현(2011).《우리 옛노래 모둠》. 보고사.

이도흠(1999).《화쟁기호학. 이론과 실제》. 한양대학교출판부.

이상원(2006).《17세기 시조사의 구도》. 월인.

이영태(2004).《고려속요와 기녀》. 경인문화사.

이정옥(2016).《경북대본 소백산대관록 화전가》. 경진출판.

이형대(2002).《한국 고전시가와 인물형상의 동아시아적 변천》. 소명출판.

임기중(1982).《신라가요와 기술물의 연구》. 이우출판사.

임주탁(2004).《강화천도. 그 비운의 노래》. 새문사.

장정수(2010).〈고전시가에 나타난 여승 형상 '비구니 되기'와 '환속 권유'〉.《한민족문화연구》 32. 한민족문화학회.

정병설(2007).《나는 기생이다: 소수록 읽기》. 문학동네.

정인숙(2010).《가사문학과 시적 화자》. 보고사.

정재호(1996a).《주해 초당문답가》. 박이정.

정재호 편(1996b).《한국가사문학연구》. 태학사.

정흥모(2016).《조선후기 사회변화와 시가문학》. 고려대학교 민족문화연구원.

조규익(2006).《고전시가의 변이와 지속》. 학고방.

조동일(1974).《서사민요연구》. 계명대학교출판부.

조동일(1982).《한국시가의 전통과 율격》. 한길사.

조순자(2006).《가집에 담아낸 노래와 사람들》. 보고사.

조재훈(2018).《백제가요연구》. 솔.

조지형(2019).《한국 고전시가의 중심과 주변》. 박문사.

조해숙(2005).《조선후기 시조 한역과 시조사》. 보고사.

최규수(2007).《고전시가 연구의 전망과 모색》. 다운샘.

최은숙(2021).《한국 가사문학의 전승과 향유》. 보고사.

최재남(1997).《사림의 향촌 생활과 시가 문학》. 국학자료원.

최철 편(1997).《한국고전시가사》. 집문당.

최현재(2006).《조선 중기 재지사족의 현실인식과 시가문학》. 선인.

최홍원(2012).《성찰적 사고와 문학교육론》. 지식산업사.

하경숙(2012).《한국 고전시가의 후대 전승과 변용 연구》. 보고사.

하윤섭(2014).《조선조 오륜시가의 역사적 전개 양상》. 고려대학교 민족문화연구원.

한창훈(2001).《시가교육의 가치론》. 월인.

한창훈(2019).《고전문학 교육의 중심과 주변》. 전북대학교출판문화원.

허남춘(2010).《황조가에서 청산별곡 너머》. 보고사.

허혜정(2008).《처용가와 현대 문화산업》. 글누림.

화경고전문학연구회 편(1993).《향가문학연구》. 일지사.

황병익(2015).《고전시가의 숲을 누비다》. 역락.

황병익(2016).《고전시가 시대를 노래하다》. 역락.

황패강(2001).《향가문학의 이론과 해석》. 일지사.

◈ 쉽게 보기 좋은 자료

① 〈I'm so happy to finally be back home〉 (18면)

www.youtube.com/watch?v=LnZyVI4W-mY

② 고령 지산동 고분군과 가야 건국 신화 (27면)

www.yna.co.kr/view/AKR20190320027951005

③ 미륵사지 석탑과 선화공주 (54면)

www.youtube.com/watch?v=Wuq1Ff_hMCM

④ 애니메이션 신처용전 (59면)

www.youtube.com/watch?v=tHAtylm-g-o

⑤ 속요 가시리 공연 (113면)

www.youtube.com/watch?v=J79XCeZVm2o

⑥ 해남 보길도의 윤선도 유적 (148면)

www.youtube.com/watch?v=N6o442FE8ww

⑦ 홍랑의 시조와 최경창 (179면)

www.youtube.com/watch?v=dBGG_mK4RPY

⑧ 덴동어미화전놀이 공연 (304면)

www.youtube.com/watch?v=8l78yt0Xcio

찾아보기